까뮈일트전

까퓌일트전

: 미국대통령 제임스 가필드 입지전

나카자토 야노스케 저

현공렴 역

이다온 옮김

보고사
BOGOSA

숭실대학교 한국기독교문화연구원은 1967년 설립된, 명실공히 숭실대학교를 대표하는 인문학 연구원으로 발전하여 오늘에 이르렀다. 반세기가 넘는 역사 동안 다양한 학술행사 개최, 학술지『기독교와 문화』(구『한국기독문화연구』)와 '불휘총서' 30권 발간, 한국기독교박물관 소장 자료의 연구에 주력하면서, 인문학 연구원으로서의 내실을 다져왔다. 2018년에는 한국연구재단의 인문한국플러스(HK+) 사업 수행기관으로 선정되어 또 다른 도약의 발판을 마련하였다.

본 HK+사업단은 "근대 전환공간의 인문학, 문화의 메타모포시스"라는 아젠다로 문학과 역사와 철학을 아우르는 다양한 인문학 연구자들이 학제간 연구를 진행하고 있다. 개항 이래 식민화와 분단이라는 역사적 격변 속에서 한국의 근대(성)가 형성되어온 과정을 문화의 층위에서 살펴보는 것이 본 사업단의 목표이다. '문화의 메타모포시스'란 한국의 근대(성)가 외래문화의 일방적 수용으로도, 순수한 고유문화의 내재적 발현으로도 환원되지 않는, 이문화들의 접촉과 충돌, 융합과 절합, 굴절과 변용의 역동적 상호작용을 통해 형성되었음을 강조하려는 연구 시각이다.

본 HK+사업단은 아젠다 연구 성과를 집적하고 대외적 확산과 소통을 도모하기 위해 총 네 분야의 총서를 발간하고 있다. 〈메타모포시스 인문학총서〉는 아젠다와 관련된 연구 성과를 종합한 저서나 단독 저서로 이뤄진다. 〈메타모포시스 번역총서〉는 아젠다와 관련하여 자료적 가치를 지닌 외국어 문헌이나 이론서들을 번역하여 소개한다. 〈메타모포시스 자료총서〉는 숭실대 한국기독교박물관에 소장된 한국 근대 관련 귀중 자료들을 영인하고, 해제나 현대어 번역을 덧붙여 출간한다. 〈메타모포시스 교양문고〉는 아젠다 연구 성과의 대중적 확산을 위해 기획한 것으로 대중 독자들을 위한 인문학 교양서이다.

본 사업단의 연구가 진행되는 가운데 새로운 총서 시리즈인 〈근대계몽기 서양영웅전기 번역총서〉를 기획하였다. 1907년부터 1911년까지 집중적으로 출간된 서양 영웅전기를 현대어로 번역하여 학계에 내놓음으로써 해당 분야의 연구 자료로 제공하자는 것이 기획 의도이다.

총 17권으로 간행되는 본 시리즈의 영웅전기는 알렉산더, 콜럼버스, 워싱턴, 넬슨, 표트르, 비스마르크, 빌헬름 텔, 롤랑 부인, 잔다르크, 가필드, 프리드리히, 마치니, 가리발디, 카보우르, 코슈트, 나폴레옹, 프랭클린 등 서양 각국을 대표하는 인물이다. 1900년대 출간 당시 개별 인물 전기로 출간된 것도 있고 복수의 인물들의 약전으로 출간된 것도 있다. 이 영웅전기는 국문이나 국한문으로 표기되어 있는데, 국문본이어도 출간 당시의 언어로 표기되어 있으므로 지금 독자가 읽기에는 다소 어려울 것으로 예상된다. 이에 원문을 현대어로 번역하고, 원자료를 영인하여 첨부함으로써 일반 독자는 물론 전문 연구자에게도 연구 자료로 제공하고자 했다. 현대어 번역은 해당 분야 전문가의 도움을 받았다. 본 시리즈가 많은 독자와 만날 수 있도록 애써 주신 연구자들께 감사드린다.

　　동양과 서양, 전통과 근대, 아카데미즘 안팎의 장벽을 횡단하는 다채로운 자료와 연구 성과를 집약한 메타모포시스 총서가 인문학의 지평을 넓히고 사유의 폭을 확장하는 데 기여할 수 있기를 기대한다.

2025년 3월

숭실대학교 한국기독교문화연구원 HK+사업단장

장경남

차례

발간사 / 5
일러두기 / 10

제1장 통나무집에서 살던 형편 ··· 11

제2장 소학교 시절 ··· 20

제3장 고향에서 일하던 시절 ··· 36

제4장 목수 일을 배우던 시절 ··· 41

제5장 탄산가리를 만드는 사람이 되다 ··· 55

제6장 벌목을 생업으로 삼던 시절 ··· 63

제7장 운하에서 일하던 시절 ··· 67

제8장 조가 신학교에서 공부하던 시절 ··· 76

제9장 하이럼 학원 시절 ··· 94

제10장 윌리엄스 칼리지에서 공부하던 시절 ··· 102

제11장 하이럼 학원의 교장으로 재임하던 시절 ··· 112

제12장 주 의원으로 활동하던 시절 ··· 116

제13장 군인 시절 ··· 119

제14장 국회의원 시절 ··· 124

제15장 상원의원으로 활동하던 시대 ··· 129

제16장 대통령 시절 ··· 130

제17장 최후의 언행 ··· 133

해설 ··· 138

영인자료 ··· 264

일러두기

01. 번역은 현대어로 평이하게 읽힐 수 있는 것을 원칙으로 하였다.

02. 인명과 지명은 본문에서 해당 국가의 발음을 한글로 표기하고 각주에서 원문의 표기법과 원어 표기법을 아울러 밝혔다. 역사적 실존 인물인 경우 가급적 생몰연대도 함께 밝혔다.

     예) 루돌프(羅德福/ Rudolf Ⅰ, 1218~1291)

03. 한자는 꼭 필요한 경우 괄호 안에 병기하였다.

04. 단락 구분은 원본을 기준으로 삼되, 문맥과 가독성을 위해 필요한 경우 번역자가 추가로 분절하였다.

05. 문장이 지나치게 길면 필요에 따라 분절하였고, 국한문 문장의 특성상 주어나 목적어 등 필수성분이 생략되어 어색한 경우 문맥에 따라 보충하여 번역하였다.

06. 원문의 지나친 생략이나 오역 등으로 인해 그대로 번역했을 때 의미가 잘 전달되지 않는 경우 번역자가 [ ] 안에 내용을 보충하여 번역하였다.

07. 대사는 현대의 용법에 따라 " "로 표기하였고, 원문에 삽입된 인용문은 인용 단락으로 표기하였다.

08. 총서 번호는 근대계몽기 영웅 전기가 출간된 순서를 따랐다.

09. 책 제목은 근대계몽기에 출간된 원서 제목을 그대로 두되 표기 방식만 현대어로 바꾸고, 책 내용을 간결하게 풀이한 부제를 함께 붙였다.

10. 표지의 저자 정보에는 원저자, 근대계몽기 한국의 번역자, 현대어 번역자를 함께 실었다. 여러 층위의 중역을 거친 텍스트의 특성상 번역 연쇄의 어떤 지점을 원저로 정할 것인지가 문제였다. 일단 근대계몽기 한국의 번역자가 직접 참조한 판본부터 거슬러 올라가면서 번역 과정에서 많은 개작이 이뤄진 가장 근거리의 판본을 원저로 간주하고, 번역 연쇄의 상세한 내용은 각 권 말미의 해설에 보충하였다.

제1장 통나무집[1]에서 살던 형편

1.

가필드[2]는 기독교 신앙 속에서 1831년 11월 19일 오하이오주 오렌지 타운십[3]의 한 가난한 농부의 집에서 태어나, 훗날 미국대통령이 된 유명한 사람이다. 아버지의 이름은 에이브럼[4]이니 그의 할아버지 때부터 농업을 일삼아 어렵게 근근이 생계를 이어가다가, 아버지가 2살 되었을 때 할아버지가 세상을 떠났다. 이에 할머니는 그의 아버지와 그 아래 여러 동생을 데리고 사방으로 떠돌았다. 에이브럼은 제임스 스톤이라는 사람의 집에 맡겨져 지냈다. 그러나 에이브럼은 나이 20세가 되자 독립적인 기상과 활달한 성품이 드러나면서, 오랫동안 남의 집에 얹혀사는 신세를 견디지 못했다. 이에 뜻을 굳게 먹고, 쿠야호가 카운티 뉴버그[5]라는 곳으로 가서 농업에 힘썼다.

위에서 말한 제임스 스톤의 집에 어린 딸 한명이 있으니 이름은 엘리자[6]였다. 에이브럼과 엘리자는 나이가 비슷하여 어렸을 때부터

---

1) 통나무집에서 살던 형편: 원문의 제목은 '너홰집에살던형평'으로 표기되어 있다. 여기서 '너홰집'은 당시 미국 개척민들이 살던 전형적인 목조 주택을 의미하는 것으로 보인다. 따라서 제목에 표기된 '너홰집'은 '통나무집'으로 번역하였다.

2) 가필드(까퓌일트, James Abram Garfield, 1831~1881)

3) 오하이오주 오렌지 타운십(오렌지 라흥눈싸에, Orange Township, Ohio)

4) 에이브럼(아섁람, Abram Garfield, 1799~1833)

5) 쿠야호가 카운티 뉴버그(쑤리프랜드 뉘우프크, Newburgh, Cuyahoga County)

서로 사랑하며 잘 지냈다. 에이브럼이 얼마 지나 다시 이 집에 돌아오니 집안의 사람들 모두 잃어버렸던 자식을 찾은 듯이 반겼다. 그때 엘리자의 나이는 19살이었으며, 엘리자는 에이브럼을 더욱 반가워할 뿐만 아니라, 활달하고 늠름한 대장부로 성장한 그를 은연중에 못내 사모하였다. 그러한지 두 해가 지난 후, 1821년 2월 3일에 둘은 혼례를 올리게 되었다. 이 신랑과 신부는 후일 미국 대통령 가필드의 부모가 될 사람들이었다.

2.

넓기는 세 칸, 길이는 세 칸 반 되는, 널빤지로 지붕을 덮은 통나무 집에서 살던 형편은 가련했으나 부부의 두터운 정은 다 말할 수 없을 만큼 깊었고, 두 사람의 사랑은 비할 데 없이 굳건했다. 부부가 뉴버그에서 밭갈이에 힘쓴 지 9년 만에 셋 째 아이를 얻었다. 그리고 얼마 지나지 않아, 우리나라 땅으로 치면 한 말 직이[7]에 해당하는, 당시 50냥쯤 되는 땅 여덟 섬 직이를 오하이오 지방에서 사들였다. 이후 처제의 남편 아모스라 불리는 사람과 함께 이 땅으로 이주하였다.

새로 이주한 땅은 밭과 들이 제대로 개간되지 않아 사람의 발자취도 드문 오지였다. 가장 가까운 마을까지도 20여 리를 더 가야 겨우 사람을 볼 수 있는, 외딴 벽촌이었다. 그 집 지은 모양을 보면 가운데다가 산에서 자란 생나무를 막 꺾어다가 함부로 지은 것이니, 너비는

---

6) 엘리자(에리쌰, Eliza Ballou Garfield, 1801~1888)
7) 한 말 직이: '한 말 직이'는 한국의 전통적인 면적 단위로, 약 150평에 해당하는 크기이다.

세 칸 반에 길이는 다섯 칸 정도 되게 지었다.

다만 집의 높이는 우리 동양의 집과는 달랐다. 높이는 열두 자이고, 길이는 여덟 자이니 마치 헛간처럼 보였다. 벽은 나뭇가지와 갈대를 엮어 만들고, 그 틈은 진흙으로 발라 한겨울과 폭풍우를 겨우 막을 수 있을 정도였다. 집 중앙에는 화덕을 만들고, 흙을 발라 굴뚝을 삼았다. 지붕은 얇은 널빤지로 덮었고, 바람에 날아가지 않도록 무거운 돌을 올려두었다. 이 집의 모습은 우리나라 강원도 회양의 김씨 성을 가진 집과 비슷했다. 바닥에는 통나무 마루를 깔지 않고, 한쪽에만 독특한 구조로 평평한 부분을 만들어 놓았다. 좁은 나뭇가지를 깎아 틀을 만든 후, 한쪽에 짜 맞춰 놓은 것이 특징이었다. 방 안과 바깥에 버려진 잡동사니는 말할 것도 없고, 집의 모습만 보아도 그 형편을 짐작할 수 있었다. 잠자는 자리는 한 층 높게 만든 마루 위에 거적만 놓고 덮으니 실로 이곳에서 살아가는 일이 사람으로서 감내하기 어려운 처지였다. 그러나 이들은 무상한 삶 속에서 하나의 즐거움으로 여겼다. 또한 집의 창호는 널빤지로 만들어졌으며, 창문은 세 개가 있었다.

여기서 우리가 귀를 기울이고 눈을 떠 주의 깊게 볼 것은, 바로 이처럼 단순하고 질박한 통나무집속에서 몇 해 지나지 않아 미국 대통령이 탄생했다는 사실이다. 이것을 과연 그 누가 예상할 수 있었겠는가.

3.

곡식도 많아지고 집도 넓어지니, 자녀들이 배고픔과 추위를 겪지 않으며 자랄 수 있게 되었다. 이에 온 가족의 단란한 즐거움을 이루 말할 수 없었다. 이대로만 가면 더 부러워할 것이 없으련만, 기쁨이 크면 슬픈 것이 오는 일은 자고로 예로부터 내려오는 [삶의] 이치였다. 에이브럼의 기질은 강건하고 씩씩했으나, 그 지역의 기후가 좋지 않아 때때로 감기도 들어 이럭저럭 잔병이 그치지 않았다. 하루는 에이브럼이 병이 들어 자리에 누웠다가 뒷동산에 불이 나서 삽시간에 산의 잔디가 타며 초목이 타고 들의 익어가는 곡식이 다 타버렸다. 원래 인적이 드문 땅이라 누가 나서서 그 불을 잘 끌 사람이 있겠는가. 에이브럼이 아픈 몸을 돌볼 겨를도 없이 일어나서 집 안 사람을 지휘하여 당장에 맹렬히 음습하여 들어오는 불을 끌 때 아녀자들도 부모의 지시에 따라 낫과 도끼, 괭이를 들고 불앞에 달려들어 두어 시간 만에 간신히 불을 다 껐다.

그러나 에이브럼은 불을 끈 후에 전신에 땀이 나서 더움을 견디지 못하여 찬바람을 쐬고 병세가 더욱 깊어졌다. 약을 구했으나 깊은 산촌 중에 의원도 없고 약도 임의로 쓸 수 없었다. 점점 병세가 더욱이 깊어 생명이 위태로운 지경에 이르렀다. 에이브럼이 더 이상 희망이 없음을 깨닫고, 아내를 앞에 가까이 앉히고 유언을 남겼다.

"사람의 명이 하늘에 달려있다. 사람의 힘으로 어찌할 수 없거니와 이제 그 뒤에게 바랄 것은 내가 죽은 후에 과히 슬퍼말고 앞에 있는 우리 아이를 잘 기르소서."

그렇게 말한 후, 에이브럼은 결국 생을 마감하였다.

세상에 비참한 것은 어버이 없는 어린 아이다. 하물며 집안이 넉넉하지 못한 것은 말할 것도 없거늘, 농사에 힘쓰던 남편이 하루아침에 세상을 떠났으니, 여러 자식을 어찌 외로운 여자의 힘으로 잘 기른다 하겠는가.

그러나 지금 우리가 말하는 영웅적 인물, 가필드는 이 땅에 [나온지] 겨우 2살이 됐으며, 달로 말하면 세상에 나온 지 고작 8달에 불과하였다. 집안에 이토록 비참한 일이 있어도 그는 아직 아무것도 알지 못했다.

마을 사람들이 모여 에이브럼의 불행을 애도하며 위로하고, 한편으로는 그의 시신을 수습하여 목관에 넣어 근처 보리밭 곁에서 장사를 지냈다. 오호라, 장차 세계 일등국의 대통령이 될 사람의 아버지가 이렇게 적막한 들 가운데 묻혔으니, 그 어머니와 어린 자식의 마음이 어찌 슬프지 않았겠는가.

4.

에이브럼이 세상을 떠날 즈음, 가필드는 겨우 '아빠, 엄마' 소리를 할 정도로 어렸다. 어느 날, 에이브럼은 플루타르코스[8]라 불리는 사람의 책을 읽고 있었다. 그때 가필드가 아버지 앞에 기어오자, 아버지는 그의 머리를 어루만지며 말했다.

"플루타르코스를 읽어 보아라."

그러자 어린 가필드는 주저하지 않고 플루타르코스의 말을 옮겼다. 이를 보고 에이브럼은 신기해하며 다시 말해 보라고 했다. 그러자 이번에도 가필드는 단 한 번도 실수 없이 그대로 옮겼다. 에이브럼은 아들을 사랑하는 마음을 억누르지 못하고, 아내를 향해 말했다.

"엘리자, 이 아이는 장차 반드시 학자가 될 것이오."

---

8) 플루타르코스(푸루다구, Plutarch, 46~120)

5.

에이브럼이 세상을 떠난 지 얼마 지나지 않아 겨울이 찾아왔다. 눈보라 치며 흐릿하게 구름이 낀 달밤에 산짐승의 부르짖는 소리가 나고 사람이 없는 빈집에 홀로 늙은이가 앉아 있었다. 부모 잃은 외로운 아이의 가슴은 슬픔으로 가득 차 있었다. 더욱이 걱정할 것은 가장의 유일한 재산이라고는 낮은 평상과 끝자리뿐이었으니, 이것도 편히 살아갈 수 있는 것이 아니었다. 봄이 되면 괭이와 호미 자루를 쥐어야 하는 법이거늘, 아껴둔 양식은 날로 줄어들고, 철없이 걸어다니고 기어다니는 어린아이는 부르짖는다.

"어머니! 엄마!"

서양 사람이 먹는 빵 같은 것을 달라고 외치는 아이의 소리는 어머니 귀에는 마치 저 산 마른 나무 밑에 숨어 지저귀는 산새의 소리와 다를 바 없어, 어머니 엘리자의 마음과 간장을 녹였다. 엘리자는 마음을 진정할 수 없어 친한 마을 사람에게 후일의 방도를 물었다.

"여간 재산을 다 팔아 이 땅에서 떠나 적당한 곳으로 가서 다른 생계를 구함만 같지 못할 것이오."

대답을 들은 엘리자는 마음 속으로 생각했다.

'낭군이 생존하였을 때 정성을 다한 일이 있으며, 낭군의 해골을 수습한 일 또한 있는데, 어찌 이를 버리고 다른 곳으로 가겠는가. 설령 돌아보아 주는 이가 없고, 부역하는 사람이 없을지라도, 신은 우리의 진실한 마음을 도우실 것이니, 만일 참된 마음으로 가사 일을 부지런히 하면, 어찌 굶어 죽을 이치가 있으랴. 이제 나는 어머니와 아들의 운명을 오직 신께 맡기고, 돌아가 낭군의 뜻을 따르리라.'

이렇게 마음을 정한 엘리자는 겨우 11살 된 첫째 아들 토머스[9]를 곁에 불러 세워 자신의 굳은 뜻을 낱낱이 말했다.

"너도 차후부터 더욱 집안일에 힘을 쓰거라."

토머스가 엄숙히 대답하였다.

"어머니께서는 마음을 편히 하소서. 소자가 비록 어리지만, 밭을 갈고 씨를 뿌리며 소의 젖을 짜는 일을 능히 하오니, 이후 아무리 괴로운 일이 있더라도 피하지 않을 것이며, 이 땅을 떠날 마음은 없습니다."

그 후로부터 첫째 토머스는 아침이면 동이 트기 전 일어나 해가 질 때까지 농사에 힘썼다. 때로는 마을의 소와 말을 빌려 밭을 갈고, 때로는 감자를 캐며, 보리를 운반하니, 그 모습이 어른도 믿기 어려울 정도였다. 그러나 한 집 네 식구의 배를 채우고도 남는 것이 있다고 하기는 어려웠다. 어느 날, 엘리자가 곳간에 들어가 양식을 살펴보니, 추수철까지 버티기에 부족하였다. 이에 집안사람들이 알지 못하게 자신의 아침 식사를 거르고, 하루에 점심과 저녁 두 끼만 먹으며, 이전보다 더욱 농사에 힘을 썼다. 그 후 다시 곳간에 들어가 양식을 살펴보니, 이전 계산이 틀렸던 것인지, 혹은 아이들의 식량이 더 늘어난 것인지 알 수 없었다. 하루 한 끼를 줄였음에도 여전히 부족하였다. 이에 엘리자는 자기의 점심도 먹지 않고, 하루 한 끼로 정하여 추수 때까지 굶주림을 참았다. 그 누가 이 현숙한 어머니의 고결한 지조와 참으로 강인한 힘을 보고 한 줄기 눈물을 흘리지 않겠는가. 옛말에 이르기를, '어린아이의 마음을 감동시키는 방법은 천하를 움직일 수 있다.' 하였으니, 사람을 길러내는 책임은 곧 어머니의

---

9) 토머스(도모스, Thomas Garfield, ?~?)

품성과 인격에 달려 있다고 하였다.

　기다리고 기다리던 추수철이 돌아오니, 밀이 누렇게 익어 황금과
같이 들 가운데 가득하니 하루 한 끼의 식사로 배고픔과 여러 달을
수고로이 보낸 어머니의 기쁨과 즐거움을 어찌 측량하겠는가. 진실
하고 부지런한 자에게는 비가 내리고 바람이 불어, 이렇게 하늘이
주신 단비와 이슬을 향하여 감사함이 극에 달했다. 어머니가 눈물을
흘리며 하늘을 우러러 축원하고 기도하니, 어찌 그 마음이 지극하지
않겠는가. 볼지어다, 신은 반드시 진실한 사람을 도우나니, 빈곤과
기근을 면하려면 마음을 진실하게 하고 부지런하게 할 것이다.

　엘리자의 선조는 본래 프랑스 출신으로, 위그노[10]의 교리를 굳게
믿었다. 그러나 프랑스 왕 루이 14세[11]때 정부 법령이 변경됨에 따
라, 나라에서 쫓겨나 국경 밖으로 추방되었다. 그들은 멀리 바다를
건너 이 땅에 와서 교당을 세우고 복음을 전파하던 마더린 바로[12]라
는 인물과 함께 신앙을 이어갔다. 이처럼 엘리자가 믿는 종교의 유래
또한 그녀의 집안에서 대대로 전해져 내려온 것이었다.

6.

　이때 엘리자는 근면하게 농사를 지으며, 틈틈이 남의 바느질을
맡아 하였다. 아들 토머스 또한 틈틈이 남의 일을 도와주었다. 그러

---

10) 진심으로 위그노의 교리를 믿었다: '위그노(Huguenot)'는 16~18세기 프랑스의
칼뱅파 개신교도(프로테스탄트)를 지칭하는 용어이다. 프랑스에서 가톨릭과의 종교
적 갈등 속에서 박해를 받았으며, 특히 루이 14세 이후 대대적으로 탄압 당했다.
11) 루이 14세(루이 십六세, Louis XIV, 1638~1715)
12) 마더린 바로(ᄆ듸린 썐로, Madeleine Barreau, ?~?)

던 어느 날, 토머스가 처음으로 받은 품삯을 어머니에게 눈물을 머금고 내밀며 말했다.

"어머니, 이 돈으로 동생 제임스에게 새 구두 한 켤레를 맞춰 주시면 어떻겠습니까."

그 말을 들은 어머니는 깊이 감동하여 한편으로 눈물을 흘리며 말했다.

"참으로 훌륭한 생각이구나."

이어서 어머니가 물었다.

"네 아우가 신발을 신으면 무척 기뻐하겠지만, 정작 너 자신이 필요하지 않겠느냐."

토머스가 답했다.

"아니오. 저는 다시 품삯을 받을 기회가 있을 것이니, 그때 새 신발을 사 신어도 무방합니다. 하지만 아우는 오래전부터 신발을 신고 싶어 했으니, 어서 서둘러 신겨 주고 싶습니다."

이때 제임스 나이 겨우 3살이었다. 그는 지금까지 한 번도 신을 신어본 적이 없었으며, 아무리 추운 날씨에도 맨발로 다니곤 했다. 그러나 형의 따뜻한 마음 덕분에 처음으로 신발을 신게 되었을 때, 그 기쁨은 이루 말할 수 없었을 것이다. 30년 후, 이 사람이 미국 국회의원으로 당선되었을 때나 더 나아가 대통령이 되었을 때의 기쁨조차, 어쩌면 그때보다 더 크지는 않았을 것이다.

제2장 소학교 시절

1.

이 무렵 가필드 집 근처에 새로 소학교가 세워졌다. 그 시절 지방 소학교는 오늘날과는 규모가 대단히 달라서 학생들은 농사일을 하며 남는 시간에만 교육을 받는 방식이었다. 그러던 어느 날, 토머스가 어머니를 향해 말하였다.

"어머니, 이번에 새로 생긴 학교에 아우 제임스를 입학시키겠습니다."

그러자 어머니는 대답했다.

"제임스는 아직 4살도 채 되지 않았으니, 차라리 네가 학교에 들어가는 것이 낫지 않겠느냐. 제임스는 너무 어려서 아직 시기가 이르다."

이때 토머스는 13살이었다. 그는 단호히 대답하였다.

"그렇지 않습니다. 제가 학교에 가면 집안일은 누가 하겠습니까. 저는 예전처럼 집안의 생계를 책임지며, 누이와 아우를 학교에 보내는 것이 더 합당합니다."

어머니는 토머스의 말에 감동하여, 결국 제임스를 학교에 입학시키기로 결심했다. 그러나 제임스는 이제 겨우 4살이 될까 말까 한 나이였다. 매일 먼 길을 걸어 학교를 다녀야 했으나, 아직 어린 제임스가 그 긴 거리를 혼자 다닐 수 없었으므로 어머니는 근심하였다. 이때 토머스의 누이, 15살이 된 메히터블[13]이 나섰다. 그녀는 어머니

앞에서 다짐하듯 말했다.

"어머니, 제가 마땅히 날마다 제임스를 등에 업고 같이 학교에 가겠습니다."

이렇게 하여, 한 가지 일로 두 가지 이익을 얻는 것이 되었으니, 남매가 겨울 동안 소학교에 다닐 수 있게 되었다. 그리하여 어머니, 형, 누이가 한 집에 모였으니, 그 집의 장래는 실로 밝고 희망으로 가득하였다.

2.

이 시기 제임스는 학교 가는 길에 누이에게 업히거나 혹은 손목을 잡힌 채 끌려가기도 하면서, 날마다 부지런히 학교에 다녔다. 그러던 어느 날, 어머니가 처음 학교에 다녀오면서 누이 메히터블에게 말했다.

"제임스가 공부할 때에 조용히 앉아있어야 하는데, 공부 도중 갑자기 무슨 생각이 떠올랐는지, 순간 자리를 박차고 일어나더니, 옆에 앉은 아이의 깎은 머리를 붙잡고 흔들었다 하더구나. 선생님이 놀라 손으로 막으면서 하시는 말이 '학교에 와서는 정한 자리에 앉아 산만히 움직이면 안 된다'고 했다."

이때부터 제임스는 학교에 다니기를 좋아하여 날마다 잘 다녔다. 그때 오하이오 지방 학교에서는 대체로 글 읽는 법과 글 짓는 법, 글씨 쓰는 법을 가르칠 뿐이었다. 간혹 수학과 자연과학을 포함하는 곳도 있었으나, 제임스가 배운 것은 대개 기본 학문이었으며, 그는

13) 메히터블(메헤다쎄루, Mehitable Garfield, ?~?)

여러 학문을 대강 다 배웠다.

3.

제임스는 독특하게도 어렸을 때부터 성경 이야기를 자세히 알고, 또 그것을 깊이 따져 묻는 것을 좋아했다. 그렇기에 그는 학교에서도 자주 질문을 던졌고, 이는 매일 학교의 아이들에게 웃음을 주는 일이 되었다. 그러나 이는 단순히 어린 나이에 철이 없어서 그런 것이 아니었다. 언제든지 그의 말은 이상하고 기이하여, 사람들은 뜻밖의 질문을 받곤 했기 때문이다. 그러므로 선생이든 학우든 제임스의 질문에 웃으면서도 감탄하였다.

또한, 기억력에 있어서도 제일이었다. 그렇기에 학우들과 성경 이야기를 하다가 누구든지 제임스를 대적할 자가 없었고 또 교사가 무엇을 외워오라 하면 제임스는 제 것만을 외우지 않았다. 늘상 제임스는 윗반의 것까지도 모두 외워 왔다. 게다가 제임스는 남의 말을 놓치지 않고 잘 들어서, 한 번만 들으면 무엇이든 반드시 기억해 냈다. 이는 제임스의 타고난 성품이었다. 이처럼 사물을 비평함에 있어서도 날카로운 태도를 보여주는 제임스였다.

4.

북풍이 부는 겨울밤이면 삼남매가 화로가에 둘러앉아 글 읽기를 일삼았다. 이들 남매는 본래 궁핍한 집안 형편이라 초나 램프를 켤 힘이 없었으므로, 관솔불을 등잔 대신 사용하였다. 그러므로 제임스가 글을 읽는 터전은 화로가였으니, 화로에서 타는 불은 한편으로 음식을 익히고 한편으로는 몸을 녹여 주었다. 겨울 동안 제임스는 이미 돌아오는 여름에 공부할 책까지 읽어 버렸고, 그래도 부족하여 동네 아이들이 가진 책을 빌려다가 읽었다. 제임스는 걷거나 움직이는 동안에도 항상 책을 손에서 놓지 않았다. 바깥에 나가 있을 때라도 잠시 틈만 나면 나무 그늘 아래를 오가며 읽었으니, 그의 어머니는 제임스의 글을 좋아하는 성향이 대단함을 기뻐하여, 아무쪼록 그 뜻을 맞추어 주고자 했다. 그러나 어머니는 집안이 가난하여 아들에게 좋은 책을 마련해 주지 못함을 슬퍼하였으니, 이때 제임스의 나이는 겨우 6살이었다.

5.

어머니는 어린 아이 제임스가 이렇게 먼 학교에 다니는 것을 불안히 여겨, 집 가까이에 조그만 학교라도 세울 수 있다면 매우 좋을 것이라 생각하였다. 이에 옆집 사람에게 이 일을 의논하였더니, 그 집에도 어린아이가 여섯이나 있었다. 그래서 옆집 사람 또한 어머니 뜻에 찬성하여, 제임스 집 땅에 온 사방에 삼간[14]쯤 되는 집을 세우고 긴 걸상을 만들어, 아이 20여 명이 앉아 공부할 수 있도록 하였다. 또한, 형 토머스도 농사하는 틈틈이 함께 공부하기로 뜻을 정했다.

6.

이 작은 학교에 오는 교사는 후스턴이라는 사람으로 그 때에 나이

---

14) 삼간: '삼간(三間)'은 전통적인 한국 및 동양 건축에서 쓰이는 길이 단위이다. 기둥 사이의 칸을 기준으로 한 건물의 크기를 나타낸다. 일반적으로 '한 칸'은 약 1.8m에서 2m 정도로 계산되며, '삼간'은 이를 세 개 합한 약 5~6m의 폭을 가리킨다.

겨우 20살이었다. 그렇게나 어리되, 사람은 매우 친절하고 공손하였으며, 또한 얼마 되지 않는 월급에도 만족하여 아이들을 가르치는 것을 더없는 즐거움으로 삼았다. 처음에는 가필드의 집에서 숙식하였는데, 이 집의 높은 마루 위에서 토머스와 제임스와 함께 같은 베개를 베고 잠을 잤다. 처음 개학하던 날 형제가 함께 학교에 간 즉 선생이 제임스의 머리를 어루만지며 말했다.

"어여쁜 아이야 공부 잘 하여라 그러하면 장성한 후에 대장군이 되리라."

하지만 제임스는 그 때 아직 대장군이 무엇인지 모를 때였다. 그 말을 듣고 이상히 여겨 집에 돌아와 어머니를 향해 물었다.

"어머니 대장군이 무엇인가요?"

어머니는 제임스의 질문이 이상하다고 생각하며 답했다.

"왜 그 말을 묻니?"

선생의 말을 [전해들은] 제임스의 어머니는 웃으며 그 뜻을 알려줬다. 한편으로는 집안 조상 중에도 장군의 수하 노릇은 하였지만 용맹했던 사적과 함께 미국의 영웅이었던 워싱턴[15] 장군의 인품을 들어 이야기해 주었다. 그 후 다시 말하기를, '대장군이 되는 것도 좋기는 좋아 그러하되 원래 군인은 전장에서 사람을 죽이고 공을 이루는 사람이 많으니 너는 차라리 사람을 죽이는 것을 배울 것이 아니라 대장군과 같이 잘난 사람이 되라.' 하고 가르쳤다. 이 한마디 교훈

15) 워싱턴(와신돈, George Washington, 1732~1799): 미국의 군인이자 정치가로, 미국 독립전쟁(1755~1783)에서 대륙군 총사령관으로 활약하며 독립을 이끌었다. 이후 1789년 미국 최초의 대통령으로 선출되어 1797년까지 두 차례 재임하였다. 미국의 민주적 정부 기틀을 마련한 지도자로 평가되며 미국의 아버지로 불린다.

을 들으면 그 어머니가 결코 평범한 사람이 아님을 알 수 있다. 그녀는 자기 아들이 공연히 사람을 죽여 피를 흘리는 것을 좋아하는 사람이 되지 않도록, 그러한 망상을 경계하고 다른 방향으로 이끌고자 하였다. 이러한 통찰력은 예수 기독교의 감화를 받지 않고서는 결코 가질 수 없는 것이었다.

7.

새 교사가 개학한 이튿날, 한 가지 규칙을 정하며 말했다.

"교실에 있을 때에는 한눈팔지 말고 공부를 해라."

그러나 성격이 활발한 제임스는 그것을 참지 못하여, 누구보다도 곁눈질을 많이 하고, 또 무슨 소리가 나면 곧 귀를 기울이며 교사가 아무리 주의를 줘도 듣지 않았다. 교사가 외우라고 한 글도 잘 외우지 못했던 이 시기의 제임스는 매우 게으른 듯 보였다. 마침 이때 교사가 다른 집으로 옮기려 하던 차에, 교사는 제임스의 일을 걱정하며 그의 어머니에게 말했다.

"미안한 말씀이지만, 제 책임으로 어쩔 수 없이 말씀드려야 할 것이 있습니다. 이는 다름 아닌 자녀의 일에 관한 것입니다."

그러자 어머니는 걱정스러운 기색을 띠며 엄숙하게 '무슨 까닭이 있습니까?'하고 물었다. 이에 교사가 대답했다.

"제임스가 요즘 교실에서 아무리 조용히 하라고 권해도 듣지 않고, 학업에도 힘쓰지 않고 있습니다. 이런 태도로 보아 혹여 장차 좋은 사람이 되지 못할까 염려됩니다."

그러자 어머니는 크게 낙담하며, '오오, 제임스가…'하고 목이 메어 말을 잇지 못하였다. 이는 다름이 아니라, 어머니가 평소 제임스의 성품이 무던한 것을 기뻐하였으나, 이번에 교사의 말을 듣고 크게 놀라면서도 한편으로는 실망하여 슬퍼한 것이었다. 어머니는 곧 제임스를 곁으로 불러 세우고, 눈물을 흘리며 엄숙하게 꾸짖었다. 그러자 제임스는 대답하기를, '다음부터는 착한 자식이 되겠습니다'라고 하며, 우는 얼굴로 어머니의 치마에 휩싸여 용서를 빌었다. 어머니는 교사에게 다시 말했다.

"이 아이는 본래 학문을 좋아하는 성품입니다. 그래서 나는 그를 어리석은 자식이라고는 여기지 않았건만, 이토록 악동이 된 것은 필시 다른 까닭이 있는 것 같습니다."

그러자 교사는 갑자기 남다른 표정을 띠며 말했다.

"혹시 내가 너무 엄하게 대하여 그의 활발한 기운을 억누른 탓인가 싶습니다."

[말을 마친] 교사는 급히 안색을 누그러뜨리며 울고 있는 제임스의 머리를 어루만지며 말했다.

"이 아이야, 울지 마라, 제임스. 나와 너는 같은 목표를 가진 벗이니, 눈물을 닦고 웃어라. 그리고 내일부터는 열심히 공부하도록 하여라."

그 이튿날, 제임스가 공부하는 모습을 살펴보니 그의 장난기가 여전하였다. 그러나 선생은 조금도 꾸짖지 않고 그가 하고 싶은 대로 내버려 두었다. 그러자 과연 얼마 지나지 않아, 그는 동무 아이들을 압도하고 반에서 수석이 되었다. 한편, 선생은 가필드 집에서 다른 곳으로 거처를 옮겼으나, 제임스가 이렇게 변해 가는 모습을 보고 혀를 내두르며 놀라워하였다. 그러던 어느 날, 그는 제임스의 어머니를 찾아가 말하였다.

"자제분은 장차 보시다시피 세계에 이름을 빛낼 것이니 이러한 자손을 두신 부모는 참으로 영광일 것입니다."

이에 어머니는 답했다.

"나는 모쪼록 그렇게 되기를 바랍니다."

8.

제임스는 집에 있을 때 항상 형 토머스와 함께 잠자리에 들었다. 그러나 밤이 되면 몸을 뒤척이며 이불을 발로 차 벗겨버렸기 때문에, 추워서 잠꼬대처럼 '형, 이불 좀 덮어 주세요.'라고 했다. 그러면 형은 늘 이불을 덮어 주곤 하였다. 이러한 일이 있은 지 25년이 지난 후, 제임스는 대장군이 되어 어느 날 큰 전투를 치르고 깊은 잠에 빠졌다. 그런데 한밤중에 이불을 걷어차 버리고는 다시금 [지난날의] 잠꼬대처럼 '형, 이불을 덮어 주세요.'라고 말한 뒤 깊이 잠들었다. 마침 그때까지 잠을 자지 않고 있던 한 장교가 이 말을 듣고는 제임스에게 보고하니, 제임스는 25년 전 오하이오의 낡은 통나무집에서 살던 시절, 어머니와 형이 겪던 고난을 떠올리며 눈물을 흘렸다. 그리고 크게 울면서 말했다.

"옛말에 이르기를, 영웅이 눈물을 흘리는 것은 궁핍하고 빈한한 삶 때문이라 하였는데, 과연 이 말이 옳구나."

9.

한 번은 개학 첫날, 교사가 정교하게 만든 신약성경 한 권을 아이들에게 보여주며 말했다.

"이 책은 이번 학기가 끝날 때, 품행이 바르고 공부를 잘한 아이에게 주겠다."

그리하여 학기가 끝나는 날, 아이들은 그 책이 누구에게 돌아갈지 몰라 서로 바라보았다. 그러자 교사가 크게 소리쳐 말했다.

"제임스, 이리 오너라."

제임스가 곧 대답하고 교사 앞에 나아가니, 교사가 신약성경을 들어 그에게 주며 말했다.

"이 책을 너에게 주겠다. 이번 학기 동안 너보다 성적이 더 나은 아이를 보지 못했기에, 처음 약속한 대로 이 성경을 너에게 상으로 주겠다."

이에 여러 학생이 모두 교사의 처분을 공정하게 여기고, 제임스에게 상이 돌아간 것을 기뻐하며 함께 축하해 주었다. 또한, 제임스의 어머니도 눈물을 흘리며 기뻐했으니, 이는 그녀가 남편을 떠올렸기 때문이었다. 이때부터 학교에서 제임스를 능가할 자가 없었으며, 교사 또한 그가 비범한 재능을 지녔음을 알게 되었다. 학우들 모두 그를 흠모하였으니, 이때 제임스의 나이는 겨우 6살이었다. 그의 형 토머스를 도와 농사일을 할 수도 없었고, 학교에 가는 것도 겨울철 한철뿐이었으므로, 휴학 기간에는 활발히 놀거나 동네를 돌아다니며 책을 빌려 읽으며 세월을 보냈다.

10.

제임스가 8살이 되자, 날마다 형 토머스와 함께 산으로 올라가 나무도 베고, 우유도 짜고, 벼를 베며, 밭에 채소도 심었다. 이로 인해 형 토머스는 여가를 얻어 남의 일을 도우며 품삯을 벌 수 있었고, 이 돈은 집안 살림에 크게 보탬이 되었다. 그리하여 신발 한 켤레나 책을 사는 일, 선생에게 드리는 월사금, 그리고 교회의 월 회비 같은 것들도 모두 이 돈으로 해결할 수 있었다.

하루는 어머니가 제임스를 향하여 말하였다.

"네 형 토머스는 나이가 이미 17살이 되고, 너는 8살이 되었구나. 토머스는 11살 때 아버지가 돌아가시자 곧 가장이 되어 농사를 지었으니, 너도 어서 커서 형을 대신해 농사를 짓고, 형이 자기 앞날을 위해 공부할 시간이 생기게 해라."

제임스가 대답했다.

"저는 마땅히 명심하여 그리 하겠습니다."

11.

제임스는 어릴 때부터 뜻이 굳세었으므로, 언제든지 '나는 못하겠어.'라고 말하는 일이 없었다. 어려운 일도 억지로라도 '나는 할 수 있다.'며 단언하곤 하였다.

어느 날, 동무 중에 에드윈이라는 아이와 함께 헛간에 들어가 둥우리에서 닭의 알을 찾던 중, 에드윈이 조금 작은 알 한 개를 찾아 제임스에게 보여주며 말했다.

"제임스, 이 알이 참 좋다."

제임스가 보고 대답했다.

"그까짓 것쯤이야, 나 같으면 한입에 꿀떡 삼키기도 하겠다."

그러자 에드윈이 대답했다.

"그런 일은 못할 것이야."

제임스는 다시 말했다.

"아니, 무엇을 못한다는 거야?"

그러고는 자기 목구멍보다 더 큰 알을 입 속에 넣고 억지로 삼키려 하였다. 이에 에드윈이 깜짝 놀라 외쳤다.

"제임스, 지금 내가 한 말은 농담이야. 그만둬."

그러나 제임스는 친구의 말을 듣지 않고 힘을 주면서 삼켰다. 그러자 알이 뱃속과 입속에서 깨지고 말았다. 제임스는 비린 맛을 참으며 얼굴을 찡그린 채 집으로 달아났다. 에드윈이 다시 찾아가 보니, 제임스는 집에서 빵 한 조각을 입에 넣고, 아까의 알처럼 삼킨 뒤에 엄연히 뛰어나와 에드윈을 향해 말했다.

"이제 내 [모습을 보니] 어떠니? 나는 정말로 삼켰지?"

이에 에드윈은 제임스의 고집이 너무 센 것을 보고 허리를 펴지 못하고 웃었다. 어머니가 이 말을 듣고 한편으로는 그 못생긴 행동을 보고 웃었으나, 또 한편으로는 이 일이 비록 사소하지만, 농담으로 한 말이라도 '내가 능히 한다.'라고 한 뒤에 반드시 실행하는 제임스에 대하여 속으로 기뻐하였다.

인도 선교사 윌리엄 캐리[16]는 대단한 용기로 세상에 이름이 널리 알려진 인물인데, 그가 어릴 때 했던 행동 또한 이와 비슷한 점이 있었다. 그는 한창 어린 시절, 위험한 곳을 사람들이 두려워해 감히 가지 못하더라도 스스로 가기를 좋아하였다. 어느 날, 높은 나뭇가지에 올빼미가 고요히 앉아 있는 것을 보고 잡으려고 기어 올라가다가,

---

16) 윌리엄 캐리(울늭암 가레, William Carey, 1761~1834): 영국 출신의 개신교 선교자이자 언어학자, 교육자로, 근대 개신교 선교의 아버지로 불린다. 1793년 인도로 건너가 선교 활동을 시작했으며, 뱅골 지역에서 선교사역과 성경 번역, 출판, 교육 활동을 활발히 전개했다. 그의 업적은 단순한 선교 활동을 넘어 인도의 교육과 후대 선교사들에게 큰 영향을 미쳤다.

발을 잘못 디뎌 미끄러지면서 땅에 그대로 떨어졌다. 몸을 크게 다쳐 여러 날 고통을 견디며 치료를 받은 뒤, 곧 다시 그 나무 위에 올라가며 '이것 보아라!'하고 여러 아이들에게 보여주었다. 예로부터 영웅들의 행동이란 대개 이와 같았던 것이다. 제임스는 스스로 자부하는 마음이 강해 고집이 대단했으나, 교만한 성품은 없었고 쾌활하고 담백한 성격의 사내였으므로 많은 사람들이 그를 사랑하였다.

12.

제임스는 아버지가 생전에 항상 하시던 말씀이라며 어머니에게 들은 것이 있었다. 그 말은 다름 아닌 '뜻이 있으면 그 일에 길이 반드시 있다.'라는 글귀였다. 이 한 구절은 어릴 때부터 제임스에게 깊은 감동을 주었으며, 그의 어머니 또한 말했다.

"신은 스스로 돕는 사람을 도와준다."

그녀는 이 한 구절을 좌우명 삼아 이렇게 말했다.

"가장이 세상을 떠난 뒤, 우리의 운명은 하루아침에 바뀌어 버렸다. 그러나 집안일을 부지런히 하고 한 마리 닭을 기르며 아이들을 키우는 동안, 신의 가호로 우리는 굶주림을 면할 수 있었다. 사람이 되었으면 마땅히 내 마음을 다스려 부지런하고 성실한 사람이 되어야 한다."

어머니는 또 항상 이렇게 말씀하셨다.

"신은 언제든지 착한 사람을 도와주느니라. 곧 착한 아들, 착한 사람, 착한 선생, 그리고 그 외의 모든 착한 이는 신의 도움을 받을 것이니, 우리가 먼저 착하게 행동하면 신께서는 결코 우리를 외면하지 않고 반드시 필요한 것을 주실 것이다."

이와 같은 믿음은 어머니가 무수한 고난을 겪으면서 스스로 터득한 생각이었다. 결국, 그녀는 한마디로 말해 착한 것 하나로 자녀를 가르치는 것을 삶의 원칙으로 삼았다.

제임스는 이러한 현명한 어머니에게 교훈을 받았기에 성품이 강직하고 자부심이 두터워 나날이 선한 길에 가까워져 갔다. 결국, 그는 마침내 참된 군자가 되었다. 만일 그의 어머니가 이 아이의 교육을 잘못 이끌었다면, 그처럼 뛰어난 재능을 지닌 사람이 그 능력을 그릇된 곳에 썼을지도 알 수 없는 일이었을 것이다. 그러므로 자식을 둔 어머니의 가르침은 한 사람의 평생을 좌우할 만큼 대단한 영향력을 지닌다는 것을 알 수 있다.

13.

제임스가 임기응변에 뛰어났다는 것을 보여주는 이야기가 있다. 10살쯤 되었을 때, 제임스는 숙부 포인턴의 아들 헨리와 함께 학교에서 같은 자리에 앉아 공부하고 있었다. 그러던 어느 날, 두 아이가 크게 싸웠고, 선생님은 화가 나서 그들을 불러 꾸짖으며 말했다.

"너희 둘은 공부하는 사람을 방해하는 자들이니, 책을 들고 당장 집으로 가거라."

두 아이는 어쩔 수 없이 책을 들고 학교를 나섰다. 헨리는 곧장 집으로 가버렸지만, 제임스는 자기 집 문 앞까지 갔다가 다시 돌아서 학교로 되돌아가 자기 자리로 가서 앉았다.

이를 본 선생님이 놀라며 말했다.

"제임스, 너는 왜 나의 말을 어기는 것이냐."

이에 제임스는 태연히 대답했다.

"선생님, 아까 저는 선생님의 명을 받아 분명히 집으로 갔습니다. 그러나 선생님께서 저에게 '집에 가서 있어'라고 명하시지는 않으셨기에, 곧 다시 학교로 돌아왔습니다."

선생님은 그 대답이 기이하여 절로 웃음이 나왔고, 이내 말했다.

"그러면 다시 네 자리에 앉아라."

14.

제임스는 항상 어머니와 함께 자라며 성경 이야기를 많이 들었다. 글자를 어느 정도 알게 되자 성경을 읽기 시작했고, 신약과 구약을 모두 살펴보았다. 또 제임스는 항상 궁금한 점이 많아 성경을 읽을 때마다 한자나 한글 구절을 지나치지 않고 어머니에게 물어보았다. 그래서 어머니가 대답하기 어려운 질문을 자주 던지곤 했다.

어느 날, 제임스가 어머니에게 물었다.

"어머니께서 항상 성경을 신령한 글이라고 하시는데, 어찌하여 그러합니까?"

어머니가 대답했다.

"그 이유는 다른 책들과 달리 사람이 쓴 것이 아니기 때문이다."

제임스는 다시 물었다.

"그렇지만 어머니, 성경은 모세나 이사야, 다윗, 마태오, 바울과 같은 사람들이 쓴 것이라 하시지 않으셨습니까."

어머니가 답했다.

"너의 말과 같이 여러 사람들이 붓을 잡고 쓴 것은 분명한 사실이다. 그러나 이 사람들이 결단코 자기의 뜻대로 쓴 것이 아니며 성령의 감화를 받아서 쓴 것이다. 다시 분명히 말하자면 저 사람들이 신령의 도우심 없이는 쓰지 못했을 것이다. 그러한즉 저 사람들이 저의 들의 마음 가운데 신령이 고하시는 뜻을 가져서 붓으로 기록하였을 따름이다."

그러자 제임스가 다시 물었다.

"그러면 왜 어머니는 성경을 '신령의 글'이라 부르십니까?"

"그것은 다름이 아니라 신령은 곧 성경을 저술하신 자로 신령이 다만 사람으로 하여금 그것을 쓰게 하신 것이다."

"요셉이 여러 가지 색으로 화려하게 물들인 외투를 입었다고 하는데, 그것이 정말 사실입니까?"

"참으로 그러했다."

"왜 그 사람이 그렇게 옷을 꾸몄습니까?"

"그 사람의 아버지가 여러 아들 중에 요셉을 가장 사랑하고, 그에게만 특히 좋은 옷을 주었기 때문이다."

"여러 아들 중에 특히 하나만 사랑하는 것이 옳은 일입니까?"

"그렇지 않다. 그것은 옳지 않은 일이로다."

"그렇다면 요셉의 아버지는 잘못된 사람입니까?"

"아니다. 착한 사람도 때로는 옳지 않은 일을 할 때가 있다. 그러나 착한 사람은 결코 그런 잘못을 반복하지 않으려 하고, 악한 사람은 여러 번 잘못을 저질러도 후회하거나 고치려 하지 않는다."

"착한 사람도 스스로 악한 일을 억제하지 못할 때가 있습니까?"

"억제할 수 있다. 신령의 도움을 받으면 말이다."

"그렇다면 신령은 항상 누구에게나 도와주시지 않습니까?"

"항상 도와주시는 것은 아니다."

"왜 도와주시지 않으십니까?"

"이것은 필연적으로 사람이 신령의 도우심을 얻을 수 없기 때문이다."

"신령의 도움이 없으면 사람이 착하게 살 수 없습니까?"

"그렇게 되는 것은 매우 어려운 일이다."

"어찌하여 그렇게 되기 어렵습니까?"

"사람이 너무 악하기 때문이다."

"그렇다면 악한 사람은 어떻게 해야 착한 사람이 될 수 있습니까?"

이 질문은 매우 깊이 있는 것이어서, 8~9살 어린 아이가 묻는 말이라고 믿기 어려웠다. 어머니도 그 질문에 즉시 대답할 수 없어, 마침내 지는 모습을 보였다.

15.

제임스가 8살 때, 오하이오 지방에 금주회가 설립되었고, 어머니는 그 회를 크게 찬성하며 제임스에게 술을 일절 마시지 않도록 맹세하게 했다. 어느 날 어머니는 제임스를 향해 경고하며 말했다.

"바른 일을 할 때 조금도 두려워하지 마라. 바른 일을 두려워하는 것은 잘못된 것이다."

제임스는 곧바로 대답하며 말했다.

"나는 바른 일을 두려워하는 사람이 어떤 사람인지 알 수 없습니다."

그 대답을 들은 어머니는 제임스가 어릴 때부터 바른 일을 행하는 데 무엇도 두려워하지 않으며, 그로 인해 굳은 마음이 생긴 것임을 추측할 수 있었다.

제3장 고향에서 일하던 시절

1.

"제임스, 나는 이제 미시간[17] 지방으로 가니 너는 오늘부터 아무쪼록 농사를 힘써라."

형 토머스가 클리블랜드[18] 지방에 갔다 와서, 아우 제임스를 향해 이렇게 말했다.

"어디를 가나요?"

제임스가 재차 묻자 형이 말하였다.

"미시간에 가는데, 미시간은 우리가 사는 이 곳 보다 땅도 아직 개간되지 않은 곳이 많아서 그렇다."

제임스가 물었다.

"왜 형님은 그렇게 개간되지 않은 땅으로 가시려 하나요?"

형이 대답했다.

"그 땅에 가서 농사를 하면 한 달에 24원이 생기기 때문에, 그곳에 잠깐 가서 어머니를 위해 좋은 집을 새로 하나 짓고자 한다."

제임스가 그 말을 듣고 매우 기뻐하며 형의 뜻을 충성스럽게 따랐다.

이때 클리블랜드 지방에는 할 일이 별로 없고, 미시간 지방은 새

---

17) 미시간(미시킨, Michigan)
18) 클리블랜드(크리프랜드, Cleveland)

로 개척하는 곳이라 많은 일꾼들이 필요하여 도로 가려는 사람들이 많았다. 형 토머스는 자신이 지금까지 살던 집을 버리고 새로운 집을 지으려 하여, 10년 전부터 재목을 준비해 두었고, 이만 있으면 목수를 불러 집을 지으려고 했다. 그 뜻을 이루기 위해 미시간 지방에 가는 것이니, 토머스의 나이는 21살, 제임스는 겨우 11살이었다.

형이 떠나기 전날 밤, 어머니와 형이 함께 이야기를 나누던 중, 제임스는 형의 말을 잘 이해하지 못해 형이 위로하며 말했다.

"일곱 달만 지나면 내가 돌아와서 이 낡은 집 대신 좋은 집을 세울 것이니, 그때까지 너는 내 대신 어머니를 돕고 농사를 짓도록 하여라."

형이 떠난 뒤, 제임스는 형의 말을 잊지 않고, 형을 돕기 위해 농사에 힘썼다.

2.

여기서 먼저 가필드의 고향 풍경을 말하자면, 자연의 풍경은 사람의 성품을 길러나간다. 우리가 이 굳건하고 위대한 가필드가 어떤 산수 속에서 태어나서 세계적인 거물이 되었는지 고려하지 않을 수 없다. 대체로 오렌지라 불리는 마을은 클리블랜드에서 남쪽으로 15영리 떨어진 쿠야호가라 불리는 마을 동남쪽에 위치해 있다. 현재 다른 농촌과는 다르게 인가가 밀집하고 있고, 언덕과 구릉이 이어져 산으로 둘러싸여 있다. 오하이오 주 중에서도 매우 경치 좋은 곳이라 할 수 있다. 동북으로 흐르는 쿠야호가 강이 하류로 내려가면서 지형이 남쪽을 향해 점점 낮아지다가, 약 3영리쯤 이르면 산세가 더욱 웅장해진다. 이 산에서 사방을 굽어보면, 오렌지의 광활한 평야가 끝없이 펼쳐져 있어 20영리 밖까지 시야에 들어오고, 쿠야호가 강의 자연스러운 정취가 더없이 아름답다. 하늘은 높고 탁 트여 있어 사람들로 하여금 무한한 감회와 호연지기를 불러일으키니, 누구라도 한 걸음 멈추어 감탄하지 않을 수 없다. 가필드는 바로 이러한 곳에서 성장하며, 이러한 환경 속에서 세상을 향해 나아간 인물이었다.

3.

제임스는 형을 미시간에 보낸 후 줄곧 농사에 힘썼다. 이웃 사람들은 어린아이가 농사일에 힘쓰는 모습을 보고 놀라지 않을 수 없었다. 제임스는 자신의 몸과 힘에 넘치는 일도 마다하지 않고 조금도 불평하지 않으며 일했다. 한 사람이 제임스를 향해 물었다.

"너는 농사를 다른 직업에 비한다면 어떠한 일이 더 어렵니?"

제임스는 대답했다.

"나는 다른 직업을 해본 적이 없어서 비교할 수 없다."

이처럼 제임스는 어떤 어려운 일이 닥쳐도 다른 것과 비교하거나 교만한 태도를 보이지 않았으며, 한탄하거나 비굴하게 행동하지 않았다. 그는 어릴 때부터 그때그때 처한 상황에 맞게 꾸준히 성실하게 일했다.

4.

제임스가 이처럼 불평하거나 한탄하는 일 없이 근면하게 농사일하는 것을 보고, 어머니는 그가 학문을 닦을 기회를 놓칠까 걱정하지 않을 수 없었다. 어머니가 말했다.

"제임스, 나는 네가 언제까지든지 농부가 되지 않기를 바란다."

제임스가 물었다.

"어머니, 이 일을 그만두려면 어찌하여야 됩니까?"

어머니가 답했다.

"그것은 어려운 일이다. 그러나 우리가 할 수 있는 일은 인간의 노력만이 아니라, 신령의 도움이 필요하다. 그래서 나는 결국 네가 언젠가는 좋은 교육을 받게 될 것이라 믿고, 더 나은 교육을 받을 기회를 찾을 것이다. 그때 네가 성장하면 혼자서도 잘 살아가리라. 또한 나는 네가 장차 훌륭한 학자가 될 수 있을 것이라고 알고 있다. 너를 위해 유명한 학자가 되도록 도와주고 싶다는 마음이 내 가슴 속에 항상 있다."

제임스가 답했다.

"어머니, 저는 그렇게 큰 꿈을 생각하지 않았습니다."

어머니는 다시 물었다.

"그렇다면 너는 학문을 배우는 것을 원하지 않느냐, 학자가 되고 싶지 않느냐?"

제임스는 대답했다.

"아닙니다. 저는 다른 것도 바라지만, 어떻게 해야 그 목표를 이룰 수 있을지 잘 모르겠습니다."

어머니가 답했다.

"걱정하지 마라. 신령은 우리가 가야 할 길을 알려줄 것이다. 그 길이 어둡고 힘들어도, 신령은 반드시 우리를 인도해 줄 것이다."

5.

"형이 돌아온다!"

어느 틈에 형을 본 제임스가 기쁨에 취한 마음을 이기지 못하고 한걸음에 뜰로 뛰어나가서 미시간에서 돌아오는 형을 맞이했다. 두 사람이 서로 손을 잡고 기쁨을 나누었다.

"형이 오시니, 이제 우리는 좋은 집에서 살게 될 거예요."

이 말은 제임스가 형에게 처음으로 한 말이었다.

형이 미소를 지으며 말했다.

"그렇다. 우리가 좁고 불편한 집을 떠나 좋은 집으로 이사 가게 되었으니, 자, 집으로 들어가자."

서로 손을 잡고 집으로 들어갔고, 기다리고 기다리던 어머니의 기쁨은 이루 말할 수 없을 정도였다. 이때 가필드 집 사람들의 나이를 살펴보니, 토머스는 23살, 제임스는 12살이었다.

토머스가 한 주먹 금돈을 어머니에게 내며 말했다.

"어머니, 이 돈은 우리에게 새 집을 지어줄 돈입니다."

어린 제임스는 눈에 금광처럼 빛나는 금화가 보이자 놀라며 기뻐하고, 그 돈을 손으로 세어보려고 했다.

"형, 이 돈이 얼마나 되나요?"

"75달러이다."

우리나라 돈으로 환산하면 150원 정도였다.

"이렇게 많은 돈을 형 한 사람의 힘으로 어떻게 벌어오셨나요?"

제임스뿐만 아니라 가족 모두가 평생 처음으로 그렇게 많은 돈을 본 것이었다. 그 기쁨에 넘친 모습을 이루 나타낼 수 없으며 더욱이 어머니의 기쁨은 극진하여 말조차 제대로 하지 못했다. 부모로서 가장 큰 만족과 기쁨이 바로 이런 순간이 아니겠는가. 은비 같은 어머니의 눈물 방울방울이 황금 같은 금화 위에 떨어졌다.

제4장 목수 일을 배우던 시절

1.

형 토머스는 75달러로 새 집 짓기를 시작했다. 근처 목수인 도리도라 하는 사람을 불러 집을 지을 때, 형은 나무를 옮기고 땅을 파며 못질하는 일꾼이 되었다. 제임스는 새 집 짓는 일이 너무 재미있어서 뛰어다니며 노동에 몰두하였다. 목수 도리도는 제임스를 불러 끌과 방망이를 가지고 기둥에 구멍을 파라고 했다. 제임스는 그 일을 즐겁게 하여, 구멍을 판 후 목수에게 보여주었고, 목수는 그 작업이 매우 정교함을 보고 놀라워하였다. 그래서 목수는 제임스에게 좀 더 깊게 파라고 하였다. 얼마 지나지 않아 구멍을 다 팠고, 목수는 점점 제임스의 솜씨에 감탄하여 말했다.

"그러하면 이번에는 대패질을 시켜보리라."

하고 말했다.

"저기 위에 나무를 보고 배워라."

제임스는 대단히 기뻐하며 이를 실습하기 시작했다. 목수와 형은 그 모습을 지켜보며, 두 사람은 결국 '잘한다, 잘한다!'며 제임스에 대한 칭찬을 아끼지 않았다. 제임스의 일은 대개 연습이었지만, 목수의 일을 제대로 하지 못한 이유는 목수가 일할 때마다 자신이 신중하게 주의를 기울여 보았기 때문이다.

"자신이 스스로 일을 잘 해야 한다."

하며, 목수는 제임스에게 널빤지를 주며 웃으면서 말했다.

"종일 이렇게만 하면 그렇게 잘되지 않으니, 더 잘 밀려면 기름사발이나 짜야 한다."

"기름사발 짠다는 게 무엇인가요?"

제임스는 진지하게 물었다.

목수가 대답했다.

"그건 땀이라는 뜻이다. 일등 목수가 되려면 땀을 많이 흘려야 한다는 의미란다. 알겠느냐?"

총명한 제임스는 금세 그 의미를 이해했다.

그 후, 목수가 제임스를 향해 말했다.

"너는 목수가 되기에 적합한 성질을 가지고 있으니, 이런 일을 잘 해낼 수 있겠구나."

제임스는 대답했다.

"나는 정말로 잘하고 싶습니다."

목수가 말했다.

"너의 일 하는 것을 보면, 21살만 되면 훌륭한 목수가 될 것이다."

이 말을 들은 제임스는 그때부터 목수가 되겠다는 마음이 간절했다.

얼마 지나지 않아 새 집이 다 지어졌고, 일가족 모두 그 집에 들어갔다. 단란하고 기쁜 소리가 가득한 집은 말로 다 표현할 수 없을 정도였다. 그러나 형은 다시 미시간 지방으로 떠났고, 제임스는 그 뒤를 이어 농사에 힘썼다.

2.

하루는 제임스가 어머니께 말했다.

"어머니, 저는 무슨 일을 해서 돈을 벌어야할지 생각이 났습니다."

어머니가 물었다.

"그 일은 무엇이니?"

제임스가 답했다.

"목수의 부역군이 될까 합니다."

"그런 일은 너의 힘에 벅차다."

"왜입니까?"

"네가 언제 농사도 하고, 또 다른 일도 할 수 있겠니?"

"그러하기에 농사를 짓고 그사이에 다른 일을 할 생각이고, 또 무엇이든 도급을 맡아서 해볼 생각입니다."

"그렇게 하면 좋겠으나, 잘 될지는 모르겠다. 아마 네가 맡을 만한 도급이 없을 것이다."

"좌우간 목수 도리도에게 가서 부탁해 보겠습니다."

어머니의 허락을 들은 제임스는 도리도의 집으로 갔다. 도리도는 제임스가 오는 것을 보고 대단히 기쁘게 맞으며 말했다.

"무슨 일이 있어 왔느냐?"

그러자 제임스가 답했다.

"도리도씨, 나에게 무슨 일이든 시킬 일이 있으면 몇 푼에든지 맡기기를 바랍니다."

그러자 도리도가 뜻대로 하라고 답하면서 덧붙였다.

"그러면 이 가게에 있는 널빤지를 밀어주되, 잘 밀어주면 한 장에 신화 이전씩 주마.[19]"

---

19) 신화: 원문에 표기된 '신화'는 문맥상 화폐 단위로 보인다. 당시 미국에서 사용되던

제임스는 뜻밖에도 자신의 뜻대로 일이 풀리는 것이 기뻐서 집으로 돌아가 어머니께 마실 것을 받아 마신 후, 목수의 집에 가서 일을 시작했다. 널빤지의 길이는 열두 자였다. 그는 한갓 기쁜 마음으로 땀이 나도 씻지 않고, 괴로워도 괴로운 줄 모르고, 아침부터 저녁까지 쉬지 않고 일했다.

"도리도씨, 널빤지를 민 것을 보아주시오. 100장을 밀었습니다."

도리도가 말했다.

"100장이나? 그렇게 많이 밀 수가 있단 말인가?"

하며 믿지 않았다.

제임스가 대답했다.

"정말로 100장을 밀었으니 세어 보십시오."

틀림없이 100장을 훌륭히 밀었으므로, 노련한 저 목수도 놀라고 어찌할 바를 몰라 하며, 어린 구석 없는 [제임스의] 재주를 몹시 칭찬하고, 약속한 대로 품삯 1달러(우리나라 신화로 1원)를 주었다. 처음으로 미국 구리 돈 백 개를 받아 호주머니에 넣을 때, 제임스의 마음이 얼마나 기뻤겠는가.

"하루에 1달러씩이니, 내가 만일 75일만 일하면 꼭 우리 형이 미시간에서 일하고 얻어온 돈과 같겠다."

그는 혼자서 곱셈하며 급히 집으로 돌아와 어머니 앞에 내놓고 말했다.

"어머니, 이것뿐입니다."

"얼마나 되니?"

'센트' 또는 '달러'와 같은 금전적 보상을 의미할 가능성이 있다.

"1달러입니다."

"무엇이야? 하루에 1달러냐?"

"그러합니다. 어머니. 내가 하루에 널빤지 백 장을 밀었습니다."

이때 그 어머니의 마음이 아마도 전날 그 형이 집 지을 비용을 마련하려고 일하여 벌어온 150환의 돈을 받았을 때보다 더 기뻤을 것이다.

3.

하루는 목수 도리도가 가필드의 집에 와서 그의 어머니를 향해 말했다.

"제임스를 위해 좋은 직업을 주선하겠습니다. 다만, 이는 다른 것이 아니라 그날 보인 돈이나 혹은 하루 품삯을 주겠다는 것입니다."

제임스는 이 말을 듣고 말했다.

"어머니, 이제야 우리 운수가 트였습니다."

[어머니는] 곧 허락하고 제임스는 도리도를 따라가 부역군이 되었으며, 한편으로는 매일 두세 시간씩 틈을 타 도리도로부터 중요한 기술을 배웠다. 그 일이 끝난 뒤에는 매일 1환씩 저축하여 40일 동안 40환을 얻었다.

4.

이 무렵 제임스는 오직 겨울철에만 학교에 다녔다. 그러나 도리어 학력은 신생 배움보다 나은지라, 교사도 제임스가 묻는 것에 분명히 대답하지 못하는 경우가 많았다. 또한 산술 문제에 이르러서는, 교사가 아무리 생각해도 알지 못하는 것을 제임스는 쉽게 해석하여,

교사와 다른 학도들을 놀라게 하는 일이 종종 있었다. 용맹한 사람의 사적과 위험한 일을 많이 행한 사람들의 이야기책을 좋아하는 것은 어린아이들의 버릇이거니와, 제임스도 이러한 버릇이 있어 재미있는 이야기책을 잘 읽었다. 그중에서도 로빈슨[20]이라 하는 사람이 머나먼 곳에서 표류하여 지낸 책을 읽기 제일 좋아했다. 제임스는 밤이면 관솔불을 태우는 화로 곁에 앉아 이 책을 읽었는데, 3~4번 반복해서 읽어도 싫증 내지 않았다. 이 외에도 요셉[21]이라 하는 사람의 이야기책도 좋아하여 동무들과 서로 돌려 가며 읽었을 뿐만 아니라, 학교에서 공부하는 것 이외에도 지식을 쌓는 일에 힘썼다.

5.

한 해 여름에 데이비드라 하는 동무가 찾아와서 제임스를 향해 말했다.

"돌아오는 일요일에 아무 동무의 집에나 놀러 가자."

제임스가 대답했다.

"일요일에는 어려워."

데이비드: "왜?"

제임스: "일요일은 편히 쉬는 날이므로, 우리 어머니가 허락하지 않으실 것이야."

---

20) 로빈슨(로빈손, Robinson Crusoe): 영국작가 다니엘 디포(Daniel Defoe, 1660~1731)가 1719년에 발표한 소설 『로빈슨 크루소』의 주인공 '로빈슨 크루소'이다.
21) 요셉(요셉, Joseph): 구약성경 『창세기』에 등장하는 인물로, 야곱(Jacob)과 라헬(Rachel)의 아들이다. 기독교의 신앙과 인내, 용서를 상징하는 인물로 중요하게 여겨진다.

그는 이를 반대하였다. 편히 쉬는 날에 그런 일을 하는 것은 옳지 못하다는 믿음을 가진 사람은, 자신이 좋아하는 일이든 혹은 친한 친구가 유혹하든 상관없이 반드시 거절했다. 이러한 습관은 가필드가 평생 행하는 생활 방식이 되어, 만일 한 번이라도 어기는 경우 아무리 간청하는 사람이 있더라도, 혹은 권하는 사람이 있더라도, 조금도 머뭇거리거나 애매한 태도를 보이지 않고 단호히 반대하였다. 이 [가필드의] 굳센 뜻은 어렸을 때부터 이러한 자잘한 일에까지 밑바탕이 된 것이다.

6.

제임스의 집에는 늙은 고양이 한 마리를 기르고 있었는데, 제임스는 이 고양이를 무척 사랑하여 동무와 함께 놀곤 하였다. 어느 날, 제임스가 이 고양이와 함께 놀고 있는데, 데이비드가 찾아와 갑자기 돌멩이를 들어 고양이의 눈을 향해 던졌다. 그러나 고양이가 급히 피하며 집 안으로 들어갔기 때문에 돌멩이는 맞지 않았다. 제임스가 화를 내며 말했다.

"장난하지 마라!"

그러자 데이비드가 대꾸했다.

"뭐야, 고양이쯤 때리는 게 뭐 어때서?"

"고양이를 돌로 때리는 것이 고약하지 않니?"

"나는 네 집 고양이인 줄 몰랐다."

"누구네 집 고양이든, 고양이는 고양이지."

"쥐는 쥐지."

이렇게 말하며 데이비드는 일부러 성을 냈다. 제임스가 다시 말했다.

"나는 작은 동물을 학대하는 것을 볼 수 없다."

"내가 고양이를 때리지는 않았잖니."

"때리지는 않았지만, 때린 것과 같은 것이 아니냐? 고양이가 놀라 달아났잖아."

"그렇게 어렵게 말할 것 없어. 고양이는 고양이일 뿐이잖아."

그러자 제임스가 단호하게 꾸짖으며 말했다.

"그러면 너는 그런 논리로 개는 개일 뿐이고, 말은 말일 뿐이고, 소는 소일 뿐이라고 하면서, 모든 짐승을 학대하는 데 핑계를 삼겠다는 것이냐?"

이 말을 듣고 데이비드는 마침내 굴복하여 다시는 그런 일을 하지 않겠다고 하였다. 결국 제임스는 고양이를 대하는 것과 마찬가지로 다른 짐승들도 사랑하였으며, 또 다른 짐승을 사랑하는 마음은 사람을 사랑하는 마음의 기초가 되는 것이었다.

7.

제임스는 어떤 분한 일을 당해도 복수할 마음은 티끌만큼도 없었으며, 항상 자기보다 약한 아이를 사랑하고 위로하는 데 간절한 마음을 가졌다. 학교 아이들 중에 제임스처럼 아버지를 일찍 여읜 아이가 하나 있었는데, 그는 아버지가 없을 뿐만 아니라 형도 없어, 나이가 많은 아이들이 늘 그를 괴롭히고 있었다. 어느 날, 여러 명의 아이들이 모여 그 아이를 조롱하는 것을 제임스가 보고, 그들을 향해 말했다.

"어린아이를 괴롭히는 것은 못난 짓이니, 만일 놀리고 싶다면 그만두고 대신 나를 조롱해."

그러자 아이들이 말했다.

"뭐라고? 너를 놀리라고? 좋아, 그렇게 할게."

장난꾸러기들은 재미있다는 듯이 제임스 앞으로 몰려들었다. 그러자 제임스는 엄숙하게 앉아 말했다.

"너희가 하고 싶은 대로 하려거든 하되, 그 대신 나보다 약한 이 아이는 건드리지 말아라."

그러자 장난꾸러기들이 대답했다.

"너는 왜 그렇게 이 아이의 편을 드는 거냐?"

제임스가 말했다.

"이 아이는 아버지도 없고 형도 없으니, 나는 이 아이를 위해 아버지도 되고 형 노릇도 하고자 한다."

그러자 장난꾸러기들 중 한 아이가

"아버지시여! 형님이시여!"

하고 큰 소리로 [제임스를] 조롱하였고, 다른 아이들도 그 말을 따라 함께 조롱하였다. 그러나 제임스는 몸소 약한 자를 편들면서도, 다른 사람에게 굴하지 않았다. 그의 넉넉하고도 엄숙한 의기는 참으로 사랑할 만한 것이었다.

8.

11월이 되어 추수를 마쳤다. 제임스의 정직하고 성실한 태도를 사랑하는 목수 도리도가 다시 찾아와 창고를 세우는 일에 부역하라고 하였다. 품삯은 하루에 1환이었으므로, 제임스는 이번에도 30환을 벌었다. 이때 제임스의 나이는 13세였다. 그해 겨울이 되어 학교가 개학하자 제임스는 다시 학교로 가서 공부하였고, 여가 시간에는 도서에서 좋은 책을 골라 숙독하였다. 또한, 산술은 혼자 연구하면서 익혀 나갔다. 그러던 중, 제임스는 자신이 살고 있는 오렌지 지방 외에도 노동하며 돈을 벌 수 있고 배울 수 있는 곳이 있음을 알게 되었다. 마치 어린 새가 날개를 펼쳐 장차 하늘 높이 날아가려 하듯, 오래 머물던 둥지에서 머리를 내밀어 새로운 방향을 찾는 것처럼, 제임스의 웅대한 뜻이 강렬하게 솟구쳤다. 이는 도저히 억누를 수 없는 마음이었다. 이러한 뜻을 어머니께 말씀드리며, 먼 곳으로 떠나 학문을 넓히고자 하였으나, 어머니는 신중한 분이었으므로 그 뜻을 짐작하면서도 아직 때가 이르다고 염려하며 말씀하셨다.

"조금만 더 농사에 힘쓰거라. 그러다 보면 신령이 반드시 너를 넓은 세상으로 인도해 주실 날이 있을 것이다."

제임스는 어머니의 말씀을 따랐다. 그리하여 15세가 될 때까지 고향에서 농업에 힘쓰면서도 틈이 날 때면 목수를 따라가 부역군으로 일하였고, 겨울이면 학교에 들어가 공부를 힘썼다. 15세가 되자, 제임스의 체격은 웅장하여 무리 중에서도 돋보였다. 동네 아이들 중에서도 가장 힘이 세었으며, 달리기와 뜀뛰기를 잘하여 아무도 그의 재주를 따라올 자가 없었다. 이를 본 목수 도리도가 말하였다.

"소보다도 힘이 세다."

그렇게 칭찬했고, 또한 14세가 되던 해 생일 무렵의 제임스는 이미 18세 된 아이만큼 힘과 체격이 크고 강했다.

9.

이제 말할 것은, 제임스가 14살 되던 해 겨울에 있었던 한 가지 일이다. 어느 날, 제임스가 에드워드라고 하는 친구와 함께 말을 타고 클리블랜드까지 갔다. 두 아이는 모두 말을 잘 타서 저희들 마음대로 멀리 갔다가 다시 돌아오는 길이었다. 그런데 길 한가운데서 누군가 크게 소리를 지르며 쫓아오는 사람이 있었다. 이 사람도 역시 말을 타고 있었는데, 그가 소리쳤다.

"얘들아, 비켜라! 비켜라! 내가 급한 일이 있어 먼저 가겠다."

그 말투가 교만하고 무례하여 듣기에 거북하였다. 그러자 두 아이가 말했다.

"먼저 가지 못해."

그러면서 고삐를 단단히 잡고 한 번 채찍을 치니, 말이 내달리는 형상은 마치 주린 범이 살찐 암캐를 물고 산길을 뛰어가는 듯하였다. 또한, 그 속도는 살갗이 스칠 만큼 빨라, 누가 감히 그 뒤를 따를 수 있겠는가. 그들을 쫓아오던 남자는 이를 보고 더욱 분노하여 연달아 채찍을 치며, 술에 취한 목소리로,

"비켜라! 비켜라!"

하고 호령하며 쫓아왔다.

서로 가는 길이 평탄하여 활기찼으므로, 에드워드는 일부러 말을 등 뒤로 돌려 돌아다니며 가끔 취한 남자를 향해 손짓하며 조롱하였다.

"빨리 따라오라!"

그렇게 하여 4영리나 되는 한 주막거리에 도착했을 때, 제임스가 소리쳤다.

"발이 얼어 얼음 같으니 잠깐 이 주막에서 발을 녹이자."

그러자 에드워드가 대답했다.

"그 말이 좋다."

두 사람은 말에서 내려 주막집으로 들어가 화로가에 몸을 녹였

다. 얼마 지나지 않아, 앞에서 소리치던 취한 남자도 그곳에 도착하였다.

이 두 아이를 보고, 남자가 분노하여 크게 소리치며 말했다.

"이 건방진 녀석들아! 좀 멈춰 서 보라!"

그리고 주먹을 불끈 쥐고 때리려 할 즈음, 에드워드가 놀라며 말했다.

"왜 때리려 하느냐?"

그러자 남자가 말했다.

"그만하면 알 만 하지 않느냐? 내가 비키라고 그렇게 말했건만 듣지 않았으니, 한 대 맞아 보라!"

그러자 제임스가 조용히 말했다.

"우리가 비키지 않았어도 자네가 지나갈 길이 충분하지 않았느냐?"

남자가 소리쳤다.

"이놈들아! 쓸데없는 말 그만두어라!"

그렇게 크게 꾸짖자, 제임스가 다시 조용히 대답했다.

"그것이 우리의 잘못이 아니오. 다만, 자네가 탄 말이 둔한 까닭이니라."

그리고 냉정한 태도로 말하자, 그 남자는 더욱 분노를 참지 못하고 한 주먹으로 두 아이를 거꾸러뜨리려 하였다. 그러나 제임스가 먼저 나서며, 우레와 같은 목소리로 꾸짖었다.

"그러면 우리가 먼저 하겠다!"

그러면서 몸을 솟구쳐 주먹을 불끈 쥐고 그 남자의 입 앞으로 달려들었다. 그러자 그 남자는 제임스의 위풍에 놀라 기가 꺾여 두려움에 떨었다.

"먼저 무엇을 하겠다는 것이냐?" 하고 물었다.

제임스가 다시 우레와 같은 소리로 말했다.

"네가 우리를 때리기 전에, 내가 너를 먼저 때리고자 한다!"

그 말을 듣고 남자는 기세에 눌려 슬그머니 몸을 피하며 말에 올라 채찍을 휘둘러 도망쳐 버렸다. 뒤에서 이를 지켜보던 두 아이는 그 남자의 행동을 보고 어이가 없어, 그의 겁쟁이됨을 비웃었다.

두 아이가 주막에서 떠나 집으로 돌아오는 길에 에드워드가 제임스를 향해 말했다.

"제임스, 자네는 용기가 있는 사람인 것이, 그때 자네가 지르던 소리는 마치 벼락이 떨어지는 것 같았네. 자네 소리를 듣고 도망친 놈이야말로 못나기 짝이 없다."

그러자 제임스가 대답했다.

"나는 항상 무엇이든지 무서워하지 않기를 바란다."

10.

하루는 스미스라 하는 사람이 가필드 집에 와서 제임스의 어머니에게 말했다.

"제임스를 좀 보내 주시기를 바랍니다. 그에게 청할 일이 있습니다."

그러자 어머니가 대답했다.

"무슨 일이 있습니까?"

스미스가 말했다.

"우리 밭에 박하를 심고 해마다 그 밭의 풀을 뽑을 아이 20명을 고용하는데, 아이들이 매번 일하기를 좋아하지 않으니, 어쩔 수 없이 제임스가 필요하여 청하는 것입니다."

그러자 어머니가 다시 물었다.

"왜 굳이 제임스를 써야 하십니까?"

그러자 스미스가 대답했다.

"제임스는 아이들 중에서 세력이 대단하여, 아이들이 그를 두려워하면서도 공경하여 그의 명령을 잘 따릅니다. 또한, 그가 이야기를 잘하기 때문에 아이들이 모두 그의 이야기를 들으면 황홀하여 듣기를 좋아하고, 또 일을 할 때도 괴로운 줄을 모릅니다."

이 말을 들은 어머니는 곧 허락하였고, 제임스는 스미스를 따라갔다. 그리하여 아이들의 대장이 되어, 전에 알던 이야기를 재미있게 들려주면서 일을 하니, 아이들 모두 기뻐하며 부지런히 일을 하였다.

제5장 탄산가리를 만드는 사람이 되다

1.

제임스는 풀 뽑는 일을 마친 뒤, 목수를 따라 곡간을 건축하는 일을 하였다. 그러던 중, 그는 올해 자그마한 집에서 멀리 10마일 떨어진 곳, 클리블랜드라 하는 곳으로 가서 나무 재를 모아두는 창고를 짓는 곳에서 일했다. 이 창고 안에서는 큰 가마를 걸어 짓물을 끓여 탄산가리라는 화학약품을 제조하였다. 그런데, 이 물질을 정제하기 전의 상태를 블랙 솔트라고 하니 그 뜻은 검은 소금이라 한다. 또한, 그것을 만드는 사람을 검은 소금 제조인이라 하고 그 짓물에서 증발하여 나오는 기운이 소금 기운이며, 잿물이 마르면 남은 덩어리는 그 빛이 검기 때문에 이러한 이름이 붙여졌다. 이 지방의 농부들은 농기구를 타고 나뭇가지를 꺾어 많이 쌓아 두고, 그것을 불에 태워 재를 만들어 탄산가리를 제조하는 사람에게 팔았다.

제임스와 목수가 작업장을 지은 후에 목수가 제임스를 이 집 주인에게 추천하며 말했다.

"무슨 일을 시켜보십시오."

그 주인의 이름은 패튼이었다. 패튼이 말했다.

"이 아이가 응하면 한 달에 28원과 그 외에 4원을 특별히 주겠다."

그러자 제임스가 이 말을 듣고 말했다.

"저도 본래부터 해보고 싶던 일이니 어머니께 여쭙고 오겠습니다."

그리하여 집으로 돌아왔다.

그때 제임스의 나이는 겨우 15살이었다. 이렇게 어린 아이가 월급으로 28원을 받는다니 세상에 드문 일이었으므로 마음이 매우 기뻤다. 또한, 어머니도 곧 허락할 것이라고 생각하며 집에 들어가자마자 말했다.

"어머니, 패튼씨가 한 달에 28원의 월급을 줄 터이니 가서 일을 배워보라고 하십니다. 어떡할까요?"

그러자 어머니가 조용히 말했다.

"그 일은 너에게 좋은 직업이 아니다."

그러자 제임스가 눈을 동그랗게 뜨고

"왜요?"

"그러한 일을 하는 사람 중에는 비루한 자가 많기 때문이다."

제임스가 대답하되,

"어머니, 좋지 못한 일을 행하는 사람이야 어디 없겠습니까? 저는 그런 사람을 상관하지 아니하고 다만 일에만 힘쓰겠습니다."

어머니가 말하되,

"네 마음 쓰는 것은 좋기는 하지만, 사람의 뜻이란 것이 약하여 어떤 마귀에게 현혹될지 모르니 조심하라."

어머니가 그리 좋아하지 않는 것을 알고 제임스가 어머니께 강하게 요청하니, 어머니는 부득이 허락하고 제임스가 떠날 때 다시 말했다.

"네가 이번에 패튼씨 집에 가는 일이 혹은 하나님께서 너의 운수를 열어 주시는 시초가 되는 것인지 알 수 없으니, 너는 항상 너의 몸을 중히 여기고 제반 꾐임에 혹하지 말며 하늘이 명하신 바를 바르게 따르라."

제임스가 패튼씨의 집을 찾아가 일하기를 청하니, 패튼씨가 기꺼이 반겨주었다.

2.

탄산가리를 만드는 일터에는 티끌이 가득하여 매우 지저분했다. 재를 긁어다가 끓는 물에 넣는 것이므로, 결코 높은 직업의 일이라 할 수 없었으나, 제임스는 조금도 꺼리지 않고 한결같은 정신을 다하여 묵묵히 일했다. 그는 게으름도 없고 불평도 없는 직공들 사이에서 함께 분주히 일하였다. 그리하여 책이라고는 벽을 보고 책을 읽을 틈이 없었으나, 그러함에도 작은 틈이라도 있으면 서책을 손에서 놓지 않았다. 또한, 아침에 공장에 제일 먼저 가는 사람은 제임스였고, 저녁때 제일 나중에 나오는 사람도 제임스였다. 이렇게 부지런히 일하니, 주인의 신용도 날로 두터워 갔다. 하루는 한 사람이 짐을 가지고 와서 내려놓으며 말했다.

"여기에 재 25섬을 가져왔노라."

전날에는 농부가 가져오는 재를 별로 저울에 달아보지도 않고 사는 일이 많았으므로, 혹 나쁜 사람이 일부러 중량을 속이는 자가 있을 수도 있었다. 그러므로 이번에 이 사람도 그 방법을 행하려 했다.

제임스가 이 일을 미리 알고 말했다.

"내가 한 번 달아보겠다."

그리고 친히 저울에 달아보니, 25섬이라던 것이 실은 22섬밖에 되지 않았다.

제임스가 말하되,

"이것은 22섬이 아니냐?"

하니, 그 사람이 대답하되,

"그렇지 않다. 정녕 스물다섯 섬이라."

하며 굽히지 않았다.

그러나 제임스가 대답하되,

"그렇지 않다. 만일 의심이 나거든 네가 친히 다시 달아보라. 그래도 미심쩍다면 여러 사람에게 달아보게 하라. 우리 집에서는 22섬 값 외에는 더 줄 수 없다."

그렇게 말하니, 그 사람도 어쩔 수 없이 그대로 받아 가려는 참에 마침 주인이 와서 그 이야기를 듣게 되었다. 그리고 주인은 제임스를 더욱 신뢰하고 믿을 만한 사람으로 여기게 되었다.

3.

어머니가 처음에 염려하던 것과 같이, 공장 안에 있는 사람들은 모두 거칠고 경박한 사람들이었다. 그러나 제임스는 마음을 굳게 먹고 조금도 그들에게 휩쓸리지 않았다. 그렇다고 해서 다른 사람들에게 미움을 사는 일도 없었다. 학문을 좋아하는 제임스는 잠시라도 책이 없으면 견딜 수 없었다. 그래서 주인의 집에 있는 소설책을 빌려 틈만 나면 읽었다. 그러나 그 소설책 중에는 유익한 것이 별로 없었을 뿐만 아니라, 오히려 사람에게 해가 될 내용이 많았다. 하지만 제임스는 마음이 굳세어 조금도 영향을 받지 않았다.

4.

제임스가 글 읽기를 너무 좋아하니, 주인이 그를 학자라고 불렀다. 주인에게는 딸이 하나 있었는데, 역시 소설책을 좋아할 뿐만 아니라, 그 지역에서 가장 아름다운 여성이었다. 또한, 간혹 시를 지어 신문에 기고하였는데, 이를 칭찬하는 사람이 많았다. 그 여자는 제임스가 책 읽기를 좋아하는 것을 보고 더욱 친절하게 대하며, 소설책도 빌려주고, 가끔 우리가 있는 작업장에도 오라고 하였다. 그러나 제임스는 그 여자가 경솔한 면이 많을 뿐만 아니라, 주변에도 좋지 않은 일이 많다는 것을 알았다. 그래서 공손한 말로 거절한 뒤, 밤마다 12시가 지나도록 손발이 얼어붙는 것도 개의치 않고 오직 책 읽기에만 정신을 쏟았다.

5.

제임스가 책을 읽다 보면 자연스럽게 새로운 생각이 떠올랐다. 그리고 새로운 생각이 떠오르면 자연히 자신의 처지를 돌아보게 되었다. 그는 밤낮으로 장래에 어떤 길을 가야 할지 깊이 고민하며 혼잣말로 생각했다.

'내가 오늘 하는 일을 가볍게 여기는 것은 아니지만, 세상에 이것보다 더 좋은 직업이 있지 않겠는가. 큰 배를 타고 끝없는 바다로 나아가 세계 각국의 산천과 풍경을 구경하는 것도 남자로서 인생 최고의 기쁨일 것이다.'

이 뜻을 어머니께 말씀드려 볼까 했지만, 어머니는 매사에 조심스러운 분이셨다. 아마도 쉽게 허락하시지 않을 것이다. 그렇다면 지금 이 일을 그대로 계속해야 하는 걸까? 언제까지 이 직업을 이어가는 것이 옳을까? 이런저런 생각이 분주하게 들었다. 하지만 이런 고민은 누구나 한번은 하는 일일 것이다.

그러던 어느 날, 주인이 제임스를 아끼는 마음에서 말했다.

"네가 장래에 나처럼 탄산가리를 만드는 사업을 해볼 생각이 없는가. 만일 그런 뜻이 있다면 내가 힘껏 도와 너 스스로 이 사업을 운영할 수 있도록 해주겠다."

그러나 제임스는 뜻밖에도 이렇게 대답했다.

"저는 배를 타는 사람이 되고 싶습니다."

주인은 웃으며 말했다.

"아직 소년인데 그런 생각을 다 하는구나."

그 후로 주인은 이처럼 성실한 아이가 떠날까 염려하여 더욱 후하게 대접하였다.

6.

제임스는 그해 겨울을 잘 보내고, 이듬해 4월이 되었다. 어느 날 밤, 제임스가 산술 공부를 하고 있는데 한 사람이 찾아왔다. 이 사람은 주인의 딸과 친한 친구였다. 그때 제임스가 공부하고 있던 방은 객실이었는데, 한쪽 구석에서 책을 펼쳐 놓고 공부하고 있었다. 그런데 막 도착한 손님과 주인의 딸이 잡담을 나누며 시끄럽게 이야기하기 시작했다. 만약 제임스가 눈치를 보고 자기 방으로 갔다면 좋았을 터였다. 하지만 제임스는 그런 일에 전혀 개의치 않는 사람이었기에, 오직 공부에만 몰두하고 있었다. 그러자 주인의 딸이 더 이상 참지 못하고 말했다.

"고용된 사람들이야 이제 잘 시간이 된 것 아닌가?"

제임스는 그 말을 듣고 화가 치밀어 올랐다. 그는 그 여자를 노려보았으나 아무 말도 하지 못한 채, 곧장 자기 방으로 돌아와 자리에 누웠다. 그리고 혼잣말로 중얼거렸다.

"'고용군'이라는 말이 그 계집아이의 입으로 나오다니, 나는 고용된 사람이니 고용군이라 불리는 것이 당연하다. 하지만 저 경박한 계집아이가 연인과 잘 놀고 있는 데에 방해가 된다고 하여, 내 존재가 고용군처럼 하찮아진다는 말인가.'

이 생각을 계속 되새길수록 분하고 서운한 마음이 더욱 깊어져 도무지 잠을 이룰 수 없었다.

'나도 남자로 태어났는데, 이런 모욕을 당하면서까지 이 집에 머물러야 한단 말인가? 그럴 수 없다. 내일 아침이 되면 이 집을 떠나 다시는 이런 치욕을 겪지 말아야겠다.'

그는 날이 밝기를 기다려 주인의 방으로 가 작별을 고했다. 주인은 깜짝 놀라며 물었다.

"어디로 가려는 것이냐?"

제임스가 대답했다.

"오늘부터 집으로 돌아가려 합니다."

그러자 주인은 당황하며 말했다.

"제임스, 네 말의 이유를 알 수가 없구나."

그러나 제임스는 짧게 답했다.

"아닙니다. 저에게는 이유가 있습니다."

그는 더 이상 아무 말도 하지 않았고, 주인의 의심과 놀라움을 풀어줄 생각도 없이 뒤돌아보지도 않은 채 곧장 집으로 돌아왔다. 제임스가 이번 일로 분해한 마음은, 마치 옛날 대학자 뉴턴[22]이 소학교

---

[22] 뉴턴(뉴돈, Issac Newton, 1643~1727): 영국의 물리학자이자 수학자로, 만유인력의 법칙과 미적분학의 발전에 중요한 공헌을 했다. 근대 과학 혁명의 중심인물

에서 공부할 때, 동무에게 발길을 채이고 분함을 느꼈던 것과 같았다.

제임스가 이 분한 일을 가슴 깊이 새기고 결심을 굳힌 날, 친구에게 말했다.

"그 여자가 나를 하찮게 대했던 일이 내 평생의 좋은 약이 되었다. 그날 밤, 나는 한숨도 잘 수 없었고, 그 집의 담장만 바라보며 생각했다. '저 여자가 나를 고용군이라 부르지 않는 날이 반드시 올 것이다. 하지만 그날을 마냥 기다릴 것이 아니라, 스스로 만들어 가야 한다.' 그렇게 결심하고 마음을 다잡았다."

중 하나로 평가된다.

제6장 벌목을 생업으로 삼던 시절

1.

제임스가 집으로 돌아오니 날이 이미 밝아 있었다. 어머니는 그가 갑자기 돌아온 것을 의외로 여겨 놀랐다. 그러나 제임스는 어머니가 걱정하실까 염려하여 곧바로 사정을 말하지 않았다가, 뒤늦게 천천히 이야기를 꺼냈다. 그러자 어머니가 말했다.

"'고용군'이라는 말이 명예를 손상시키는 것이 아니니, 그리 괘념치 말거라."

이렇게 위로하며 크게 개의치 않는 듯했지만, 제임스는 그동안 모은 돈 114환을 꺼내 놓았다. 어머니가 그것을 보고 물었다.

"그러면 이후에는 무엇을 하려 하느냐?"

제임스가 대답했다.

"어머니, 이제부터는 배를 타고 다니는 선원이 되고자 합니다."

그러자 어머니는 그것이 불가능함을 강하게 말씀하시며 말했다.

"제임스, 네가 만일 나를 생각한다면 그런 헛된 생각은 그만두고 다른 신뢰할 만한 직업에 종사하거라."

제임스는 어머니의 말씀을 저버릴 수 없었기에, 다시 농사에 힘쓰기로 결심했다. 그 이후 며칠 동안 제임스는 집에서 농사를 지으며 좋은 직업을 찾고 있었다. 그러던 중, 어느 날 뉴버그에서 일하던 한 숙부가 찾아와 제임스를 데려가 벌목을 시키겠다고 하였다. 어머니는 이를 기뻐하며 곧 가도록 허락하였는데, 이는 제임스의 누이 메히터블이 그쪽에서 시집살이를 하고 있기 때문이었다. 제임스가 그곳으로 떠나자, 오랜만에 남매가 만나 서로 반갑게 맞이하였으며, 이들의 기쁨은 이루 말할 수 없었다. 그가 도착한 지 며칠 후부터 벌목 일을 시작했는데, 그 일은 하루에 나무 2짐씩 베어들이면, 50일 동안 100속을 베는 조건으로 하루에 1환씩 받는 것이었다.

2.

이때 제임스가 벌목하던 곳은 에리[23]라고 불리는 호숫가였다. 제임스가 나무를 베면서 호수를 바라보니, 물결은 잔잔하고 맑기가 유리와 같았다. 그 한가운데를 떠가는 배들은 쌍쌍이 오락가락하며 빠르게 지나가고 있었는데, 그 모습은 사람들로 하여금 끝없는 동경을 불러일으키는 듯했다. 억제하려 했던 제임스의 마음이 다시 끓어올랐다. 수많은 배들이 오가는 모습을 볼 때마다, 그는 마치 예전에 읽었던 이야기 속 인물들을 실제로 눈앞에서 보는 듯했다.

그는 혼잣말로 생각했다.

'나는 언제쯤 저 배에 올라타, 중류에 돛을 올리고 순풍을 만나 넓은 바다로 나아갈 수 있을까. 내가 평생 가보지도 보지도 못했던 이국의 산천과 경치를 두루 구경하며, 세상의 수많은 사람들이 보지 못한 것을 혼자 보고 듣게 된다면, 그때의 기쁨이 얼마나 클 것인가. 세상에 나도 한 남자로 태어났는데, 이 작은 소망조차 이루지 못한다면 어찌 인간으로 태어난 보람이 있겠는가.'

---

23) 에리호(에리 라흐늬호슈, Lake Erie)

그는 일을 하다가도 계속 호수를 바라보며 생각했다.

'설령 이 일을 마친 뒤, 태평양 같은 넓은 바다에서 떠돌 수 없다 하더라도, 이 작은 호수 위라도 떠다니는 사람이 되어 보리라.'

3.

제임스가 나무를 베고 있을 때, 함께 일하는 사람이 있었는데, 그는 독일인이었다. 이 사람은 영어도 서툴렀고, 또 도끼질도 능숙하지 못했다. 제임스는 그것을 보고 속으로 안쓰럽게 여겼다. 그러나 며칠이 지난 후, 각자가 벤 나무의 양을 비교해 보았는데, 뜻밖에도 그 사람의 나무가 제임스보다 훨씬 많았다. 제임스는 처음에는 이상하게 여겼지만, 다시 곰곰이 생각해 보니 그 이유를 깨달았다. 자신은 일을 하면서도 호수를 떠가는 배를 바라보느라 정신이 팔려 제대로 집중하지 못한 반면, 그 사람은 도끼질이 서툴렀지만 한눈팔지 않고 묵묵히 일했기 때문이었다. 제임스는 그제야 자신의 잘못을 깨닫고 크게 후회하였다. 그 후로는 다시는 한눈팔지 않고, 오직 일에만 온전히 집중했다.

4.

제임스는 일을 하는 동안에도 책 읽기를 게을리하지 않았다. 누이 메히터블에게서든, 숙부 보인턴의 집에서든, 있는 책이라면 무엇이든 빌려서 읽었다. 특히 숙부가 보는 신문은 한 장도 빠뜨리지 않고 모두 읽었을 뿐만 아니라, 틈이 날 때면 근처 청년회에도 출입하였다. 그렇게 해서 제임스는 50일 동안 나무 100속을 계약한 대로 모두 베어냈다. 숙부도 처음 약속한 대로 품삯을 다 주며 말했다.

"너는 장래에 영리한 사람이 될 것이니라. 하지만 공부를 더 해야 할 것이다. 너는 어떤 목표를 가지고 있느냐?"

제임스가 대답했다.

"저는 배를 타는 사람이 되고 싶습니다."

그러자 숙부는 뜻밖의 대답에 놀라며, 그것이 불가능하다고 강하게 만류했다. 일을 마친 후, 제임스는 곧 숙부와 누이에게 작별을 고하고 집으로 돌아왔다. 그리고 남은 50환을 어머니께 드리니, 어머니는 크게 기뻐했다.

6월 하순이 되자 또 다른 숙부 아모스가 찾아와 일할 곳을 알려줬다. 그곳은 영국 지역에서 약 5~6리 떨어진 곳이었다. 제임스는 곧 허락하고 떠나 그곳으로 갔다. 그는 7월부터 12월까지 4개월 동안 숙부의 집에서 일을 도왔다. 그 무렵, 제임스는 비록 나이가 어렸지만, 체격이 크고 튼튼하여 성인 남성의 일도 충분히 감당할 수 있었다. 그는 조금도 힘들어하는 기색이 없었으므로, 주인도 매우 신기하게 여기며 감탄하였다. 그는 매일 아침 오전 4시에 일어나 곧바로 일을 시작하였고, 하루 종일 쉬지 않고 일했다. 제임스는 항상 이렇게 말했다.

"남들이 하는 일을 내가 못할 이유가 있겠는가."

그는 매사에 두려움을 갖지 않았다. 4개월간 일을 마친 후, 그는 한 달에 24환씩 총 96환의 품삯을 받고 집으로 돌아왔다. 하지만 이때는 일이 너무 많았던 탓에, 거의 책을 읽을 틈도 없었다.

제7장 운하에서 일하던 시절

1.

제임스가 집에 돌아온 후로부터 어두운 기색이 있어, 정신과 거동이 예전처럼 활발하지 못하고, 얼굴에는 우울한 빛이 나타났다. 어머니가 제임스의 불평한 까닭이 있음을 짐작하되, 미리 말하지 아니하였다. 제임스가 스스로 마음을 억제하기 어려워하여 뜻을 정하고, 다시 어머니 앞에 나아가 멀리 떠남을 청하니, 어머니는 전과 같이 과히 막지 않고 말했다.

"넓은 바다에 멀리 가서 배의 선원 일을 하지 말고, 에리호에서 다니는 배를 타는 것은 상관 없다."

[어머니의 허락을 들은] 제임스는 기쁜 마음으로 여비 약간과 가벼운 가방을 준비하여 어머니와 이별하고 클리블랜드로 향했다.

2.

제임스는 17영리(우리나라 거리로 약 57~58리)를 걸어 그날 정오쯤 배가 보이는 곳까지 도착했다. 그리고 그 근처에 정박해 있는 큰 배에 들어가 선장을 만나기를 청했다. 그때 한 사람이 나왔는데, 그는 바로 그 배의 선장이었다. 제임스는 이전까지 선장이라고 하면, 이야기책에서 보았던 인물처럼 위엄이 당당하고 엄숙하며 건장한 남성일 것이라고 생각했다. 하지만 실제로 마주한 선장은 뜻밖에도 허름한 선술집에서 술을 마시는 건달들과 다를 바 없는 모습이었다. 제임스는 크게 실망했지만, 조심스럽게 선장을 향해 공손히 자기소개를 하고, 배의 승무원이 되기를 청했다. 그러나 선장은 거칠고 사나운 태도로 대답하였고, 마치 길거리 떠돌이를 대하듯 무례하게 대하며 등을 떠밀어 내쫓았다. 그제야 제임스는 책 속의 세계와 현실이 크게 다르다는 것을 뼈저리게 깨달았다.

3.

제임스는 [내던져지듯] 밀려 나와 넋이 나간 채 나무 그늘 아래로 가 숨었다. 그는 집에서 가져온 도시락을 풀어놓고 먹으면서, 복잡한 심경을 억제하지 못했다. 식사를 마친 후에도 마음이 내키지 않았지만, 억지로 발걸음을 옮기며 부두 근처를 서성이던 중, 갑자기 등 뒤에서 '제임스! 제임스!'하고 자신을 부르는 소리가 들렸다. 깜짝 놀라 뒤돌아보니, 저쪽 운하에 떠 있는 작은 배에서 들려오는 소리였다.

"이게 웬일인가. 네가 왜 여기 온 것이냐?"

그 말을 한 사람은 뜻밖에도 사촌 형 아모스 렛처였다. 서로 우연한 만남을 반가워하며, 제임스는 자신이 이곳에 오게 된 사정을 이야기했다. 그러자 아모스가 말했다.

"그렇다면 우리 배에서 일해 보는 것이 어떻겠느냐?"

제임스는 곧바로 승낙하고 다시 물었다.

"그러면 무슨 일을 하면 됩니까?"

"배의 줄을 매고, 말을 채찍질하며 배를 끌면 된다."

"그 배의 선장은 누구입니까?"

"나다."

"형이 선장입니까?"

제임스는 놀라며 되물었다.

"그 배에는 무엇을 싣고 가고 있습니까?"

"구리와 철을 싣고 있다."

"그러면 그리합시다."

그들은 곧 서로 약속하고, 말을 끄는 일을 시작했다. 월급은 한 달에 24원이었다.

4.

이 운하는 에리ㅎ수와 오하이오 강을 연결하기 위해 땅을 깊이 파서 만든 수로였다. 이곳에서는 구리를 싣고 피츠버그[24]까지 운반하는 것이 주요 업무였다. 아모스가 운영하는 배의 이름은 깁슨호였으며, 크기는 700석 실을 수 있는 규모였다. 배에는 총 7명이 승선해 있었으며, 제임스의 역할은 노새 2필을 끌어 배의 줄을 매고 배를 끌어당기는 일이었다. 또한, 채찍질로 노새를 몰며, 밤이면 심지어 노새들이 있는 곳에서 함께 자야 하기도 했다. 배에 있는 마부는 제임스를 포함해 두 명이었다. 하지만 이들은 대개 예의도 없고, 배우지도 못한 무리들이었다. 술주정꾼이 아니면 노름꾼이었고, 잡다한 노래를 부르거나 거친 농담을 일삼는 등, 짐승과 다를 바 없는 사람들이었다. 그들 사이에서 조그마한 틈도 없이 성실하게 일하는 것은 보통 사람이라면 감당하기 어려운 일이었다. 특히 말을 모는 일은 극도로 어려웠다. 말을 빠르게 몰면 너무 빠르다며 책망하고, 길이

24) 피츠버그(핏쓰부르쑤, Pittsburgh)

험해 속도를 늦추면 너무 느리다고 꾸짖으니, 이 일이 숙달되기 전까지는 매우 힘든 일이었다.

5.

어느 날, 제임스가 갑판 위에서 노를 젓고 있었는데, 갑자기 거센 풍랑이 몰아쳐 배가 기울어졌다. 그는 급히 몸을 일으키려 했고, 그때 곁에 있던 머피라는 사람과 부딪쳐 그의 모자가 물속으로 떨어지고 말았다. 머피는 35세의 거구였으며, 성격 또한 거칠고 사나운 사람이었다. 제임스는 순간 깜짝 놀라 그에게 사과하며 용서를 구했지만, 머피는 듣지 않았다. 그는 분이 풀리지 않아 노기를 이기지 못하고, 제임스를 자기의 모자 대신 물속에 빠뜨리려 했다. 그러나 제임스는 조금도 당황하지 않고, 재빨리 머피를 배 안의 구리와 철이 쌓여 있는 창고 속으로 밀쳐 넘어뜨렸다. 그리고 스스로도 그 안으로 뛰어들어 머피의 배 위로 올라타 그의 목을 단단히 움켜잡았다. 그러고는 단호하게 말했다.

"머피, 지금도 네가 사람을 해칠 마음이 있느냐."

그러자 머피는 겁에 질려 말했다.

"내가 잘못했다. 용서해다오."

제임스는 곧 손을 놓아주었고, 머피를 일으켜 세워 주었다. 그리고 조금도 그를 해칠 기색을 보이지 않았다.

6.

제임스는 배에 있는 술주정꾼들을 보면 은근히 훈계하곤 했다. 다른 사람이었다면 '어린 것이 주제넘게 어른을 훈계하는가?'하며 화를 냈을 법한 험악한 성격의 사람들도, 제임스의 친절한 태도에 감화되어 그의 말을 항상 기쁘게 들을 뿐이었다. 머피 역시 감탄하며 말했다.

"제임스는 참으로 영리한 사람이다. 세상에 그 누가 제임스를 본받을 수 있겠는가. 술도 마시지 않고, 담배도 피우지 않으며, 남과 싸우거나 거친 말을 하는 법도 없고, 거짓말을 한 적도 없으니, 그는 세상에 드문 사람이다."

그는 감탄하며 고개를 저었다. 옛말에 '옥은 진흙 속에 묻혀 있어도 그 빛을 잃지 않는다'고 했다. 이렇듯 험악하고 무지한 사람들 사이에서도 진실한 사람은 늘 존경을 받게 마련이다. 세상이 알아주지 않는다고 한탄하는 사람이 이런 말을 들으면 자괴감이 들 것이다. 그러므로 어떤 처지에 있든 덕행을 갖추고 있다면 사람들은 반드시 알아보게 된다. 배 안의 모든 사람들은 제임스를 진심으로 존경했고, 그를 반대한 사람은 한 명도 없었다. 모두 그를 친한 친구처럼 대했으며, 심지어 선장인 아모스조차도 제임스의 말이 적고, 행동이 민첩하며, 학문이 깊음에 감탄했다. 하지만 이때 제임스를 불편하게 한 것은 책을 볼 수 없다는 것이었다. 그가 매일 볼 수 있는 것이라곤 신문 한 장뿐이었다. 그는 틈이 날 때마다 신문을 빠짐없이 읽었고, 또한 여러 사람들과 교류하며 다양한 경험을 쌓아갔다.

얼마 지나지 않아 제임스는 말을 모는 직무를 그만두고, 배 머리를 조정하는 역할을 맡게 되었다. 그가 이 일을 시작한 지 2~3달 사이에 물에 빠진 횟수만 14번이었다. 그러나 이것은 직무를 게을리하여 소홀히 한 것이 아니었다. 오히려 그는 매사에 자신의 몸을 아끼지 않고 일하다가 실수한 것이었다. 그런데 마지막으로 물에 빠졌을 때는 거의

목숨을 잃을 뻔한 아찔한 순간이었다. 그날은 부슬부슬 비가 내리는 밤이었다. 제임스는 깊이 잠들어 있었는데, 갑자기 선장의 명령으로 배머리를 돌리라는 소리에 놀라 잠에서 깨어났다. 몽롱한 상태에서 눈을 비비며 급히 배머리로 달려가 줄을 잡아당겼다. 그러나 아무리 힘을 줘도 어딘가에 걸린 듯 끌리지 않았다. 그는 계속 잡아당겼지만, 오히려 줄에 끌려 물속으로 곤두박질치고 말았다. 그 순간, 배는 점점 멀어져 가고 있었고, 주변에는 그를 구해줄 사람이 아무도 없었다. 더욱이 불행하게도 그가 빠진 곳은 개흙이 가득한 웅덩이였다. 그는 온몸이 진흙 속으로 깊숙이 빠져 꼼짝할 수 없는 상황에 처했다. 그러나 다행히도 그의 손에는 여전히 줄 하나가 쥐어져 있었다. 그는 줄을 단단히 붙잡고 몸을 힘껏 끌어당겼다. 다행스럽게도 그 줄은 배에 단단히 묶여 있었고, 그 덕분에 겨우겨우 몸을 끌어올릴 수 있었다.

이때 제임스는 스스로 생각했다.

'이 일이 단순한 우연이 아니다. 신께서 내게 한 줄의 생명줄을 주어 내 목숨을 구해주신 것이다.'

그는 간절한 마음으로 하늘에 감사하며 경건하게 기도했다. 그 후로부터는 어머니를 향한 그리움이 더욱 간절해졌다. 이것은 어머니가 항상 진심으로 기도하신 정성이 신에게 감동을 주었기 때문이다. 그는 어머니의 깊은 사랑이 한없이 크고 소중하다는 것을 감격스럽게 여겼다.

8.

그렇게 며칠이 지나자, 제임스는 갑자기 독한 감기에 걸렸다. 증세가 심해지면 열병으로 악화될 우려가 있었기 때문에, 평소 강건하던 제임스도 이번만큼은 어찌할 도리가 없었다. 그는 선장에게 찾아가 고향으로 돌아가기를 청했다. 선장 역시 제임스를 놓아주기 아쉬웠지만, 병든 사람을 붙잡아 둘 수는 없었기에 결국 허락하고, 그가 그동안 받은 품삯을 한 달에 24환씩 계산하여 모두 지급해 주었다. 제임스는 태어나 처음으로 큰 병을 앓게 되었고, 병세가 깊어지자 체력이 크게 쇠약해져 어린아이보다도 나약한 모습이 되었다. 그는 터벅터벅 힘겹게 발걸음을 옮기며 고향으로 돌아갔다. 예전 같았으면 반나절이면 충분했던 길이었지만, 이번에는 아직 동이 트기도 전에 출발했음에도, 집에 도착한 것은 밤 11시가 지나서였다. 창틈으로 방 안을 엿보니, 어머니는 책상을 마주하고 서책을 펼쳐 둔 채, 그대로 몸을 숙이고 하늘을 우러러 기도하고 계셨다. 그 모습을 본 제임스는 스스로 탄식하며 생각했다.

'아아, 어머니는 내가 병이 들어 돌아오는 줄도 모르고, 다만 내 몸이 건강하고, 하는 일이 잘되기를 빌고 계시는구나. 부모의 은혜란 참으로 감격스러운 것이로다.'

그는 눈물을 흘리며, '어머니!'하고 [외치며] 방으로 들어갔다.

9.

이때까지 제임스는 어머니에게 한 번도 편지를 보내지 않았다. 그래서 어머니는 그가 지금까지 에리호에서 배의 인부로 일하며 잘 지내고 있을 것이라 생각하고 있었다. 그런데 이번에 갑자기 병이 들어 집으로 돌아온 것을 보고, 게다가 그동안 겪은 온갖 고생스러운 이야기를 듣고는 크게 놀라고 근심하였다. 그러나 그녀는 굳센 신앙심이 있었기에, 스스로를 다독이며 제임스를 향해 말했다.

"신께서 너를 보호하셨으니, 앞으로도 그렇게 하실 것이다. 그러니 안심하고 기도하도록 하여라. 네가 많이 쇠약해진 것을 보니, 하고 싶은 이야기와 들려줄 말이 많겠지만, 오늘 밤에는 일찍 쉬는 것이 좋겠다."

그녀는 진심을 다해 아들의 건강을 기원하며 축복했다. 하지만 제임스의 병세는 날이 갈수록 악화되었고, 결국 어머니는 의원을 불러 약을 짓게 하였다. 그녀는 식사도 잊고 아들의 병을 돌보느라 분주하게 지냈다. 그러나 10일이 지나도록 상태가 호전되지 않았고, 몸이 쇠약해 살이 다 빠지고, 뼈만 앙상하게 남아 차마 볼 수 없을 지경이었다. 하지만 어머니의 정성 어린 보살핌 덕분에 치료 효과가 나타나지 않을 리 없었다. 그달이 지나면서부터 차츰 차도가 보이기 시작하더니, 얼마 지나지 않아 제임스는 완전히 회복할 수 있었다.

가을이 지나고 겨울이 되어 12월이 되자, 제임스는 다시 학교에 다니기 시작했다. 이번에 새로 부임한 교사는 사무엘 피터스라는 젊은 청년이었다. 그는 출중한 재능을 갖추었을 뿐만 아니라 학식이 깊었고, 성격도 쾌활하며, 기독교 신앙을 열심히 실천하는 사람이었다. 어머니는 좋은 교사가 왔다며 기뻐했고, 그를 찾아가 제임스의 학업을 어떻게 지도할지 의논하였다. 그러면서 제임스를 향해 말했다.

"네가 조금만 더 공부하면 교사가 되는 것도 어렵지 않을 것이니, 이 길에 힘써보거라."

그러나 제임스의 마음에는 아직도 바다에서 흔들리는 돛대와 하얀 돛이 아른거렸다. 그는 여전히 에리호에서 배를 타고 다니던 시절을 그리워하며, 어머니의 말을 선뜻 받아들이지 않았다. 어찌한 까닭으로 이렇게 제임스는 바다에서 놀기를 좋아하는가 하니, 그것은 다름 아닌 탄산가리 제조소에 있을 때, 좋지 않은 이야기책들을 마구

읽은 탓이었다. 하지만, 이러한 훌륭한 교사의 가르침을 받은 이후, 제임스의 마음은 점점 변화하기 시작했고, 종교에 대한 믿음도 더욱 깊어졌다. 이런 모습을 본 어머니는 기쁨을 감출 수 없었다. 또한, 교사 역시 제임스의 성품을 이미 짐작하고 있었기에, 그가 온전히 학문에 정진할 수 있도록 지도하는 데 힘썼다. 또 교사는 나중에 제임스를 조가 신학교[25]에 추천하겠다고 말했다.

이 일이야말로 제임스의 일평생을 결정짓는 중요한 기틀이었다. 이 일을 계기로 그는 해양에서 일하고 싶었던 소망을 버리고, 학문에 전념하기로 결심했다. 그리고 장차 조가 신학교에 입학하기로 결정했다. 그러나 원래부터 학비를 댈 형편이 되지 않았으므로, 공부하는 틈틈이 노동을 하며 학비를 벌기로 작정했다.

또한, 그때 제임스는 사촌형 윌리엄과 헨리에게 함께 유학할 것을 권하였고, 그들 또한 함께 공부하기로 결정했다.

제임스의 속바지가 너무 해어져, 이제는 겨우 무릎을 가릴 정도가 되었다. 떠나기 전, 어머니는 그것을 정성스럽게 기워 새것처럼 만들어 주었다. 돈에 대해서도 마찬가지였다. 병을 앓는 동안 모든 돈을 써버려 가진 것이 없었기에, 어머니는 집안의 세간살이를 팔아 겨우 22원을 마련해 주었다. 이제 막 시골에서 나와 큰 도시에 가는 사람처럼, 제임스는 기대와 설렘으로 가득 찼다. 그는 헤아릴 수 없는 감정과 함께, 무한한 희망을 품고 길을 떠났다.

---

25) 조가 신학교(씨악게학원, Geauga Seminary): 1835년 미국 오하이오주 체스터 (Chester, Ohio)에 설립된 기독교 계열의 신학교이다. 학생들에게 기초 교육과 신학 교육을 제공했으며, 19세기 미국 중서부에서 중요한 교육 기관 중 하나였다.

제8장 조가 신학교에서 공부하던 시절

1.

조가 신학교의 새 학기가 3월 5일에 시작되었다. 제임스와 사촌형 두 명, 총 세 사람은 학원에 입학하기 위해 조가 지역을 향해 길을 나섰다. 이번 길은 음식을 만들어 먹을 조리 기구와 기타 생활 필수품을 준비하여 등에 짊어지고 갔다. 이들은 직접 밥을 해 먹으며 공부할 계획이었다. 거리는 영국 거리로 12마일(우리나라 거리로 약 30리)에 불과했지만, 길이 매우 험난했다. 학원에 도착한 세 사람은 원장인 다니엘 브랜치씨를 찾아가 입학을 요청했다. 브랜치씨는 기쁘게 받아들였고, 그들을 유심히 살펴보다가 한마디 했다.

"실례가 되겠지만, 아마도 가정 형편이 넉넉하지 않은 듯하군요."

제임스는 옆에서 듣고 있다가 즉시 대답했다.

"우리들이 금과 은을 등에 지고 오지는 못하였으되, 소처럼 부지런한 정신과 지혜를 등에 지고 왔습니다."

브랜치씨의 주선으로, 이들은 학원에서 조금 떨어진 곳에 있는 한 노파의 집에 있는 방 한 칸을 빌리게 되었다. 그러나 방은 좁고, 실내가 지저분한 데다, 전체적으로 불결한 환경이었다. 하지만 화로가 하나 있었고, 작은 탁자 세 개와 침상 두 개가 갖춰져 있었기에, 궁핍한 생활에 익숙한 이들에게는 그리 불편한 곳이 아니었다. 그들은 곧 짐을 내려놓고, 밥을 지을 준비를 시작했다.

2.

조가 신학교는 종교 교육을 중심으로 운영되는 학교로, 학생 수가 남녀 합쳐 100명 이상에 이를 정도로 매우 성대한 곳이었다. 제임스가 학업을 시작하면서, 예전과 마찬가지로 온 마음과 힘을 다해 공부에 매진했다. 그는 물리학, 산술, 그리고 대학 수학을 공부했는데, 특히 대학 수학을 배우는 것은 이번이 처음이었다. 학원에는 100명이 넘는 학생들이 있었으며, 대부분 제임스보다 좋은 옷을 입고 있었기에, 처음에는 사람들 앞에 나서는 것이 부끄럽게 느껴지기도 했다. 그러나 얼마 지나지 않아 학문이 빠르게 진보하면서, 학원 내에서도 뛰어난 학생으로 인정받게 되었고, 더 이상 누구도 그를 업신여기지 않았다. 매일 밥을 자기 손으로 지어 먹더니 불편한 점이 많아 집주인에게 부탁하여 식사를 제공받기로 했다. 그는 매식 비용을 지불하며, 그 외에도 책을 사서 읽는 데 드는 비용과 생활비를 충당해야 했는데, 결국 집에서 가져온 22환의 돈이 모두 바닥나고 말았다.

3.

제임스가 말했다.

"주머니 밑이 벌써 드러나니 우리 오늘부터 품팔이라도 해서 생활비를 마련해야겠어요."

그러자 사촌 형 윌리엄이 물었다.

"어떤 품팔이를 할 생각이니?"

제임스가 대답했다.

"목수 일을 배우고자 합니다."

그는 근처에 사는 윈도우 오스씨의 집을 찾아가, 조수가 되기를

청하니 그 목수가 제임스에게 널빤지 한 장을 주고 밀어보게 했는데 그가 매우 능숙하게 작업하는 것을 보고 크게 만족하며 말했다.

"그러면 공부하는 틈틈이 와서 일을 해보거라."

이에 제임스가 대답했다.

"제가 매일 2~3시간씩 일하고, 일요일에는 하루 종일 일하겠습니다. 품삯은 제가 일하는 것을 보고 정해 주세요."

그렇게 말한 뒤 그는 돌아왔다. 이튿날부터 제임스는 아침 수업이 시작되기 전과 오후 4시에 공부를 마친 뒤, 목수의 집 앞에 앉아 조수로서 일을 도왔다. 이처럼 바쁘게 생활했기에, 다른 학생들처럼 놀지도 못했고, 한편으로는 공부를, 한편으로는 품팔이를 하며 시간을 보냈다. 그 덕분에 자연스럽게 학비를 충당할 수 있었을 뿐만 아니라, 집에 돌아갈 때마다 3~4원씩 저축하여 어머니께 드릴 수 있었다.

4.

공부하는 동안, 제임스의 마음을 가장 기쁘게 한 것은 도서관이었다. 학원 내에 있는 도서관의 장서 수는 150권을 넘지 않았지만, 제임스에게는 그곳이 마치 학문의 보물창고처럼 보였다. 그는 틈날 때마다 그곳에 들어가 공부했다.

5.

조가 신학교에서는 매달 두 번씩 학생들에게 논문을 작성하도록 했다. 한 번은 교장이 직접 주제를 내어주었고, 또 한 번은 학생이 자유롭게 주제를 선택하여 글을 쓰게 했다. 논문을 작성한 후에는 강단에 올라 낭독을 했다. 이번에는 제임스의 차례였다. 그는 태어나 처음으로 높은 강단에 올라가, 많은 사람들 앞에서 논문을 낭독하게 되었다. 그러나 무심결에 긴장한 나머지 몸이 굳어버렸고, 읽는 동안 발을 떨며 겨우 논문을 끝까지 읽어 내려갔다. 낭독을 마치고 단에서 내려온 그는, 친구들에게 말했다.

"내가 섰던 강단 앞에 장막이 쳐져 있어서, 내가 발을 떨고 있는 것을 아무도 보지 못했으니, 정말 다행이다."

10여 년 후, 국회의원이 되어 강단에 올라 천하를 움직이는 웅변가가 된 그도, 처음에는 이러한 순간을 겪어야 했다.

6.

처음에 제임스는 토론회에 참여하면서 자신의 언변이 부족할까 염려하여, 강단에 오르는 것을 주저했다.

그러나 얼마 지나지 않아, 오히려 청중을 압도하는 수준에 이르렀다. 그는 항상 도서관에 들어가 토론할 주제와 사상을 깊이 연구한 후, 연단에 서서 연설을 시작했으며, 그때마다 깊이 있는 논리와 명확한 주장을 펼쳐, 교사와 학생들조차 감탄하게 만들었다. 가끔 반대자의 입장에 서서 논쟁할 때에도, 그는 논리적으로 상대를 설득하며, 한 번 연설을 시작하면, 그의 열정적인 정신은 청중을 완전히 사로잡았다.

헨리 윌슨[26]이라는 사람은 어릴 적 촌구석의 작은 토론회에서 연

---

26) 헨리 윌슨(헨리우일손, Henry Wilson, 1812~1875): 미국의 정치인으로, 제18대 미국 부통령(1873~1875)을 지냈다. 본명은 제레마이어 존스 콜버스(Jeremiah Jones Colbath)였으나, 후에 이름을 변경하였다. 미국 공화당의 주요 인물 중 한 명으로, 노예제 폐지 운동에 적극적으로 참여했으며, 미국 남북전쟁 이후 재건 시대

설을 연습하며 실력을 쌓았다. 그 후 그는 국회에 참여하여 위대한 토론가가 되었으며, 영국의 위대한 정치가로 알려진 한 인물도 어릴 적 학교에서 마치 국회에 있는 것처럼 연설 연습을 했던 것이, 후에 국회의원으로서 뛰어난 연설가가 되는 밑거름이 되었다.

7.

그렇게 바쁜 나날을 보내는 동안, 여름방학이 되었다. 제임스는 고향으로 돌아가, 형 토머스와 함께, 다른 사람의 도움을 받지 않고, 어머니를 위해 창고를 지었다. 어머니는 이를 보고 크게 기뻐했다. 그가 떠난 뒤, 예전에는 적막했던 산촌이 이제는 집들이 가득 들어서고, 길 위에는 사람들이 북적이는 활기찬 마을로 변해 있었다. 창고를 짓고 난 후, 제임스는 방학 동안 시간을 헛되이 보내지 않기 위해 농부의 집에 가서 소 먹일 풀을 베어 주고, 김매기 일을 도왔다. 그렇게 두 달의 방학 동안 하루도 허투루 보내지 않고 부지런히 일했기에, 집안의 경제도 별다른 어려움 없이 유지될 수 있었다. 또한 학교에 돌아갈 때 필요한 물건도 넉넉하게 준비할 수 있었다.

또한, 밤이면 대학 수학을 공부하고, 도서관에서 빌려온 책을 열심히 읽는 데 집중했다. 이전처럼 배를 타고 싶다거나, 에리호에서 놀고 싶다는 생각은 조금도 남아 있지 않았다. 오직 교육, 종교, 학문, 예술 등의 분야에만 전념하니, 어머니는 아들의 마음과 뜻이 단단하게 자리 잡은 것을 보고, 이루 말할 수 없이 기뻐했다.

동안 중요한 역할을 했다.

8.

여름방학도 벌써 지나가고 개학 날짜가 돌아오니, 어머니가 학교에 가서 쓸 것을 군색하지 않게 장만하여 주고, 제임스에게 말했다.

"아무쪼록 가서 쓸 돈을 많이 가져가거라."

제임스는 받지 않고 겨우 길에서 쓸 여비만 챙겨 대답했다.

"제가 이것만 있어도 넉넉할 것입니다. 이번에 가면 또 그 마을 목사님께 가서 도움을 받으면 되겠습니다."

집안에서 여러 번 권하여도 제임스는 듣지 않고 다음과 같이 말했다.

"아무것도 없이 가더라도, 무엇이든 가지고 오면, 또 무엇을 가지고 가더라도, 다 없애버리고 오는 것이니, 이번만이 아니라, 또 이번 학기를 마치게 되면, 겨울에는 어느 소학교에라도 교사가 되어 상당한 월급을 벌어볼까 합니다."

이렇게 제임스는 즉시 길을 떠났다. 제임스가 조가 신학교에 간지 며칠 지나지 않아, 어떤 사람이 자신의 사업을 위한 기부금을 모으기 위해 궤짝을 들고 다녔다. 제임스는 집에서 가져온 돈을 쓰지 않고 모아두었다가 그 궤짝에 넣어주었다. 이를 본 사람들은 '참으로 대인군자의 행실이 이러해야 한다.'라고 말했다.

9.

우리는 이제부터 제임스가 겨울 동안 초등학교 교사로 일하게 된 과정을 기록하려 한다. 이 일에 가장 크게 힘쓴 사람은 바로 조가 신학교의 원장 브랜치씨였다. 처음에 브랜치씨는 제임스가 가난하고 성실한 모습을 보고, 그의 학비를 마련할 방법을 고민하던 중, 초등학교 교사로 추천할 계획을 세웠다. 그가 이 사실을 제임스에게 말하자, 제임스는 매우 기뻐하며, 한편으로는 원장의 호의에 깊이 감사하고, 또한 가능한 한 좋은 학교에 추천해 주기를 청했다. 그러자 브랜치씨는 다시 말했다.

"나는 그대가 반드시 교사가 될 만한 사람임을 알고 있소."

제임스가 그 이유를 묻자, 브랜치 씨는 이렇게 대답했다.

"그대는 무엇을 하든 열심히 행하며, 또 친절하여 싫어하는 기색이 없으며, 그 다음으로는 생각한 것을 분명히 표현하는 능력이 있고, 또한 사물을 잘 관찰하여 이해하는 능력이 있소. 이 세 가지는 족히 교사로서의 자격을 갖추기에 충분한 것이오."

그 학기가 끝날 때까지, 제임스는 이전과 마찬가지로 목수 일을 하며 생활비와 학비를 마련했고, 월사금과 기타 경비를 충당하고도 오히려 남은 돈이 생겼다. 그렇게 바쁘게 공부하며 지내는 동안, 어느덧 겨울방학이 되었다.

10.

이때 제임스는 본가로 돌아가, 어머니께 교사로 일하기로 결정한 사실을 말씀드렸다. 그 후 다시 학교로 가서 교장에게 추천서를 요청하여 받아 들고, 도보로 10여리나 떨어진 한 시골 학교에 도착하여 추천서를 전달하고 자신의 의사를 밝혔다. 그러나 그 학교에서는 제임스의 나이가 너무 어리다는 이유로 거절했다. 그는 다시 길을 떠나 또 다른 학교에 도착하여 교사가 되고 싶다는 뜻을 밝혔지만, 그 학교에서도 이렇게 말했다.

"그대가 일주일 전에 왔더라면 좋았을 텐데, 이미 교사가 뽑혀 자리가 다 찼소."

겉으로는 공손하게 거절하면서도,

"노르던 촌학교에서 교사가 부족하다는 이야기가 있으니 가보시오."

라고 덧붙였다. 이에 제임스는 다시 물었다.

"그곳은 여기서 몇 리나 떨어져 있습니까?"

그러자 상대방이 대답했다.

"여기서 북쪽으로 가면 12리쯤 될 것이오. 그대가 만약 그곳에 가려거든 먼저 넬슨이라는 사람을 찾아가 그에게 말해 보시오."

제임스는 그 말을 따라 넬슨을 찾아가 보았으나, 그곳에서도 이미 교사가 충원되었으니 다른 곳을 알아보라는 대답을 들었다. 그러면서 미안한 기색을 보이며 하룻밤 쉬고 가기를 권했다. 제임스는 그 집에서 하룻밤을 묵은 뒤, 다음 날 다시 여기저기 학교를 찾아다녔으나, 어느 곳에서도 마땅한 자리를 구할 수 없었다. 할 수 없이 집으로 돌아오니, 어머니도 이 소식을 듣고 크게 낙담했으나, 한편으로는 아들을 위로해 주었다.

11.

그 이튿날 아침, 제임스가 아직 자리에 누워 있을 때, 문 앞에서 사람의 목소리가 들렸다. 그 사람은 주인을 찾았다. 어머니가 누구냐고 묻자 그 사람이 대답했다.

"제임스가 집에 있습니까?"

어머니가 답했다.

"그러하오. 그러나 아직 일어나지 않았습니다."

이에 그 사람은 더 큰 소리로 말했다.

"내가 이번 겨울 동안 제임스를 학교 교사로 고용하려고 합니다."

제임스는 이 말을 듣자, 마치 하늘에서 복이 내려온 듯 기쁨을 감출 수 없었다. 그는 즉시 자리에서 일어나 옷을 입고 나가 보니, 그 사람은 다름 아닌 예전에 친하게 지내던 친구였다. 그는 제임스를 보자마자 말했다.

"자네를 렛지 소학교의 교사로 청하려 하네."

렛지라는 말을 들은 제임스는 순간 망설였다. 그 학교에는 불량한 학생들이 많기로 유명했기 때문이었다. 그러나 이러한 문제도 하나의 도전이라 생각하고, 직접 경험해 보는 것이 나쁘지 않다고 판단했다. 그는 마음을 굳게 먹고 곧바로 승낙했다. 월급은 24환이었으며, 그 외에도 숙식은 학교에서 제공하기로 정해졌다.

12.

이 일이 제임스에게 있어서는 이전과 비교할 수 없을 정도로 큰 변화였다. 그동안 그는 뱃사공, 벌목, 배 끌기 등의 육체노동을 해왔으나, 이번에는 처음으로 강단에 서서 남의 자녀를 가르치는 교사의 역할을 맡게 된 것이었다. 더구나 그 학교에 가면 어른은 아무도 없고, 오직 질서가 없는 어린아이들뿐이었으니, 제임스가 걱정을 하지 않을 수 없었다. 숙부 아모스와 상의하자, 아모스도 이렇게 말했다.

"장래에 네가 교사로서 자질을 키우려 한다면, 이러한 어려운 환경에서 시작하는 것도 좋은 경험이 될 것이네."

그렇게 용기를 얻은 제임스는 떠나서 그 학교에 도착했다. 처음 생각처럼 아이들을 진정으로 가르치기 어려웠다. 그러나 성심껏 가르친 효과가 점차 나타나면서, 차츰 학교도 질서를 찾아가기 시작했다. 매일 오전 휴식 시간에는 아이들과 함께 뛰놀기도 하고, 때로는 장난도 함께하며 자연스럽게 정을 쌓아갔다. 그 결과, 학생들과 가까워지면서 아이들도 점점 제임스를 존경하는 마음을 갖게 되었다. 또한, 그 지역의 풍습에 따라 선생님이 학생들의 집을 돌아가며 하루씩 함께 식사하는 전통이 있었으므로, 제임스도 학생들의 집을 방문할 때마다 부모들과 이야기를 나누고, 아이들에게 공부할 의욕을 북돋아 주었다. 그 덕분에 부모들과 학생들의 신뢰도 점점 깊어졌다. 일요일이면 집으로 돌아가 쉬었는데, 이때 제임스는 깊이 기독교를 믿게 되어 결국 세례를 받고, 신실한 크리스천이 되었다. 얼마 지나지 않아 겨울 학기가 끝나고, 제임스는 학교를 떠나야 했다. 그가 떠날 때, 학생들과 학부모들은 이별을 아쉬워하며 이렇게 칭찬했다.

"지금까지 왔던 선생님들 중에서 가장 좋은 선생님이었다."

제임스의 명성은 지역 사회에 널리 퍼져 나갔다.

13.

제임스가 조가 신학교로 돌아가 다시 공부를 시작하면서, 이번에는 이전에 일했던 목수의 집에서 숙식하기로 결정했다. 그는 그 집에서 일하며, 일주일 치 식비와 약간의 품삯까지 포함하여 2환 32전씩 받기로 계약했다. 그가 맡은 주요 작업은 대패질하는 일이었다. 첫 번째 일요일, 그는 널빤지 한 장에 대한 품삯으로 4전을 받기로 하고, 하루 동안 널빤지 51개를 밀어 대패질하여, 총 2환 4전(약 100냥)을 벌었다. 이로써 첫날부터 이미 일주일 치 식비를 벌어들이게 되었다.

14.

그 이듬해 겨울, 제임스는 워렌즈빌[27] 소학교의 교사로 임명되었다. 이번에는 월급이 32환으로 올랐고, 때때로 식비도 제공받았다. 이미 전년도에 교사 경험을 쌓았기 때문에, 학생들을 가르치는 것도 훨씬 수월했고, 학교를 운영하는 일도 익숙해져 훨씬 편안한 환경에서 지낼 수 있었다.

15.

제임스가 이 소학교에서 교사로 일하고 있던 중, 그 마을 사람 하나가 찾아와 기하학을 가르쳐 달라고 했다. 그런데 그때까지 제임스는 아직 이 학문을 공부하지 못했으므로,

"그러면 함께 공부하자."

라고 하고, 기하학 책 한 권을 사다가 놓고 밤을 새우며 혼자 연구하여 마침내 그 사람을 가르칠 만한 실력을 갖추었다. 또한, 제임스가 입은 옷은 속옷 한 벌뿐이라 바지도 없고 저고리도 없었다. 하루는 아이들과 장난을 치다가 속옷의 무릎 부분이 크게 찢어져 매우 걱정하고 있었는데, 주모가 그것을 보고 기워 주면서 안타까워하며,

"그 정도 일로 근심할 것 없네."

라고 말해 웃음거리가 된 일도 있었다.

---

27) 워렌즈빌(와렌스필, Warrensville): 19세기 미국에서 사용된 지명으로, 특히 오하이오주에 위치한 지역이 해당될 가능성이 크다. 당시 미국에서는 지역 사회에서 운영하는 소규모 학교가 많았으며, 워렌즈빌 역시 교육 기관이 있었을 것으로 추정된다. 19세기 미국 개척 시대에는 이러한 마을 단위의 학교에서 교사로 활동하는 사례가 흔했다.

16.

제임스가 조가 신학교에 있을 때, 그는 열심히 기독교를 전도하고 있었다. 사람들이 그의 전도에 감탄하던 중, 하루는 한 노동자가 성령의 감화를 받아 기도를 올렸다. 이를 본 사람들이 모두 존경하며 기뻐하여 그의 말을 귀 기울여 듣기를 마다하지 않았다. 사람들은 말하길, 제임스의 말은 모두 진실하여 성의와 성심에서 비롯되었기에 자연스럽게 사람들의 마음을 움직이게 만든다고 했다. 이에 교장 브랜치가 말하기를,

"제임스는 설교하는 데 타고난 재능이 있는 사람이다."

라고 했다. 그러자 이를 듣던 사람이 화답하며 말했다.

"제임스는 변론할 때 남들이 알지 못하는 어떤 특별한 힘을 가지고 있는 것 같다. 하지만 그 힘은 아마 제임스 자신도 깨닫지 못하는 것일 것이다."

17.

이 무렵 제임스가 여름방학 때, 학생 몇명과 함께 그 마을 농부의 집에 가서 품팔이할 때 당한 일 가운데 우스운 이야기 하나가 있다. 제임스가 처음에 그 집에 갔을 적에 주인이 제임스의 자태와 손발을 자세히 살펴보다가 물었다.

"그러면 농사를 지어 보았는가?"

"네, 전에 해본 적이 있습니다."

"그러할진대, 풀을 벨 수 있겠는가?"

"좌우간에 부려보시옵소서."

"품삯을 얼마나 바라는가?"

"그야 댁에서 주실 만큼만 주시옵소서."

"좋은 말일세. 자네들은 어디서 왔나?"

"학비를 벌고자 하여 이렇게 왔습니다."

주인은 제임스의 말에 감동하여 그들을 풀밭으로 데리고 갔다.

큰 낫 하나씩을 준비해 주고, 제임스가 가기 전에 먼저 풀을 베고 있던 세 사람에게 소리쳐 말했다.

"여기 또 두 학생이 일꾼으로 왔으니 함께 하시오."

그러자 제임스는 주인이 자신들을 학생이라 부르는 말에 어이없어하며, 함께 온 학생과 서로 웃으며 말했다.

"자, 이리 오게. 주인이 우리를 학생이라며 얕보는군. 저 사람들을 한번 놀라게 해 보세."

그리고는 두 사람이 낫자루를 붙잡고 한 시간 동안 열심히 풀을 베었다. 주인은 재미있다는 듯이 바라보다가, 먼저 풀을 베던 세 사람을 향해 손뼉을 치며 말했다.

"보게, 보게! 저것 좀 보게. 이 학생들이 처음 하는 일이라면 자네들보다 느려야 할 텐데, 벌써 저렇게 많이 베었으니, 자네들이야말로 정말 낫질을 대충한 게 아니겠는가."

그러자 아무도 대답하지 못했고, 학생들도 말없이 묵묵히 풀을 베는 일에만 몰두했다.

하루는 그들 중 한 사람이 제임스에게 물었다.

"자네들은 분명 학생이 아닌가."

제임스가 대답했다.

"그렇소."

"그렇다면 자네들은 어디서 이 공부가 아닌 일을 배웠는가."

"우리 집에서도 농사를 지었으니 자연히 알게 된 것이오."

"이런 일을 하면 공부에 방해가 되지 않겠는가."

"그렇지 않소. 만약 방해가 될 거라면 우리가 애초에 낫자루를 내려놓고 떠났을 것이오."

"자네들은 설교하는 사람이 될 생각인가."

"그 문제는 아직 결정된 바가 없소. 어쨌든, 우리의 처음 뜻은 완전한 사람이 되고자 하는 것이오. 그러나 앞으로의 일은 앞으로의 일에 속한 것이니, 첫 번째 문제를 해결하기도 전에 두 번째 문제를 왈가왈부할 자격은 없소."

이 말을 듣고 사람들은 크게 감탄했다. 얼마 지나지 않아 일이 끝나자 주인이 나와서 말했다.

"학생들아, 품삯을 얼마나 주면 되겠는가."

제임스가 대답했다.

"그건 주인이 알아서 결정하시오."

그러자 주인이 말했다.

"자네들은 학생인데 품삯을 받을 수 있는가."

"만약 학생이 한 사람의 몫을 충분히 해낸다면 어찌 품삯을 받지 못하겠소."

이에 주인은 말했다.

"학생은 아무리 잘해도 농부 한 사람 몫을 해내기 어렵네. 한 달 수업을 받는 것만으로는 세상에서 아무리 잘하는 일이라도 농부의 품삯을 받기는 어렵지 않겠는가."

이때 제임스가 전혀 기죽지 않고 응답했다.

"하지만 주인이 아까 우리 모두가 듣는 앞에서 분명히 말하지 않았소. '이 학생들이 자네들보다 더 넓은 터의 풀을 더 빨리 베었다'고 말이오. 그러니 우리는 당연히 그 말씀을 근거로 삼아 정당한 품삯을 받을 것을 요청하는 것이오."

제임스의 말은 논리가 분명했고, 동시에 말투도 상당히 날카로웠다. 이에 주인은 놀라며 말했다.

"그렇다면 이번에는 전례대로 품삯을 주겠네."

제임스가 말했다.

"그러나 이런 예외적인 요청을 하는 것은 네게 처음 있는 일이지만, 앞으로도 이런 일이 계속되기를 바라네."

주인은 정당한 품삯을 준 뒤, 그들에게 열심히 공부할 것을 권하며 덧붙였다.

"자네들이 오늘 풀을 베던 것처럼, 후일에 공부를 열심히 하여 설교자가 된다면, 우리는 꼭 자네들의 설교를 듣고 싶네."

제임스가 학교로 돌아와 친구에게 말했다.

"나는 장래의 목표를 확정하는 데 아직 약간의 망설임이 있네. 교사가 되는 것도 좋고, 설교자가 되는 것도 좋지만, 단 하나 확실한 것은 법률가나 의원이 되는 것은 원하지 않는다는 것이네."

18.

이때, 노예를 해방하자는 의론이 전국에 퍼지면서, 오하이오 주에서도 노예 폐지를 주장하는 사람들이 많아졌다. 곳곳에서 공회 연설장이 붐비고, 촌락 학교에서도 두세 사람만 모이면 벌써 노예제 문제로 토론이 벌어질 정도였다. 그리하여 조가 신학교의 토론회에서도 '우리 합중국이 노예를 폐지할 것인가?'라는 문제를 두고 연설을 시작하게 되었다. 제임스는 이 문제에 깊이 관심을 두고 열심히 노예 폐지를 주장했으며, 매번 연설대에 오를 때마다 노예를 두는 것이 인도의 어긋남을 통쾌하게 변론했다. 그는 사람이 사람을 사고 파는 것은 큰 죄악이라고 말하며, 도서관에 들어가 동서고금의 노예 제 역사까지 연구했다. 제임스의 열정과 깊이 있는 논리는 듣는 이들을 감동시켰고, 심지어 눈물을 흘리는 사람들도 많았다. 이에 친구들이 제임스의 열정에 감동하여 장난스럽게 말했다.

"우리 이제 제임스를 국회로 보내자."

그러자 제임스는 웃으며 대답했다.

"내가 졸업할 때까지 기다려 주게."

19.

이 학기를 마칠 때쯤, 학교에 루크레샤 루돌프[28]라는 총명한 여자아이가 입학했다. 원래 제임스는 여성 문제에 그다지 관심을 두지 않았지만, 루돌프의 단호한 태도와 탁월한 재주를 본 후부터 자연스럽게 마음이 끌렸다. 제임스는 그동안 여러 여학생을 보아 왔으나, 이번처럼 마음에 드는 사람을 만난 것은 처음이었다. 그러나 그는 한 번도 이 여자와 직접 대화를 나눈 적이 없었고, 아무렇지 않은 듯 그저 이러저러하며 지내다가 학기가 끝나면서 서로 헤어졌다. 하지만 운명의 인연이 있었던 것인지, 이 여인은 후일 제임스와 결혼하

---

28) 루크레샤 루돌프(루구레지ᄋ 루쏘루후, Lucretia Rudolph Garfield, 1832~1918): 가필드 대통령의 아내이자 미국의 영부인이다. 가필드와 결혼한 이후 남편이 대통령으로 취임한 지 불과 몇 달 만에 암살당하면서 짧은 기간 동안 영부인으로 재직하였으나, 가필드가 죽은 이후에도 미국의 교육과 도서관 사업에 헌신하였다.

게 되었으며, 그 이야기는 아래에 기록하고자 한다.

20.

제임스는 한겨울 동안 손렌스필[29] 소학교의 교사가 되어 한 달에 34환의 월급과 학비 지원을 받았다. 3개월이 지난 후에 집으로 돌아온 그는 어머니를 따라 집에서 18영리 떨어진 머스킹엄[30]이라 불리는 마을로 여행을 떠났다. 그 과정에서 자연스럽게 클리블랜드를 지나게 되었는데, 제임스는 예전에 처음 배를 타려다 선장에게 무안을 당했던 일과 말 끌고 다니던 시절을 떠올리며 감회에 젖었다. 이때 마침 클리블랜드와 콜럼버스[31]사이에 철도가 개통된 상태였다. 이에 어머니와 함께 손을 맞잡고 기차에 올랐는데, 기차를 타보는 것은 어머니와 제임스 모두 이번이 처음이었다. 또한, 이번에 콜럼버스 지역에서 미국 국회의원이 선출되었고, 때마침 개회 중이었기에 직접 들어가 구경할 수 있었다. 제임스에게는 이런 경험이 평생 처음이었고, 이 경험을 통해 그는 자신의 평생의 뜻을 확고히 정하게 되었다.

콜럼버스에서 샌더스빌[32]까지 마차를 타고 가서 친척 집에 도착하니, 그 집 사람들이 따뜻하게 환영해 주었다. 그곳에서 한 달가량 머무는 동안, 제임스는 이 친척 집 사람들의 추천으로 한 소학교의 교사가 되었다. 그 학교의 학생 수는 30명, 월급은 24환, 가르치는 기간은 세 달로 정해졌다. 이때는 혹한의 한겨울이었다. 그러나 학교

---

29) 손렌스필(미상)
30) 머스킹엄(므스긴깐, Muskingum)
31) 콜럼버스(고롬붓스, Columbus)
32) 샌더스빌(쓰넷스필, Sandersville)

가 너무 가난하여 불을 피울 연료조차 없었다. 이를 본 제임스는 근처 산비탈에서 석탄을 직접 구해 와서 난로를 피울 수 있도록 했다.

이 학교의 학생들은 학문이 깊지는 않았으나, 그렇다고 무질서한 사람이 모인 곳도 아니었다. 제임스는 날마다 부지런히 가르치다가 봄이 돌아오자 아쉬운 마음이 들었다. 학생들과 학부모들도 서로 이별을 서운해 하며, 한편으로는 감사의 뜻을 표했다.

제9장 하이럼 학원 시절

1.

제임스가 조가 신학교에 있을 동안, 어느 날 고등학교 졸업생 한 사람을 만나 이야기를 나누게 되었다. 그 학생이 말하기를, 학비를 마련하는 것이 어렵기는 해도 일 년에 400환을 충당하는 것이 불가능한 일은 아니라고 했다. 그는 현재 학생들 중에서도 여름 방학 두 달 동안 남의 집 일을 도와 학비를 버는 사람, 매일 정해진 시간에 동네 아이들을 가르쳐 돈을 모으는 사람, 학교에서 보조 교사로 일하는 사람, 혹은 나무를 베어 팔아 학비를 마련하는 사람도 많지만, 모두 힘든 일을 하면서도 어렵다고 생각하지 않는다고 말했다. 이 이야기를 듣고 제임스는 크게 감동하여, '나라고 고등학교에 못 갈 이유가 있겠는가' 하며 즉시 [배움에 대한] 뜻을 정했다. 한 번 결심한 일은 반드시 이루고야 마는 것이 제임스의 타고난 성품이었다. 이에 고등학교 입학을 준비하기 위해 라틴어와 그리스어 공부를 시작했다. 그리고 조가 신학교에서 공부한 지 3년째 되던 해 가을, 제임스는 하이럼 학원[33]의 한 학생을 만나 그 학교의 형편을 대강 알아

---

[33] 하이럼 학원(히람고등학교, Hiram Eclectic Institute): 1835년 미국 오하이오주 하이럼에 설립된 교육 기관이다. 이후 1867년 '하이럼 대학교(Hiram College)로 개명되었다. 제임스 가필드는 훗날 하이럼 대학교의 교사와 교장으로 재직하기도 했다.

보고, 더욱 확고한 결심을 하게 되었다.

2.

1851년 8월 말, 제임스는 하이럼 학원의 문을 두드렸다. 문지기를 통해 교장에게 명함을 전달하니, 교장이 곧 들여보내라고 했다. 이에 제임스는 공손히 인사하며 말했다.

"저는 이 학교에 입학하고 싶어 찾아왔습니다."

그러자 교장이 물었다.

"그거 참 좋은 일이구나. 그런데 어디서 왔는가."

"오렌지에서 왔습니다. 제 이름은 제임스 에이브럼 가필드입니다. 아버지는 일찍 작고하셨고, 어머니 슬하에서 자랐습니다."

"이 학교에서 졸업할 준비가 되어 있는가."

"일을 하면서 공부를 하려 합니다."

"집안이 가난한가."

"네, 그렇습니다. 그래서 학교에서 심부름을 하면서 공부하고 싶습니다. 이곳에서 조교로 일하며 종 치기와 청소 같은 일을 맡을 테니, 학비를 면제해 주시면 감사하겠습니다."

"그렇다면 지금까지 무엇을 공부했는가."

"조가 신학교에서 3년 동안 공부했고, 겨울에는 소학교에서 교사로 일했습니다."

이때, 곁에 있던 여러 교사들이 제임스의 말을 듣고 가상히 여겨 물었다.

"그러면 정말 조교 노릇을 잘할 수 있겠는가."

"네. 일주일 동안 시험 삼아 시켜보시고, 만약 여러분의 기대에 미치지 못하면 떠나겠습니다.”

제임스의 정직하고 분명한 말에 모두 감탄하며 입학을 허락했다. 이때 제임스의 나이는 19세였고, 그해 10월이 지나야 20세가 되었다. (서양에서는 태어난 달을 기준으로 나이를 계산한다.) 제임스는 약속대로 조교가 되어 종을 치고, 청소하는 일을 맡았다. 그러나 전과 다름없이 학업에도 최선을 다하며 성실하게 직무를 수행했다. 매일 아침 5시에 종을 치는 일을 맡았고, 책상 닦기와 청소도 솔선하여 하였다. 그가 먼저 일어나 학교를 깨끗이 정리해 놓았기에, 학생들은 종이 울린 뒤 상쾌한 환경에서 공부를 시작할 수 있었다. 제임스는 종을 치는 일이든, 청소하는 일이든 모두 최선을 다했다. 결국 일주일간의 시험 기간 동안 아무런 결점도 보이지 않았고, 그는 정식 조교로 일하게 되었다.

3.

이 학교에 있는 책은 거의 2,000권에 달했는데, 제임스는 그중에서 힘이 닿는 대로 최대한 많은 책을 읽으며 지식을 넓혀 갔다. 제임스가 책을 읽는 방식은 남달랐다. 그는 책 한 권을 집으면 반드시 끝까지 다 읽었으며, 중요한 대목에 이르면 그것을 따로 발췌하여 기록해 두었다. 제임스는 말했다.

“나는 다른 학생들처럼 독서에 많은 시간을 쏟을 수 없으니, 같은 책을 여러 번 반복해서 읽을 시간이 없다. 그래서 중요한 구절만 뽑아 기록하고, 나머지는 과감히 잊어버린다. 하지만 이렇게 기록해 둔 중요한 구절들은 후일에 어떤 일이 닥치더라도 그 사실을 근거로 삼아 확실하게 참고할 수 있다.”

그는 책을 단순히 읽는 것이 아니라, 핵심을 정확히 짚어 기록하고 활용하는 독서법을 터득한 것이었다.

4.

제임스가 하이럼 학원에 있을 때, 그가 즐겨 하던 놀이는 풋볼이었다. 어느 날, 여러 학생들과 함께 풋볼을 하며 놀고 있을 때, 근처에 있던 어린아이 두엇이 부러운 듯한 눈빛으로 그들을 바라보고 있었다. 그 아이들은 마치 우리도 함께 끼워 달라는 듯한 표정을 짓고 있었다. 제임스는 이 모습을 보고 학생들을 향해 말했다.

"이 아이들도 우리 틈에 들게 하자."

그러자 학생들이 반대하며 말했다.

"저 어린 것들이 뭘 할 수 있겠어? 괜히 방해만 될 텐데."

그러나 제임스는 단호하게 말했다.

"그렇지 않다. 저 아이들도 자기 할 일을 다 할 테니 끼워 줘도 문제될 것 없네."

학생들은 여전히 못마땅한 듯 말했다.

"무얼 한다는 거야? 공을 제대로 찰 수도 없을 테고, 괜히 우리를 방해하기만 할 거야."

그러자 제임스는 풋볼을 내려놓으며 말했다.

"그렇다면 나도 이 경기를 하지 않겠다."

그리고는 공을 집어 들고 가려 하자, 학생들이 황급히 말리며 말했다.

"그러면 너 하자는 대로 하자."

결국, 학생들은 어린아이들을 놀이에 끼워 주었고, 아이들은 이에 크게 기뻐했다.

5.

제임스가 학교에서 조교로 부지런하고 성실하게 일하자, 교장 힌스데일 박사는 제임스의 인물이 평범하지 않음을 알아차리고 부교사로 삼아 대수학을 맡아 가르치게 했다. 그는 이 학교에서 3년간 공부하는 동안, 생계를 위해 대패질과 끌로 나무를 깎아 가구를 만드는 일을 하며 식비를 마련했다. 그러던 중, 마침내 그는 학생이면서 부교사, 그리고 동시에 목사 역할까지 겸하는 위치에 이르게 되었다.

6.

제임스가 존경하는 세 사람이 있었으니, 한 사람은 윌리엄 피하젠[34], 또 한 사람은 오하이오 지역에서 유명한 신사 제오 에버가[35]이며, 나머지 한 사람은 알루메타 에버스[36]라는 처녀였다. 에버스 처녀는 당시 나이가 30살 내외였으며, 재능과 덕망, 그리고 외모까지 겸비한 인물이었다. 그녀의 영향력과 감화력은 상당하여, 윌리엄스 칼리지 박사 마크 홉킨스[37]씨를 제외하면 비교할 만한 사람이 없을 정

---

34) 윌리엄 피하젠(윌늬암피하젠, William P. Hagen, ?~?)

35) 제오 에버가(제오에베가, George Eberga, ?~?)

36) 알루메타 에버스(아루메따에에버스, ?~?)

37) 마크 홉킨스(막구 호부긴스, Mark Hopkins, 1802~1887): 미국의 교육자로, 매사추세츠주에 위치한 윌리엄스 칼리지(Williams College)의 총장을 역임하였다. 그는 학생과 교수 간의 긴밀한 관계를 중시하는 교육 철학을 강조했으며, 제임스 A. 가필드 대통령을 비롯한 많은 인재들에게 영향을 끼쳤다. 가필드는 그를 존경하며 '이성과 교양이 만나는 곳에 마크 홉킨스가 있다'는 유명한 말을 남겼다.

도였다. 이 처녀는 덕행이 엄숙한 감리교 선교사의 가정에서 태어나, 어려서부터 총명하고 영리하여 열두 살 때 했던 말 한마디 한마디가 평범하지 않았다. 교사들조차 그녀의 비범한 언변에 혀를 내두를 정도였다. 그녀는 이번에 하이럼 학원에서 고등 교육을 담당하게 되었으며, 그녀의 품격과 재능은 제임스를 크게 감탄하게 만들었다. 또한, 에버스 처녀도 제임스를 높이 평가하며 말했다.

"내가 본 젊은이 중에서 제일 특별한 청년이다. 이 청년의 장래는 반드시 주목할 만할 것이다."

제임스도 그녀를 존경하며 말했다.

"내 학문을 에버스 처녀와 비교하면, 그리스어와 라틴어 실력은 거의 비슷하나, 수학과 화학에서는 내가 훨씬 뒤처진다."

제임스는 늘 에버스 처녀와 함께 공부하며 번역 작업도 함께 했는데, 1853년 11월 15일자 일기에는 다음과 같은 기록이 남아 있다.

번역회가 열렸을 때, 제임스는 에버스 처녀의 방에서 라틴어 아홉 구절을 세 시간 동안 번역했다고 기록했다. 또한, 그해 이 학교에서는 뛰어난 학생 열두 명이 모여 문학 연구회를 설립하였으며, 그 열두 사람 중에는 제임스와 에버스 처녀도 포함되어 있었다.

7.

이때, 벤더리라는 목사가 제임스의 인품을 깊이 신뢰하여, 자신이 담당하는 교회로 와서 전도하도록 초청했다. 제임스의 설교를 들은 사람들이 그의 전도를 다음과 같이 평가했다.

"이렇게 맑고 신선하며 웅장한 연설을 처음 들어본다. 그의 말은 한마디도 남의 말을 빌려온 것이 없고, 언제나 독창적인 재능이 있어 스스로 지어낸 것 같다. 그의 모든 태도에는 열정과 성실한 뜻이 담겨 있으며, 그의 말 한마디 한마디가 듣는 사람을 사로잡아, 입을 열면 마치 실꾸리를 푸는 듯이 술술 흘러나오며 끊기는 법이 없다. 또한, 그의 말하는 방식은 힘이 들지 않고 마치 숨 쉬듯 자연스럽다."

8.

오하이오 지방에서 제임스의 마음을 사로잡았던 루크레시아 루돌프 처녀가 우연히 이 학교에 입학하여 그리스어와 라틴어 공부를 시작했다. 이 처녀의 아버지는 딸이 고등 교육을 받아야 한다고 생각하여 입학을 주선한 것이었다. 제임스는 그녀가 같은 학교에 입학한 것을 보고 크게 기뻐했다. 그러나 서로 교제하는 방식은 다른 학생들과 다를 바 없었으며, 단 한 점의 흐트러진 행동도 없었다. 그러나 점점 그녀를 존경하고 사모하는 마음이 깊어졌으며, 결국 제임스가 이 학교를 졸업할 무렵, 두 사람의 관계는 더욱 깊어져 졸업 후 백년가약을 맺기로 약속했다. 이때 제임스의 나이는 22세, 루돌프 처녀는 1살 어렸다.

9.

클리블랜드에서 이름난 법률학자 로도스씨는 제임스가 하이럼 학원에서 부교사 겸 학생으로 있던 시절 함께 공부했던 인물이었다. 그는 당시의 일을 회상하며 말했다.

"내가 처음으로 그 학교에 들어갔을 때, 고향 생각이 간절하여 외롭고 쓸쓸한 기분이었다. 그런데 교실에서 키가 크고 체격이 웅장한 사람이 대수학을 가르치고 있었는데, 그는 내 얼굴빛이 어두운

것을 보고 곧장 내 곁으로 다가와 반가운 기색으로 나의 어깨 위에 팔을 얹었다. 그러자 고향에 대한 그리움이 자연스럽게 사라졌다."

이를 통해 제임스의 훌륭한 태도를 충분히 알 수 있다.

제10장 윌리엄스 칼리지에서 공부하던 시절

1.

제임스는 3년 동안 공부한 끝에 우등생으로 [하이럼 학원을] 졸업하였다. 이후 다시 대학교에 입학하고자 여러 대학교와 교섭하며 학교 규칙과 학비 등의 사항을 조사한 뒤, 마침내 윌리엄스 칼리지[38]에 들어가기로 결정하였다. 그가 학교로 떠나기 전, 한 친구에게 보낸 편지에서 이렇게 말했다.

처음 여러 대학교 교장들과 편지를 주고받으며 나의 학문 수준을 설명하고, 몇 년 정도면 대학교 과정을 졸업할 수 있을지를 물었다. 다른 학교에서는 모두 '2년은 걸려야 한다'고 간단히 답했지만, 윌리엄스 칼리지 교장 홉킨스씨는 편지 끝에 '그대가 만일 우리 학교에 오게 된다면, 내 힘이 닿는 대로 도와주겠다'고 하였다. 그래서 나는 다가오는 월요일에 윌리엄스 칼리지로 가기로 하였다.

---

38) 윌리엄스 칼리지(윌늬음 대학교, Williams College): 1793년에 설립된 미국 매사추세츠주 윌리엄스타운(Williamstown, Massachusetts)에 위치한 사립 대학교로, 제임스 A. 가필드가 1856년 졸업한 학교이다. 윌리엄스 칼리지는 미국에서 가장 오래된 대학 중 하나로, 가필드는 이곳에서 학문을 이어가며 뛰어난 학업 성과를 기록하였다.

2.

제임스가 높은 수준의 학교에 들어갈 기회를 얻었으니 그 기쁨이
이루 말할 수 없었으나, 그 기쁨과 함께 떠오른 걱정은 곧 학비 문제
였다. 제임스의 성격은 한 번 뜻을 정하면 반드시 실행할 방법을 찾
는 것이었기에, 용기를 내어 전진하고자 했지만 돈이 없는 현실 앞에
서는 한 줄기 눈물을 삼킬 수밖에 없었다. 이때, 우애 깊은 형 토머스
는 벌써 아우의 마음을 알아차리고 말했다.

"제임스, 네가 오늘 대학교에 가서 배우려 하면서도 예전처럼 학
비를 걱정한다면, 마음껏 공부할 수 없을 것이다. 내 형편이 넉넉하
지는 않지만, 어떻게든 네 걱정을 덜어 주겠다."

토머스는 여러 방면으로 주선하여 큰 금액을 빌려 제임스가 학업
을 이어갈 수 있도록 도왔다. 제임스는 형의 깊은 사랑에 감격하며
말했다.

"형아, 만일 내가 공부를 마치기 전에 죽게 된다면, 형은 이 돈
때문에 큰 빚을 지게 되지 않겠소."

그러자 형이 말했다.

"그런 빚이라면 나는 조금도 걱정하지 않을 것이다."

제임스가 대학교에 들어가기 전, 그가 다닌 고등학교 과정을 살펴
보면 준비 과정 4년과 본과 과정 2년으로 총 6년이었으나, 그는 이를
3년 만에 졸업하였다. 그동안 학비는 학교에서 조교로 일한 급여,
목수 일로 번 돈, 그리고 부교사로서 가르친 수입으로 충당하였다.

3.

윌리엄스 칼리지에서 여름 방학이 지난 후, 신입생을 모집하며

입학 시험을 실시할 때에야 비로소 제임스는 교장 홉킨스 박사를 만나게 되었다. 당시 제임스를 본 한 사람이 그의 외모를 다음과 같이 기록하였다.

키는 아홉 자에 가까웠고, 골격이 건장한 청년이었다. 머리카락은 가늘었으며, 이마는 넓고 시원해 보였다. 성격은 쾌활하면서도 인품이 친절하였고, 얼굴빛에는 깊은 사색이 깃들어 있었다. 그러나 오랫동안 빈곤 속에서 살아온 흔적은 조금도 찾아볼 수 없었다.

이 단정하고 품격이 있는 풍채 속에 은근히 드러나는 비범한 재능이 홉킨스 박사의 눈길을 끌었다. 박사는 반가운 기색을 보이며 얼굴에 환한 웃음을 띠고 손을 내밀어 조용히 제임스의 손을 잡았다. 이때 제임스는 박사의 따뜻한 환대에 깊이 감복하여, 마치 오랫동안 헤어졌던 아버지를 다시 만난 듯 기쁨을 느꼈다고 한다. 제임스는 태어나면서부터 아버지의 사랑을 받아보지 못했기에, 박사의 정성스런 마음을 더욱 깊이 새겼다. 그는 이 학교에 들어오기 전에 이미 홉킨스 박사가 저술한 『기독교의 증거』[39]라는 책을 읽고 박사를 존경해 온 지 오래였다.

39) 기독교의 증거(긔독교의 증거, The Evidences of Christianity): 마크 홉킨스가 저술한 『기독교의 증거』는 기독교의 진리와 신앙의 합리적 근거를 제시하는 내용을 담고 있다. 이 책은 기독교 교리를 방어하는 논리적인 주장을 포함하며, 당시 기독교적 교육을 받던 학생들에게 중요한 참고서로 사용되었다. 가필드 대통령도 이 책을 통해 많은 영향을 받은 것으로 알려져 있다.

제임스는 입학시험에 합격하여 곧 3학년 과정에 편입되었다. 이는 매우 드문 일이었으며, 그는 한걸음에 여러 해 동안 공부해 온 학생들과 동등한 위치에서 학업을 시작하게 되었다. 이때 홉킨스 박사가 말했다.

"여름 방학 동안 공부할 생각이 있다면 도서관 출입을 특별히 허락하겠다."

제임스는 곧바로 이에 따랐다.

제임스는 이전까지 이처럼 큰 도서관을 본 적이 없었다. 그러나 도서관에 들어간 후로는 자신이 읽고 싶던 책을 마음껏, 힘이 닿는 대로 모두 읽었다.

제임스는 이전처럼 학비 문제로 분주할 필요가 없게 되자, 그 대신 신체를 단련하기 위해 근처 산책로에 나가 자연 속에서 여가를 즐기는 것을 일삼았다. 그는 주변의 지형과 경관을 탐방하고자 그레이록 산[40] 정상에 오르기도 하고, 때로는 수풀 사이를 거닐며 산책하기도 했다. 이처럼 그는 윌리엄스 칼리지 근방을 두루 다녔으며, 그의 발길이 닿지 않은 곳이 거의 없을 정도였다.

4.

대학교에 들어간 지 약 2주가 지나자, 한 학생이 제임스를 평하며 말했다.

"저 제임스는 우리가 아는 학생들 중에서 가장 깊이 있는 사고력을 가진 사람이다. 그는 어떤 일을 하든 실수가 없으며, 또한 말 한마

---

40) 그레이록 산(꾸레이록구, Greylock)

디 한마디가 조심스럽고 신중하다."

그러자 또 다른 학생이 이에 동의하며 말했다.

"그것은 그가 무슨 일이든 깊이 연구하여 충분히 이해하기 전에는 섣불리 나서지 않기 때문이다. 그는 항상 철저한 준비를 거쳐 깨달음을 얻은 뒤에 행동하므로, 항상 앞으로 나아가는 사람이다."

또 한 학생이 말하기를,

"제임스는 논리적으로 사고하는 능력이 탁월하여, 학생들 중 누구도 그 앞에서 당해낼 수 없다. 이를 한마디로 정리하자면, 그는 타고난 변론가이다. 그의 논변은 활달하고 설득력이 뛰어나며, 상대방이 논쟁을 벌이더라도 자연스럽게 설득당하는 것처럼 보일 정도이다."

25년이 지난 후, 제임스와 함께 학교에 다녔던 한 친구가 제임스를 이렇게 회고했다.

"제임스는 40명의 학생 중에서 두 번째로 뛰어난 인물이었다. 그는 무엇이든 남들보다 앞섰을 뿐만 아니라, 특히 문학과 토론에 탁월한 재능이 있었다. 그는 어떤 사물이든 반드시 그 본질을 끝까지 파고들어 완전히 깨닫기 전에는 멈추지 않았다. 또한, 그때 그가 작성한 논문을 보면, 일반적인 학생들의 글과는 차원이 달라 오늘날 읽어도 빛이 나고 흥미로울 정도였다. 그는 공부에 엄청난 정력을 쏟았지만, 그렇다고 공부만 하는 사람이 아니었다. 그는 능히 놀 줄도 알았고, 장난칠 줄도 알았으며, 그런 일에서도 남에게 뒤지지 않았다. 또한, 말솜씨가 뛰어나 이야기를 잘했고, 남의 말과 행동을 깊이 주의하여 지식을 넓히는 재능도 있었다. 무엇보다도 그는 앞에 놓인 장애물을 뛰어넘고자 하는 용맹한 기질을 지니고 있었다. 학생들 사이에서 투표로 대표를 선출하는 일이 있으면 언제나 최다 표를 얻어 뽑혔으며, 당시 대학교에서 발행하는 잡지가 있었는데, 제임스가 그 잡지에 시를 기고하자 세상 사람들이 크게 감탄하고 칭찬하였다."

5.

[제임스의] 학비는 그럭저럭 넉넉했지만, 의복까지 마련할 형편은 되지 않아 늘 남루한 옷을 입고 다녔다. 이를 보다 못한 한 친한 친구가 가만히 자신이 아는 양복점에 찾아가 말했다.

"우리 학교에 한 청년이 있는데, 뜻이 있는 사람입니다. 지금은 비록 집안 형편이 어려워 이렇게 지내지만, 매우 정직한 인물입니다. 그런데 입을 옷이 마땅치 않아 견디기 어려운 모양이니, 양복 한 벌을 지어 주는 것이 어떻겠습니까."

그러자 양복점 주인이 말했다.

"나는 원래 그런 사람을 위해 옷을 만들어 주는 것을 기쁘게 생각하니, 망설일 것 없소. 그런데, 그 사람의 이름이 무엇이오."

친구가 대답했다.

"오하이오 출신의 제임스 가필드입니다."

그러자 양복점 주인이 말했다.

"그렇다면 당장 옷을 지어 주겠소. 그 사람을 내게 보내시오."

이튿날, 제임스는 친구의 따뜻한 배려에 감동하여 직접 그 양복점에 찾아가 말했다.

"부디 제가 힘이 닿는 대로 하루라도 빨리 갚을 것이니, 한 벌 양복을 지어 주신다면 반드시 그대에게 손해가 가지 않도록 하겠습니다."

양복점 주인이 말했다.

"그런 걱정은 할 필요 없습니다. 언제든 여유가 생길 때 갚으시면 됩니다."

그리고 곧 새 양복을 만들어 주었다. 제임스는 얼마 지나지 않아 한 푼도 부족함 없이 약속한 돈을 모두 갚았다. 이때 클리블랜드에 사는 로빈슨 박사가 제임스를 깊이 신뢰하고 학비를 빌려주었으니, 그로 인해 제임스는 형에게 더 이상 부담을 주지 않을 뿐만 아니라, 지금까지 써 온 빚까지 모두 갚을 수 있었다.

6.

이 학교에서 공부하는 동안, 제임스는 노예 폐지에 대한 신념이 날로 깊어졌다. 그 무렵, 이 사상을 전국적으로 전파하는 것으로 유명한 찰스 섬너[41]라는 인물이 있었다. 그는 당시 국회에서 이 문제를 두고 열정적으로 변론할 뿐만 아니라, 각 지역을 돌아다니며 노예제 폐지의 필요성을 강력히 알리고 있었다. 제임스는 어느 날 그가 연설하는 장면을 직접 들을 기회가 있었고, 그 순간 정신이 황홀할 정도로 큰 감명을 받았다. 그는 그때까지 자신이 소속 정당 없이 중립적인 입장을 지켜왔으나, 이 연설을 들은 후부터는 중립을 유지하는 것이 옳지 않다고 생각하게 되었고, 한편으로는 공화당을 사랑하는 마음을 갖게 되었다.

기록자는 전했다.

---

41) 찰스 섬너(Charles Sumner, 1811~1874): 미국 매사추세츠 주 출신의 상원의원. 노예제 폐지와 인권 신장에 앞장선 급진적 공화주의자로, 웅변가로도 명성을 떨쳤다.

미국에는 공화당과 합중당 두 정당이 있어 나라를 다스리고 있다. 어떤 일이든 시비가 논의된 후에야 올바른 방향을 깨닫기가 쉬운 법이므로, 이 나라의 초대 대통령인 워싱턴[42] 씨는 일부러 사람들을 권하여 두 정당을 세우도록 했다.

1855년, 매사추세츠[43] 지역에서 선출된 국회의원 굿리치[44]씨가 어떤 문제를 해결하고자 하였으나, 공화당의 세력이 충분하지 않음을 염려하여 윌리엄으로 와서 노예 폐지 문제를 주제로 연설을 하였다. 제임스는 이 연설을 듣고 크게 상쾌하고 만족스러운 감정을 느꼈다. 연설회가 끝난 후, 제임스도 여러 사람과 함께 헤어져 문을 나서며 함께 걷던 친구에게 말했다.

"이 문제는 나에게 있어 새롭게 깨닫게 된 중요한 문제다. 이후부터 더욱 깊이 연구해 보고자 한다."

그 후, 그는 공화당에 가입하게 되었으며, 대통령 후보로 프리몬트[45]씨가 지명되었다는 소식을 듣고 그가 당선되기를 바라며 적극적으로 선거 운동에 참여했다. 대학교 학생들이 프리몬트씨를 지지하

---

42) 워싱턴(와싱턴, George Washington, 1732~1799): 미국의 초대 대통령(1789~1797)으로, 독립전쟁 당시 대륙군 총사령관을 지냈다. 미국 헌법 제정에 기여했으며, 대통령직을 두 번 역임한 후 자발적으로 퇴임하였다.

43) 매사추세츠(ᄆᄉ쥬셋스, Massachusetts): 당시 미국에서 노예 폐지 운동이 활발했던 지역이다.

44) 굿리치(쑤도릿지, John Zacheus Goodrich, 1804~1855)

45) 프리몬트(에레몬도, John Charles Frémont, 1813~1890): 1856년 미국 공화당(Republican Party) 최초의 대통령 후보이다. 노예제 반대 입장을 내세웠으나 선거에서 민주당 후보 제임스 뷰캐넌(James Buchanan)에게 패배하였다. 이후 남북전쟁 당시 북군 장군으로 복무하였다.

기 위한 대회를 열고, 제임스에게 연설을 해달라고 요청하였다. 그의 연설은 논리가 명확하고, 동시에 고금의 역사적 사례를 폭넓게 인용하며 당당하게 이루어졌다. 그 결과, 연설을 들은 사람들은 크게 감탄하지 않을 수 없었다.

7.

1856년, 제임스는 학교에서 큰 명예를 얻으며 졸업하였다. 졸업식을 거행할 때, 가장 높은 명예가 주어지는 졸업 연설을 맡길 사람으로 제임스가 선정되었다. 다른 학생들 중 이를 반대하는 사람은 한 명도 없었으며, 교사와 학생들 모두 제임스가 대학교를 졸업한 후 반드시 사회에서 큰 인물이 될 것이라고 확신하며 기대하였다. 그리고 제임스가 대학교를 졸업한 지 여덟 해가 지난 후, 홉킨스 박사가 그를 회고하며 말했다.

"가필드가 군인이 된 후로 승진하는 속도가 세상에서 누구도 따라갈 수 없을 정도로 빨랐다. 그의 성품은 정의롭고 바른길을 따르며, 마치 신앙을 깊이 숭상하는 사람처럼 항상 엄격한 자기 규율을 지켰다. 또한, 그는 활달하고 담백하여 진정한 남성다운 기개를 지녔으며, 사교에도 능했다. 한마디로 말하자면, 자신의 힘으로 스스로를 만들어낸 인물이기에, 다른 사람의 본보기가 될 만하다. 나는 이후에 다시는 이런 학생을 만나볼 기회가 없을지도 모르겠다고 생각한다."

홉킨스 박사가 교장에서 물러난 뒤, 새로 부임한 교장은 챔벌린[46]

46) 챔벌린(가도쏀룬, Paul Ansel Chadbourne, 1823~1883)

이었다. 그는 제임스를 이렇게 평가하며 말했다.

"내가 윌리엄스 칼리지의 교사가 된 후, 제임스가 졸업하였다. 그의 남자다운 강건한 기개와 엄정한 성격 덕분에, 교사로서 흔히 학생들에게서 볼 수 있는 비열하고 불량한 버릇을 꿈에서도 찾아볼 수 없었다. 뿐만 아니라, 그런 나쁜 습관을 가진 학생들은 그의 주변에조차 가까이 오지 못했다. 다른 학생들은 때때로 대학교에서 헛된 명성을 얻으려 하거나 비열한 꾀를 부리기도 했다. 그러나 가필드에게 있어서는 그런 일이 조금도 없었으며, 그는 언제나 학교와 자신에게 명예로운 일만을 행하였다. 그는 도덕을 힘쓰고, 신앙을 지키며, 삶 속에서 어떠한 어려운 일을 맞닥뜨리더라도 끝까지 참아내었다. 이렇게 하는데 어찌 성공하지 않을 수 있겠는가. 나는 확신하건대, 학생으로 보든, 일반인으로 보든, 이처럼 훌륭한 성공을 이룬 사람을 다시 만날 수 있을지 모르겠다."

제11장 하이럼 학원의 교장으로 재임하던 시절

1.

제임스가 윌리엄스 칼리지를 졸업하자, 하이럼 학원에서 간절히 요청하여 제임스를 고전학과 문학을 가르치는 교사로 초빙하였다. 제임스는 곧바로 이를 받아들였다. 9년 전까지만 해도 뱃사공으로 일하던 소년이 이제는 고등 교육 기관의 교사가 되었으니, 그의 지난 인생을 돌이켜보면 얼마나 험난한 길을 걸어왔으며, 앞으로의 길 또한 얼마나 멀고 험할 것인가. 그러나 제임스는 처음부터 정치적인 야심을 품었던 사람이 아니었기에, 스스로 말하였다.

"나는 이 자리에 있는 것만으로도 만족한다. 나는 이 학교에서 교육자가 되어, 이 길을 평생의 업으로 삼을 것이다. 앞으로도 나의 모든 정력을 온전히 이 학교를 위해 바칠 것이다."

그가 대학교를 졸업했을 때, 여러 지역에서 지금보다 훨씬 높은 월급을 제시하며 초빙하려는 사람들이 많았지만, 그는 단 한 곳도 받아들이지 않고, 하이럼 학원에서 연봉 1,600환을 받으며 교사가 되었다.

2.

제임스는 부임한 지 1년 만에 곧 교감이 되었고, 다시 1년이 지나 교장이 되었다. 이제 10년 전 뱃사공이었던 소년이 당당한 고등학교의 교장이 된 것이다. 그는 교장이 된 후, 학생 중에서 특별한 재능이 있는 사람을 선발하여 그 재능을 더욱 발전시키는 데 힘썼다. 그러나 때때로 학생의 부모들이 오히려 이를 반대하는 경우가 있었다. 이때마다 제임스는 간절한 마음으로 그들의 걱정이 헛된 염려임을 설득하고, 더 나아가 그들의 아들이 장래에 크게 성장하는 데 유익하다는 점을 설명하였다. 그리고 때때로 '내가 훌륭한 인재를 가로막는다'며 농담을 하곤 했다. 그러나 가필드에게 이렇게 가로막힌 학생 중에서 재능을 꽃피워 성공한 사람이 많았으며, 그중에는 훗날 미국 학자로 이름이 높아진 힌스데일[47] 씨도 포함되었다. 힌스데일 씨는 후에 하이럼 하원의 교장이 되었다. 제임스는 어떤 일이든 엄격한 사람이었으나, 학생을 대할 때는 단순한 훈계가 아니라, 스스로 실천한 바를 보여주며 지도하였다. 그는 한 번도 어려운 일을 학생들에게만 강요한 적이 없었다.

3.

학교에서 학생들을 가르치고 연설하는 일이 가장 많았는데, 그중에서도 가장 유명한 연설이 '일평생 사의 갈림길'이었다. 그의 연설에서 한 구절을 기록하면 다음과 같다.

라플라타에서 시작된 한 방울의 빗방울이 재판소 지붕의 마룻가지에 떨어진다고 하자. 이 빗방울이 남쪽으로 흘러가면 마침내 멕시코 만으로 들어가고, 반대로 북쪽으로 흘러가면 생로랑 만으

---

47) 힌스데일(힌스다루, Burke Aaron Hinsdale, 1837~1900)

로 들어가게 된다. 바람이 한 번 불고, 새가 한 번 날갯짓하는 것만으로도 그 방향이 완전히 달라질 수 있다. 우리의 일평생, 특히 청년기의 삶도 이와 다를 바 없다. 우리 인생에서 작은 일, 책 한 권, 친구의 영향, 방탕한 생활, 분명한 판단, 그리고 짧은 시간의 낭비조차도 결국 우리 인생의 길을 나누는 중요한 요소가 될 수밖에 없다.

가필드는 이때 바쁜 시간을 깊은 밤중에 법률을 공부하여 그 대강을 터득하였으며, 한편으로는 마을 교회에 가서 전도 활동도 자주 하였다.

4.

1858년 11월 11일, 가필드는 루돌프 양과 결혼식을 거행하였다. 그 후부터 아내는 남편을 위해 연설 자료나 기타 중요한 자료를 조사할 필요가 있을 때, 도서관을 드나들며 필요한 책들을 모아 주었다. 이 무렵 제임스가 읽은 책의 양이 매우 많았으므로, 그는 하루도 도서관에 가지 않는 날이 없었으며, 심지어 폭우가 쏟아지는 날에도 우산을 쓰고 도서관을 오갔다.

5.

하이럼 학원에서 졸업장 수여식을 거행하는 날이 되자, 예년과 마찬가지로 각처에서 몰려든 방문객이 10,000명이 넘었다. 그중에는 단순히 구경하러 온 사람들뿐만 아니라, 물건을 팔러 온 장사꾼들이 좌판을 벌이고 떠들어 대는 모습이 마치 장터와도 같았다. 이처럼 군중이 모이면 자연스럽게 불량배나 술주정꾼 같은 무질서한 사람들이 섞여 들어와, 졸업식 예식을 거행하는 데 방해가 되는 경우가 적지 않았다. 그러나 이번에는 교장 가필드가 나와 단 한 번 손을 흔들었을 뿐인데, 그 순간 혼란스러운 분위기가 일시에 정리되었고, 감히 방해하는 사람이 아무도 남지 않았다. 이것은 그가 말 한마디 하지 않고도 사람들의 기운을 제압할 수 있는 위엄을 지닌 지도자였음을 뜻한다.

제12장 주 의원으로 활동하던 시절

1.

이 무렵, 노예 폐지 문제가 사회적으로 큰 논란이 되었다. 이 무렵, 합중당의 유명 인사 알폰소 하트[48]라는 사람이 하이럼 학원에 와서 연설회를 열고, 노예 문제를 주제로 연설을 하였다. 그러나 가필드가 그 연설을 듣고 보니, 말은 격조 있어 보였으나, 거짓과 억측이 많았다. 그는 그 연설이 대중을 현혹시킬 것을 우려하여, 이에 반대하는 연설회를 열기로 하였다. 그 지역 주민들의 요청에 따라, 가필드는 그와 함께 공개 토론을 진행하였다. 결과적으로 그는 논리적으로 가필드를 당해내지 못하였으며, 승패가 명백해지자 시민들은 환호하며 가필드를 칭송하였다. 사람들은 말했다.

"이 사람은 훌륭한 대의원이될 만하다. 우리는 이 사람을 국회에 보내야 한다."

이렇게 가필드는 시민들의 신임을 얻었고, 마침내 그 이듬해 오하이오 주의회 의원으로 선출되었다. 그러나 당시 가필드는 학교에 전념하고 있었으며, 조금도 스스로 선거 운동을 하지 않았다. 심지어 그는 자신이 선출된 사실조차 모르고 있다가 소식을 듣고 크게 놀라며 사양하였다. 그는 말했다.

---

48) 알폰소 하트(Alphonso Hart, 아루혼스 하도, 1830~1910)

"나의 사명은 학교에 있으며, 정치에 참여할 뜻은 조금도 없습니다. 여러분의 좋은 뜻은 감사하지만, 이를 따를 수 없습니다."

그러나 시민들은 이에 승낙하지 않고 거듭 요청하며 간청하였다. 그러자 가필드는 재차 거절하며 말했다.

"나의 사명은 학교에 있습니다. 나의 정신도 학교에 있으며, 나의 본분 또한 교육에 있습니다."

그 후, 윌리엄스칼리지 졸업식이 열리는 날, 교장으로부터 초청을 받은 가필드는 3년 만에 다시 윌리엄스칼리지로 향하게 되었다. 그가 돌아오는 길에 오하이오 주 만도아[49]지역을 지나게 되었는데, 그곳의 사람들이 억지로 그를 붙들고 의원직을 맡아달라고 강력히 권하였다. 결국, 가필드는 부득이하게 이를 허락하였다.

2.

가필드는 비로소 정치에 참여하여 주 의회 의원이 되었으며, 이 때는 1860년 1월 4일이었다. 이 무렵 노예 문제가 더욱 심각해져, 조만간 그 갈등이 격화될 것으로 예상되었다. 주 의원 중에는 야곱 디 콕스[50]라는 성격이 강직한 인물이 있었으며, 그는 후일 오하이오 주 주지사가 되었고, 이후 내무장관을 역임한 인물이었다. 또 한 명의 신사가 있었는데, 그는 대학교 교사인 먼로씨였다. 이 두 사람은 모두 제임스와 함께 노예 폐지 문제를 찬성하는 입장이었으므로, 자

49) 오하이오주 만도아(오하요쥬 만도ᄋ, Mantua, Ohio)
50) 야곱 디 콕스(야고부 셰 곳구스, Cox, Jacob Dolson, 1828~1900): 오하이오 주 주지사와 미국 내무장관을 역임한 정치인이다.

연스럽게 세 사람이 뜻을 같이하며 가까운 사이가 되었고, 의회에서 서로 협력하며 활동하니, 의원들은 이들을 가리켜 삼각 동맹이라고 불렀다.

제13장 군인 시절

1.

1861년, 에이브러햄 링컨[51]이 대통령이 되자 미국에서 남북전쟁이 시작될 조짐이 점점 뚜렷해졌다. 남부 지역 사람들은 이미 전쟁 준비를 시작하였으며, 이 전쟁의 원인은 다른 것이 아니라 노예제 문제 때문이었다. 북부 사람들은 '인도주의적 관점에서 볼 때, 사람을 물건처럼 사고팔아 노예로 삼는 것은 정의에 어긋나는 일'이라며, 이 악습을 폐지해야 한다고 주장했다. 반면 남부 사람들은 '노예로 부리던 사람들을 갑자기 해방시키면 경제적 피해가 막대하다'며, 노예제 폐지를 받아들이지 않았다. 결국, 이러한 대립이 해결되지 않자 전쟁이 발발하게 되었다.

이때에도 여전히 남북이 평화롭게 해결되기를 바라는 사람들이 있었으나, 가필드는 단호히 나서서 말했다.

"오늘날의 이 상황은 단순한 임시방편으로 해결할 문제가 아니다. 우리는 결단코 최후의 수단을 선택해야 한다."

그의 말이 채 끝나기도 전에, 사우스캐롤라이나[52] 주 서머터 요새

---

51) 에이브러햄 링컨(아부라함 린간, Abraham Lincoln, 1809~1865): 미국 제16대 대통령(1861~1865)으로, 남북전쟁을 이끌며 노예제를 폐지하고 국가 통합을 이루었다.
52) 사우스캐롤라이나(스무다 디방, South Carolina): 미국 남동부에 위치한 주로, 남북전쟁의 발단이 된 서머터 요새 전투가 벌어진 곳이다.

에서 전투가 시작되었으며,[53] 이는 곧 남북전쟁의 시초가 되었다. 대통령 링컨은 북부에 전령을 보내어, 7만 2천 명의 의용군을 모집할 것을 명령하였으며, 그 전령이 오하이오 주에도 도착하자, 가필드는 크게 소리치며 선언하였다.

"우리 오하이오 주에서 2만 명의 군사와 600만 환의 군비를 담당하겠다."

그의 제안은 만장일치로 가결되었다.

2.

오하이오 주 주지사 데니슨[54] 씨는 가필드에게 명령하여 미주리[55]로 가서 군기 5천 벌을 운송할 것을 지시하였다. 이에 가필드는 즉시 그곳으로 가서 명령대로 무기를 배에 실어 콜럼버스로 돌려보냈다.

서머터 요새가 함락된 후, 오하이오 주 주지사 데니슨은 가필드를 클리블랜드에 파견하여 군사 7·8연대를 감독하도록 명령하였다. 가필드는 이번에도 책임을 능히 감당하였으며, 그의 재능을 높이 평가한 주지사는 그를 군 직위에 추천하고자 하였다. 그러나 가필드는 이를 사양하며 말했다.

"나는 아직 군사 경험이 부족하니, 그 부담이 적은 직위를 맡길

---

53) 서머터 요새에서 전투가 시작되었으며: 서머터 요새 전투(Battle of Fort Sumter, 1861)는 남북전쟁의 첫 전투로, 남부연합군이 사우스캐롤라이나주 찰스턴 항에 위치한 서머터 요새를 공격하면서 전쟁이 시작되었다.
54) 윌리엄 데니슨(쩨닌손, William Dennison, 1815~1882): 미국 정치인으로, 오하이오 주 주지사(1860~1862)를 역임하며 남북전쟁 초기에 군사 지원을 주도하였다.
55) 미주리(밋소리, Missouri): 미국 중서부에 위치한 주로, 남북전쟁 당시 북군과 남군의 격전지 중 하나였다.

청합니다."

그러자 주지사는 그의 뜻을 받아들여, 참령(중령)으로 임명하고 서부 지역의 군대를 지휘하도록 하였다.

가필드는 군인이 된 후 빠르게 성공을 거두었으며, 군에 입대한 지 불과 한 달 후, 그는 뷰얼[56] 장군 휘하에서 한 부대를 지휘하였다. 1862년 1월, 그는 덕장 마샬[57]이 이끄는 적군을 크게 무찌르고, 또한 샌디베일 전투[58]에서 대승을 거두어 공적을 세웠다. 이에 따라 워싱턴 중앙정부에서 가필드를 여단장으로 임명하였다. 그는 오하이오 주의회에서 가장 나이가 어린 의원이었듯, 이번 군대에서도 여단장 중에서 가장 젊은 사람이었다. 얼마 지나지 않아, 치카모가 전투[59]에서 또다시 큰 공을 세우며 승리를 이끌었고, 결국 준장으로 승진하였다. 참령이 된 지 불과 1년 만에 장군이 되었으니, 그의 승진 속도가 너무도 빨라 누구도 놀라지 않을 수 없었다.

3.

제임스가 행군 중에 한 노인이 다가와 '제임스!' 하고 그를 불렀

---

56) 돈 카를로스 뷰얼(브류에루, Don Carlos Buell, 1818~1898): 미국 북군 장군으로, 남북전쟁 초기 오하이오 군을 지휘하였다.

57) 험프리 마샬(마샤루, Humphrey Marshall, 1812~1872): 남군의 장군이자 정치인으로, 켄터키 지역에서 북군과 교전하였다.

58) 샌디베일 전투(슨제베리 쓰홈, Battle of Middle Creek, 1862): 1862년 1월 10일 켄터키주에서 가필드가 남군을 상대로 승리한 전투이다.

59) 치카모가 전투(지가몽아 싸 쓰홈, Battle of Chickamauga, 1863): 1863년 9월 조지아주에서 북군과 남군이 충돌한 주요 전투로, 남군이 승리했으나 가필드는 전략적 공헌을 했다.

다. 제임스가 돌아보니 자신이 16세 때 오하이오 운하에서 배를 끌고 다니던 시절 함께 일했던 헨리 브라운이었다. 헨리 브라운[60]은 제임스가 크게 출세하여 군대를 지휘한다는 소식을 듣고, 협력하고자 찾아온 것이었다. 제임스는 그의 성품이 순박하고 정직함을 알고 있었으므로, 주변 사람들이 간첩이 아닌가 의심하며 불안해했지만, 그를 곁에 두고 함께하기로 하였다.

이후 제임스의 군대는 미들크리크 전투[61]에서 남군의 덕장 마샬 휘하 군대를 격파하고, 그들을 계속 추격하던 중 산 깊숙한 협곡과 큰 호수에 이르러 길을 잃게 되었다. 더군다나, 두 갈래 길이 모두 끊겼고, 큰비가 내린 뒤라 물이 불어나 강을 넘을 수 없었으며, 어떤 배도 건널 수 없는 상황이었다. 이대로 시간이 지체되면 전군이 고립될 위험이 커지자, 가필드는 이전에 찾아온 노인 헨리 브라운을 불러 말했다.

"당신과 나는 본래 배를 다룰 줄 아는 사람들이오. 지금 전군을 구할 수 있는 건 우리 둘뿐이니, 죽을 각오로 이 일을 해내야 하오."

그들은 작은 나룻배를 저어 오하이오 강까지 내려왔다. 마침 그곳에 한 증기선이 정박해 있었고, 배에서는 화통에 불을 지펴 출항 준비를 하고 있었다. 두 사람은 기쁨에 차서 급히 배에 올라타, 선장을 찾아가 배를 빌리고자 하였다. 그러나 공교롭게도 그 배는 남군

---

60) 헨리 브라운(헨리 쑤라운, Henry Brown, ?~?)

61) 미들크리크 전투(밋도루 구릭구, Battle of Middle Creek, 1862): 1862년 1월 10일, 켄터키 주 미들 크릭에서 벌어진 전투로, 제임스 가필드가 북군을 이끌고 남군의 험프리 마샬 장군 휘하 군대를 격파한 전투이다. 이 승리는 북군이 켄터키 동부 지역에서의 주도권을 확보하는 데 중요한 역할을 하였다.

소속이었으므로, 아무리 간청해도 남군 병사들은 배를 빌려주는 것을 거절하였다. 그러자 가필드는 부득이 맹렬한 수단을 써서 그들을 위협하였고, 결국 배에 실려 있던 군량을 확보한 후, 물을 거슬러 올라가 고립된 군대에게 보급품을 전달하였다. 장수가 무사히 돌아오자 군사들은 환호성을 질렀고, 그 소리가 천지를 뒤흔들었다. 그러나 헨리 브라운은 과로와 피로로 인해 결국 숨을 거두었다. 가필드는 그의 죽음을 애도하는 말로,

"만약 헨리 브라운이 없었다면, 오늘의 나도 살아남을 수 없었을 것이다."

라며 깊이 탄식하였다.

4.

가필드는 항상 행동이 엄숙하고 신중했으나, 한 번 실수를 한 적이 있었다. 그것은 군대가 콜럼버스를 떠나 전선으로 향할 때였다. 그는 잠시 판단을 잘못하여, 군대가 출발한 후에야 정거장에 도착하였고, 그때는 이미 자신이 타야 할 기차가 떠난 지 5분이 지난 상태였다. 이때 가필드는 곁에 있던 사람들에게 말하며 자책하였다.

"내 평생 이렇게 실수한 것은 처음이다."

그는 깊이 자탄하면서, 즉시 다른 기관차를 마련하여 탑승하였고, 불과 한 시간이 채 되지 않아 본대에 합류하였다.

제14장 국회의원 시절

1.

1862년 여름, 가필드는 국회의원으로 선출되었으나, 그때까지 군에서 지휘관으로 활약하며 장군이 되어 명령권을 행사하고 있었다. 이제 장군직을 버리고 의원이 되면 전선에 미치는 영향이 클 것이었다. 이에 대통령 링컨은 직접 친서를 작성하여 가필드의 진영으로 보냈다.

오늘날 국회에서 군법을 정통하게 이해하는 적절한 인물을 구하고 있으니, 속히 부임하라.

그는 이렇게 간절히 권유했다. 이에 가필드는 마음을 굳게 먹고 마침내 장군직을 버리고 국회에 참여하였다. 그가 군대에 있었던 기간은 3년 3개월이었다.

2.

가필드는 국회에 참여한 후 처음으로 군인 장려금 지급 문제를 접하게 되었다. 이 문제는 원래 모든 정당이 함께 제안한 것이었기에, 반대하는 데에 부담이 없었다. 이에 그는 거리낌 없이 반대하며 이렇게 말했다.

"이런 장려금으로 자원입대하는 병사를 늘리려 한다면, 결국 연약하고 무능한 군인만 양산하고 국가 재정만 낭비할 뿐이다. 차라리 징병제를 시행하는 것이 옳다."

그러나 이 말에 찬성하는 사람은 한 명도 없었다. 그럼에도 가필드는 뜻을 굽히지 않았다. 그러자 한 의원이 만류하며 말했다.

"장군 각하, 나도 또한 각하의 뜻과 같으나, 국회의원이 된 이상 자기 당파의 의견을 반대하면 자신의 정치적 입지가 위험해집니다."

그러나 가필드는 이에 대해 이렇게 답했다.

"위험하다니, 그게 무슨 말이오. 사람이 진정으로 위험한 순간은 자신의 올바르고 정직한 마음을 버릴 때를 말하는 것이오. 어찌 하찮은 당파의 의견을 거스르는 일이 그런 위험과 비교될 수 있겠소."

3.

가필드와 함께 국회의원으로 선출된 밸런디컴[62]이라는 사람이 국회에서 발언하며 말했다.

"남북이 분리되는 것이 바람직하며, 분리된 이후 남부도 새로운 나라를 세우는 것이 옳다."

이 말을 들은 가필드는 분노를 억누르지 못하고, 강하게 꾸짖으며 통렬하게 말했다.

"남북이 갈라져 싸운 지 이미 3년이다. 우리 동포들이 집을 떠나

---

62) 밸런디컴(아리기산싸론쑤, Clement Vallandigham, 1820~1871): 미국 정치인으로, 오하이오 주 출신 하원의원이며, 남북전쟁 당시 북부 내 친남부 성향의 '평화민주당'을 대표하는 인물이었다.

고, 몸을 희생하며 싸움을 마다하지 않은 것은 무엇 때문이겠는가. 지금의 이익은 바른 도리를 지키는 데에 있고, 전쟁의 승리는 우리 군대에게 돌아올 조짐이 보이는 이때, 뜻밖에도 우리 오하이오 주에서 한 명의 반역자가 나왔으니, 이는 우리 모두의 수치요, 분노를 일으키는 일이다. 여러분, 바라건대 우리 오하이오주를 위해 그런 사람을 내쫓아야 하오."

그의 거센 분노는 매우 단호했다.

4.

1860년, 대통령 링컨이 아칸소[63]와 루이지애나[64]두 지역과 관련된 한 법률을 발효하니, 공화당 의원들은 모두 그 법률에 반대하였다. 그러나 오직 가필드만 찬성하였다. 이로 인해 다른 의원들은 크게 분개하였고, 서로 논의하여 가필드를 다시는 국회에 참석하지 못하게 하도록 결정했다. 이에 오하이오주에서 가필드를 초청하여 그의 입장을 물었고, 사람들은 모두 추측하기를 아무리 가필드가 강직한 성품이라도, 이번에는 자신의 뜻을 굽혀 타협할 것이라 생각했다. 그러나 사람들의 예상과는 달리, 그는 조금도 주저하지 않고 자신의 의견을 강하게 주장하며 말하였다.

"나는 일반 백성이라도 스스로 뜻을 굽히기를 원치 않는다. 하물며, 단지 국회의원의 직위를 유지하기 위해 나의 본래 양심과 확고한 신념을 저버릴 수는 없다. 그러나 이는 국회의원을 선출하신 여러분

---

63) 아칸소(아루간사스, Arkansas)
64) 루이지애나(루이지아나, Louisiana)

의 뜻을 가볍게 여겨서가 아니다. 다만, 나는 나의 양심을 더욱 중히 여길 뿐이다. 그러므로 여러분께서 진실로 나를 국회의원으로 뽑기를 원하신다면, 나는 기쁜 마음으로 의석에 참여할 것이다. 하지만 만약 그렇지 않다면, 나는 또한 한낱 평민이 되는 것을 기꺼이 받아들이겠다."

5.

1868년, 가필드는 해외로 나가 여행을 하고 돌아왔다. 그 무렵, 그의 지역구(국회의원을 선출하는 지역)의 주민들은 국채를 지폐로 보상하자고 주장하였다. 그러나 가필드는 이에 강하게 반대하였다. 그러자 어떤 친구가 그에게 경고하며 말했다.

"이번 문제에는 아예 개입하지 않는 것이 좋겠네. 괜히 끼어들었다가 다음 선거에서 불리해질 수도 있네."

그 후 선거 집회에서 가필드가 연설을 요청받았을 때, 그는 또다시 자신의 의견을 분명히 밝혔다. 그는 국회의원으로 선출되든 선출되지 않든, 전혀 개의치 않았다.

6.

1865년 4월 15일, 신문 속보가 전해졌다.

'대통령 에이브러햄 링컨이 자객의 손에 암살당했다.'

이 소식이 전해지자마자, 온 나라가 흔들렸다. 이때는 남북전쟁이 겨우 끝나고, 사람들이 모두 태평한 시절이 왔다며 승리를 즐기던

시기였다. 집집마다 승전을 기뻐하는 가운데, 갑자기 이 끔찍한 소식을 듣자, 국민들은 충격을 받아 어찌할 바를 몰랐다. 그중에서도 뉴욕 거리에서는 시민들의 소요가 더욱 심각했다. 격분한 사람들은 복수를 외치며, 총과 칼을 들고 거리로 뛰쳐나왔고, 일부는 철교를 파괴하려는 도구까지 들고 나와, 삽시간에 그 수가 수만 명에 달했다. 도시는 온통 살기로 가득 찼고, 그때 또 다른 사람이 소문을 전하며 외쳤다.

"내각 서기관 수어드[65] 씨도 죽었다."

그러자 민심은 더욱 흉흉해졌고, 마침내 나라 전체가 대혼란에 빠질 듯한 위기 상황에 놓였다. 가필드가 이 형편을 보고 곧바로 행동에 나서며, 곧 한 문서를 손에 들고 여러 사람 앞에 나아가, 크게 소리쳤다.

"워싱턴 정부에서 온 소식이 있소!"

시민들이 그 소리를 듣고 무슨 일이 있는가 하여, 일제히 떠들던 것을 그쳤다. 가필드는 이에 다시 큰 소리로 외쳤다.

"시민 여러분, 안심하시오. 암담하고 요괴로운 구름이 잠시 신령의 좌석을 가리었으되, 옳은 의리와 공평한 도덕은 항상 찬란히 빛나고 있으니, 얼마 지나지 않아 흐린 물결과 요괴로운 구름이 사라지고, 하나님의 은총과 참된 진리 앞에 서게 될 것이오. 시민 여러분, 신령이 굽어보시니, 우리 워싱턴 정부는 태평무사할 것이오."

이 소리를 듣고, 지금까지 떠들던 시민들이 얼굴에 화평한 기색을 띄우며, 각자 자신의 집으로 돌아갔다.

---

65) 수어드(슈아도, William Henry Seward, 1801~1872)

제15장 상원의원으로 활동하던 시대

1.

1880년 6월, 가필드가 상원의원이 되었다. 먼저 한 사람이 가필드에게 권하며 말하기를,

"상원의원 후보자가 되는 것이 어떠한가."

히기늘, 가필드가 대답하여 가로되,

"그는 제군의 뜻대로 하라. 나는 옳은 일이라면 언제든지 제군의 뜻을 따르겠노라."

그러자 또 한 사람이 가로되,

"그렇다면, 선거하는 날 선거하는 처소로 오기를 바라노라."

하거늘, 제임스가 이를 고사하여 가로되,

"나는 평생에 스스로 직업을 구하여 본 일이 없고, 다만 하이럼 학원에서 조교 노릇을 한 것밖에는 없었으니, 그러므로 제군이 진정으로 나를 선거할 생각이 있다면, 나로 하여금 한 손가락도 움직이지 않게 하고 선출되기를 바라노라."

하고, 선거장에 가지 아니하였더니, 마침내 다수 투표로 피선되었다.

제16장 대통령 시절

1.

가필드가 상원의원이 된 지 다섯 달 만에, 곧 1880년 11월, 대통령 선거회가 시카고에서 열렸다. 이때 가필드도 그 회의에 참여하여 열심히 씨의 위인을 칭송하고, 그 사람을 다시 대통령으로 선출하자고 주장하였다. 최후에 그는 말소리를 높이며 결론을 내리며 가로되,

"제군이여, 내가 이렇게 말해 온 동안에, 씨 외에 과연 누가 대통령이 될 만한 인물이 있겠는가?" 하였더니, 회중 가운데 홀연히 한 사람이 소리를 높여 외쳤다.

"가필드다!"

가필드가 이 소리를 듣고 발연히 노하여 가로되,

"오늘은 농담을 할 때가 아니다!"

하니, 또 몇 사람이 응성하여 가로되,

"그렇다, 가필드다!"

하며 외치거늘, 가필드는 회중이 조용하지 못함을 보고 노하였다. 이윽고 투표함을 개봉하여 개표해 보니, 그간 떠들던 말이 단순한 소란도 아니오, 농담도 아니었으며, 진정으로 제임스 가필드가 북미 합중국 대통령으로 선출되었다.

2.

1881년 3월 4일, 오하이오 주 오렌지 타운십의 통나무집에서 태어난 사람이 대통령이 되어, 그날 취임식을 거행하였다. 그날 새벽부터 거센 폭풍우가 몰아쳐, 아침이 밝을 때까지 멈추지 않으니, 예식에 쓰려고 미리 준비한 것들이 모두 망가질까 하여, 사람들이 걱정하였다. 그러나 다행히도 오전 1시쯤 되자 바람이 잠잠해지고 비도 그쳤다. 이에, 신분이나 나이를 막론하고, 정부 관리들과 시민들이 취임식에 참석하려고 마차를 탄 사람, 말을 탄 사람, 자가용을 탄 사람들이 구름처럼 몰려들었고, 앉을 자리, 설 자리 가릴 것 없이 사람들이 가득 차, 빈틈 하나 없이 붐볐다. 군중의 환호 소리는 하늘과 땅을 뒤흔들 정도였다.

예식이 시작되자, 정부 관리들과 상·하원의원들이 예복을 입고 참석하였으니, 그 옷빛의 찬란함과 예식의 웅장함이 사람들의 눈을 놀라게 하였다. 신임 대통령이 전임 대통령 헤이스[66]씨의 전례를 따라 단상에 오르니, 만장이 환호하며 외치는 소리가 마치 천둥과 같았다. 이윽고 소란이 가라앉자, 가필드는 자리에서 일어나 엄숙하게 취임 연설을 마쳤다. 그러자 대법관 웨이트씨[67]가 앞으로 나와 성경한 권을 대통령에게 바쳤다. 대통령은 공손히 두 손으로 성경을 받아

---

66) 헤이스(헤ㅣ스, Rutherford Birchard Hayes, 1822~1893): 미국의 제 19대 대통령이다. 오하이오주 델라웨어에서 태어나 캐니언 대학교와 하버드 로스쿨을 졸업하였다. 남북전쟁에 참전하여 준장으로 복무하였으며, 이후 오하이오 주지사를 역임하였다. 1876년 대통령 선거에서 당선되어 1877년부터 1881년까지 대통령으로 재임하였다.

67) 웨이트(우에도, Morrison Remick Waite, 1816~1888)

들고, 맹세의 말을 마친 뒤, 그 책을 입에 대었다가 다시 대법관에게 돌려주었다. 이로써 취임식이 마무리되었다. 예식이 끝난 후, 가필드는 취임식에 참석한 어머니와 아내 앞에 나아가, 감격에 찬 얼굴로 어머니와 아내에게 입을 맞추었다.

가필드의 효심은 깊고 진실하였다. 그의 어머니는 평생 온갖 고난과 어려움을 겪으며 아들을 길러냈다. 그리고 그 아들이 마침내 한 나라의 대통령이 되어, 더구나 취임식 날, 그 예식에 직접 참석하여, 수많은 사람들의 우러름과 존경을 받게 되었다. 이때 그의 어머니가 느낀 기쁨과 감사함이 얼마나 컸겠는가.

3.

어떤 사람이 말했다.

"나는 가필드 같이 국민의 신망이 높은 대통령을 본 적이 없다."

그 말대로 나라 안에 한 사람도 그를 반대하는 이가 없었다. 그러므로 내각을 구성할 때라든지, 다른 벼슬을 임명하는 일 등 모든 정책이 백성의 뜻과 어긋남이 없어, 모든 일이 순조로웠다. 흠잡을 것이 전혀 없었고, 다만 한 가지 사건에서 다소 논란이 일어났을 뿐이었다. 그것은 뉴욕 항구의 세무장을 교체할 때, 부통령과 몇몇 국회의원이 반대하였으나, 가필드는 이에 개의치 않고 자신의 주장을 고집하였다. 결국 그 국회의원 두 사람이 사직하고 말았다. 그러나 이번 일이 가필드의 재임 중 처음이자 마지막으로 논란이 된 사건이었다.

제17장 최후의 언행

1.

1881년 7월 2일 오전 9시 20분에 대통령 가필드가 비서관 블레인[68]씨와 함께 마차를 타고 볼티모어 포토맥 철도회사 휴게실에 다다랐다. 어디에서 왔느냐 하면, 그날 윌리엄스 칼리지 졸업식에 참여하고 다른 지역을 순회하며 공무를 마무리하려던 길이었다. 이때 자객 한 사람이 대통령의 뒤를 따랐다. 그 이름은 찰스 기토[69]라는 흉악한 자였다. 본래 대통령과 개인적인 원한이 있는 것도 아니고, 정치적으로 의견이 맞지 않은 것도 아니었다. 그 자는 나이가 40여세였으며, 외모는 변호사처럼 보였다. 그는 외교관이 되기를 원했으나 시험에 낙제하고 실의에 빠져 있었다. 그러던 중 대통령을 암살하여 자신의 울분을 해소하려 했다. 또 한편으로는 뉴욕 항구의 세무장을 교체하는 일과 관련하여 부통령과 그로 인해 사직한 국회의원들을 돕기 위해 그런 일을 저질렀다고 주장하였다.

그는 다음과 같이 자백했다.

"6월 12일(일요일)에 대통령이 교당에 가는 걸 보고 뒤를 좇아

---

68) 블레인(쌕레인, James Gillespie Blaine, 1830~1893)
69) 찰스 기토(촬스 씨도, Charles Julius Guiteau, 1841~1882)

가다 대통령이 여러 사람들 속으로 들어가 버려 해치기 어렵다고 판단해 포기하고, 다음 일요일로 미뤘다. 그런데 그날 전날 신문을 보니, 대통령이 부인과 함께 롱브랜치[70]로 간다는 소문이 있었다. 그래서 아침에 한적한 시냇가에 가서 권총을 시험 삼아 쏴보고, 곧장 기차역으로 가서 대통령이 오기를 기다렸다. 그런데 도착한 모습을 보니, 부인이 병약하여 걷기도 힘들어 보였다. 그런 부인의 눈앞에서 남편이 죽는 걸 보게 하는 건 너무 불쌍하다고 생각해 그날은 포기했다. 그리고 7월 2일, 다시 기차역 대합실로 가서 대통령이 오기를 기다렸다. 마침내 가필드가 비서관과 함께 유쾌하게 이야기하며 문 안으로 들어오려는 순간, 방아쇠를 당겼다. 첫 번째 총탄은 가필드의 오른쪽 소매를 스치고 지나갔고, 두 번째 총탄이 깊숙이 박혔다."

2.

가필드를 곧 기차역에서 대통령 관저로 옮기니, 미국 백성들의 비통함과 경악은 이루 말할 수 없었다. 이때 그의 부인은 병을 치료하기 위해 뉴저지에 머물고 있었다. 그곳을 호위하는 사람은 장군 록웰[71]씨였다. 그는 부인의 병세가 이 일을 듣고 더욱 악화될까 염려하여, 부인이 이 사변을 알지 못하도록 주의하라는 전보를 보냈다. 가필드는 병상에 누운 채 비서관을 향해 물었다.

"여보게, 무슨 까닭으로 그놈이 나를 쏜 건지 아는가."

---

70) 롱브랜치(늬우쌴란지, Long Branch)
71) 록웰(롯구에루, Rockwell, Albert D, 1835~1925)

그러자 비서관이 대답했다.

"알지 못하겠습니다. 아마 미친 자가 아닐까 합니다."

3.

가필드는 누워있는 자신 곁에서 어린 아들이 통곡하는 것을 보고 말했다.

"지미야, 울지 마라. 단지 오른쪽 무릎이 조금 상했을 뿐이다. 아래는 멀쩡하니 괜찮다."

부인이 돌아오기를 기다리다가 초조해하는 기색이 있어, 곁에서 병을 간호하는 사람에게 물었다.

"메시지는 도착했는가. 부인이 돌아오려면 이제 몇 시간이 걸리겠는가."

그러자 경호 책임자가 조용히 그를 위로하며 말했다.

"부인이 특별열차를 타고 벌써 떠났다고 하니 곧 도착할 것입니다."

가필드는 다시 아픈 목소리로 말했다.

"신께 비나니 저 여인이 이 소식을 듣고 충격을 받아 심신이 상하지 않도록 불쌍히 여겨 주소서."

4.

가필드는 주치의 블리스[72]에게 자신의 병세가 어떤지 조금도 감추지 말고 자세히 말하라고 했다. 그리고 말했다.

"나는 죽는 것이 두렵지 않다."

---

72) 블리스(쌕리쓰, Willard Bliss, 1816~1889)

그러나 시간이 지나며 네댓 시간동안 피가 더욱 심하게 흘러, 혹시 부인이 오기 전에 버티지 못할까 염려되어 의사와 간호사들이 황급해하는 기색을 보였다. 이를 본 가필드는 말했다.

"나는 생각건대 살아날 수 없을 것 같군."

그러자 의사 블리스가 마음을 단단히 먹고 결단하며 말했다.

"각하께서 그렇게 말씀하시니, 진실을 말씀드리겠습니다. 각하의 생명이 두어 시간을 버티기 어려울 것입니다."

하지만 가필드는 이 말을 듣고도 조금도 안색을 바꾸지 않은 채, 엄숙하게 목소리를 가다듬으며 기도했다.

"신께서 뜻대로 하소서. 나는 언제든 떠나는 것을 사양하지 않겠노라."

5.

오후 7시까지 기다리니, 마침내 기다리던 부인이 도착했다. 병중에 부인은 이러한 비극적인 소식을 듣고 여러 사람에게 부축 받아 간신히 돌아왔다. 그러나 부인은 성품이 강인하여 아무리 어려운 일을 당하더라도 쉽게 약한 모습을 보이지 않았다. 부인이 대통령의 병실로 들어서자, 실내에 있던 사람들은 모두 잠시 자리를 피해 나갔다. 그곳에는 오직 대통령 부부와 어린 딸만이 남아 있었다. 부인은 15분 동안 슬피 울었다. 어찌 가련하지 않겠는가. 이후부터 부인은 철저히 남편을 간호하며 한순간도 곁을 떠나지 않았다. 그런데 다음 날, 딸 메리[73]가 눈물을 흘리며 아버지의 병실에 들어가려 하자, 부

---

73) 메리(모리스, Mary Garfield, 1867~1948)

인이 메리를 불러 만류하며 말했다.

"메리, 네가 병실에 들어가려거든 눈물을 닦고 들어가거라."

그리고 자신도 가득 차오르는 눈물을 닦고 병실로 들어갔다. 그렇게 강인한 부인도 결국 슬픔을 이기지 못하는 순간이었던 것이다.

이 모습을 본 의사 블리스가 부인을 평하며 말했다.

"과연 진정한 여장부를 말하라면 가필드의 부인이로다."

6.

그 후 가필드의 병세가 오르락내리락하여 [그를 걱정하는] 사람으로 하여금 마음을 편치 못하게 하였다. 9월 5일이 되자, 가필드는 의원들 의견을 좇아 워싱턴을 떠나 공기가 맑은 롱브랜치로 병을 치료하기 위해 요양하러 옮겼다. 길을 따라 수많은 시민들이 모여 병든 대통령 가필드를 맞이하며, 진심으로 그의 병이 낫기를 기원했다.

별장으로 옮긴 후 얼마 지나지 않아 약간의 효과가 있어 한동안 병세가 호전되는 듯했다. 그러나 9월 17일이 되자 가필드의 병세가 갑자기 악화되었고, 이튿날도 상황이 나빠졌다. 그리고 1881년 9월 19일, 결국 가필드는 이 세상을 등지고 하늘로 떠났다.

까퓌일트전
: 미국대통령 제임스 가필드 입지전

이다온

1908년 탑인사에서 출간된 『미국대통령 가필드전』은 현공렴이 일본 작가 나카자토 야노스케(中里彌之助)의 텍스트를 중역한 것으로 확인된다.[1] 주지하다시피 애국계몽기 단행본 형태로 출간된 번역 전기물은 모두 영웅적 형상을 띤 정치가와 군인의 이야기였다.[2] 이처럼 당대 성행했던 서구 영웅 담론은 식민지 시기 직전 독자들을 계몽하기 위한 수단으로 적극 활용되었다. 출판 제도의 경로를 거쳐 발행되는 근대 전기물은 서구 위인의 표상을 활용하여 국가적 정체성을 형성하기 위한 뚜렷한 목적성을 지닌다. 현공렴의 『가필드전』 또한 그러한 흐름 속에 탄생한 근대적 서양 위인전기의 전형적 특성을 보여준다. 일본 원전을 중역한 『가필드전』은 가필드와 관련된 단

[1] 김병철, 『한국 근대번역 문학사 연구』, 을유문화사, 1974, 937~940쪽.
[2] 손성준, 「영웅서사의 동아시아 수용과 중역의 원본성 : 서구 텍스트의 한국적 재맥락화를 중심으로」, 성균관대학교 박사논문, 2012, 71쪽.

순한 역사적 사실을 넘어, 가필드를 도덕적 모범이자 근대적 국가 지도자의 전형으로 그려내고 있다. 텍스트의 이러한 대목은 『가필드전』이 독자로 하여금 근대적 국민 의식을 고취하고, 계몽을 위한 교육적 도구로 활용될 목적성을 지녔음을 시사한다.

특히 이 책은 가필드가 주어진 환경의 한계를 극복하여 스스로 성공을 움켜쥐는 '자수성가형' 인물임을 강조한다. 가필드의 부모는 오하이오주 오렌지 타운십의 열악한 농가에서 자원이 거의 없는 오지로 이주하여 정착한 미국 개척 시대 농민의 삶을 표상한다. 더욱이 가필드의 아버지는 그가 두 살일 때 세상을 떠나고, 홀로 남겨진 가필드이 어머니는 지극 정성으로 그를 돌본다. 이처럼 가필드는 미국의 서부 개척 시대 가난한 농민 가정에서 태어나, 부모의 개척 정신과 강한 신앙심, 그리고 성실함을 바탕으로 성장한 인물로 표상된다. 여기에서 중요한 것은 기독교적 윤리와 개척자의 정신이 결합되어 있다는 점이다.

『가필드전』의 초반부는 그가 오하이오주 오렌지 타운십의 가난한 농가에서 태어나, 통나무집에서 성장하는 모습을 중심으로 전개된다. 그의 부모는 미국 서부 개척시대의 신앙심 깊은 농부였으며, 기독교적 가치관을 삶의 중심에 두었다. 위그노 교리를 따르던 가문에서 태어난 어머니 엘리자는 기독교적 신앙심을 바탕으로 어려운 가정을 이끌어나가는 현명한 여성 인물이다. 이러한 어머니 밑에서 자란 가필드는 성경을 읽으면서 성장한다. 특히 가필드가 성장 과정에서 읽어나간 성경 말씀은 그의 도덕심을 기르는 데 중요한 역할을 한다. 이처럼 『가필드전』은 단순히 미국 대통령 제임스 가필드의 정치적 성취를 강조하는 것이 아니라, 그의 성공이 기독교적 윤리와 연계되어 있으며, 신앙적 삶이 훌륭한 지도자로 나아가기 위한 필수 요소라는 사실을 보여준다.

요컨대 『가필드전』의 서사 전반에서 미국 대통령 제임스 가필드는 기독교적 도덕성을 갖춘 청렴한 인물로 묘사된다. 소학교 시절부터 성경에 대한 깊은 관심을 보인 가필드는 신앙적 가르침을 적극적으로 수용한다. 이 과정에서 가필드의 어머니 또한 가필드의 훌륭한 성장에 중요한 역할을 수행한 인물로 묘사되어 있다. 가필드의 어머니는 어린 시절부터 그가 '대장군'보다는 '선한 사람'이 될 것을 강조하며 교육한다. 예수 기독교의 감화를 받은 인물이기도 한 어머니 엘리자는 가필드에게 도덕적 가르침을 주는 현명한 어머니상을 체화하고 있다. 그리고 가필드 어머니의 훌륭한 교육관은 기독교적 신앙에서 비롯되고 있음을 알 수 있다. 이처럼 『가필드전』에 서술된 기독교의 역할은 단순한 종교적 의미를 넘어서서, 가필드라는 한 개인의 성장과정에 중요한 영향력을 미치는 도덕적 틀로 확장된다. 가필드는 독실한 부모의 영향력 아래 신앙심 깊은 성품을 가지게 되었고, 이러한 가치관은 곧 미국 대통령 제임스 가필드의 정치적 신념과도 맞물린다.

한마디로 『가필드전』은 기독교 신앙과 개척자 정신의 결합을 통해 제임스 가필드의 영웅적 형상을 부각시키고 있다. 가필드는 단순히 신앙을 지닌 인물이 아니라, 그 신앙을 실천하며 행동하는 지도자상으로 형상화된다. 목수 일을 배우고, 농사를 지으며, 노동을 하며 가정을 부양하는 과정에서 가필드는 언제나 신앙심에 의지하는 인물이다. 고향을 떠나 성실하게 노동을 수행하는 가필드는 '신의 뜻'에 따라 행동하며 지낸다. 특히 운하에서 일하던 시절, 죽을 고비를

넘긴 가필드는 이후 신의 존재에 대한 확신을 갖고 더욱 독실한 인물로 살아간다. 그런데 이러한 점은 개척자의 삶과도 연결된다. 미국 서부 개척민들은 신앙을 중심으로 공동체를 유지하고, 이를 바탕으로 사회를 형성해나갔다. 가필드는 그러한 개척자의 전형적인 모습을 모두 갖춘 인물로 서술되어 있다. 이것은 당시 번역 전기물이 추구했던 이상적 지도자상과 맞물리는 지점이기도 하다.

결국, 『가필드전』에 담긴 기독교적 영웅 서사는 당대 번역 전기의 흐름 속에서 보다 면밀하게 고찰해 볼 필요성이 있다. 근대 초기의 한국은 서구 영웅들의 신앙적 삶과 성취를 조선의 독자들에게 적극적으로 소개했다. 이를 통해 근대적 세계관과 도덕적 가치관을 함양하려는 시도가 이루어졌다. 1908년 현공렴이 편찬한 『가필드전』 또한 단순한 위인전이 아니라, 신앙을 통한 자기 완성과 국가적 헌신이라는 계몽적 메시지를 전달하는 텍스트로 기능했다. 다시 말해, 『가필드전』은 단순한 정치가의 전기가 아니다. 이 책은 제임스 가필드가 개척자의 아들로 태어나, 신앙을 바탕으로 성장하고, 이상적 지도자로 거듭나는 과정을 통해 독자들에게 근대적 도덕성과 국가적 정체성을 강조하는 계몽적 역할을 수행한다. 이는 서구 위인 전기의 전형적 특징을 따르면서도, 당대 독자들에게 기독교적 윤리와 근대적 국가관을 주입하는 의도로 활용되었다. 이러한 『미국 대통령 가필드전』의 성격은 애국 계몽기 사회가 '서구'를 통해 국가적 헌신을 겸비한 이상적 지도자상을 구축하고자 했던 그 절박함을 담고 있는 텍스트라는 사실 속에서 더욱 깊게 이해해 볼 수 있을 것이다.

이처럼 『가필드전』이라는 텍스트의 의의는 이 책이 서구 영웅 담론을 단순히 수용했던 것이 아니라, 개척자의 아들로 태어나 기독교적 신앙심을 바탕으로 성장한 지도자로서의 가필드를 이상화하는 과정을 통해 당대 독자들에게 근대적 도덕성과 국가적 헌신의 가치를 강조하는 기능을 수행했다는 점에 있다. 『미국 대통령 가필드전』은 단순한 정치가의 전기물에 그치지 않고, 당대 번역 전기물이 그러했듯 계몽적 목적과 기독교적 서사를 결합한 대표적인 사례로 볼 수 있다. 이러한 전기 서사는 개인의 일대기를 넘어서, 근대 한국 독자들에게 주체적 자각과 민족적 이상을 제시한 계몽의 서사로 기능하였다.

까픽일르젼

신간셔젹광고

국문　셔스건국지　　　　　　　　뎡가십이젼

국문　월남망국수　　　　　　　　　이십젼

국문　셔례슈지　　　　　　　　　　이십오젼

국문　미국고 대통령셔 퓌일르젼　륙십젼

국한문　유년필독공부흘칙 상하권　삼십젼
　　　　　남녀간에

국문신　고목화
쇼셜　　　　　　　　　　　　　　삼십오젼

국문병　금슈회의록　　　　　　　삼십젼

국문　신찬가뎡학　　　　　　　　이십오젼

국문　부인의범　　　　　　　　　이십젼

국문　외국졍신담　　　　　　　　이십젼

국문병　형법대젼
국한문　　　　　　　　　　　뎡가일원이십젼

118

륭회이년삼월 일인쇄

동 삼월 일발힝

편찬겸발힝쟈 현공렴

인쇄쇼 탑인샤

발미쇼

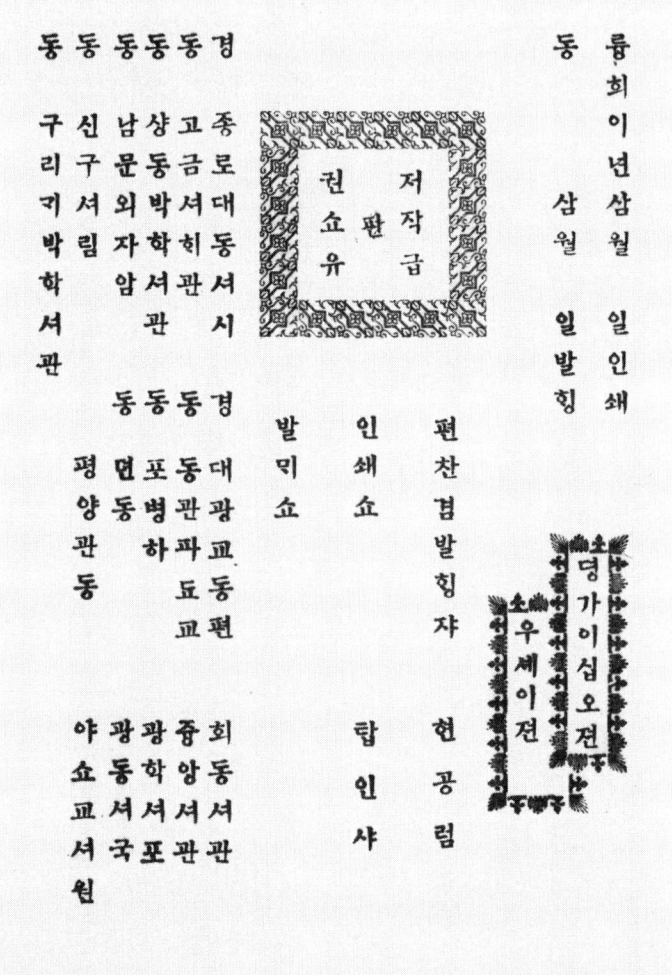

경 종로대동셔시

동 고금셔히관

동 상동박학셔관

동 남문외자암

동 신구셔림

동 구리긔박학셔관

동 대광교동편

동 동관파묘교

동 포병하

동 면동

평양관동

회동셔관

중앙셔관

광학셔포국

광동셔국

야쇼교셔원

117

샤 뛰 일 르 젼

미국고
대통령 **까퓌일트젼**

總番歸

면서 실심으로 그병이 쾌훟기를 빋더라 피졉훟후로 즈ᄋ기효험이 잇서셔 효

셕눈병이 쾌히낫더니 십칠일에 이르러 병긔가돈연히 변호야 그이튼이튼날

쳔팔빅팔십일년구월십구일에 샤 뛰일트씨가 이셰샹을버리고 텬당으로ᄀ니라

116

하오칠시신지 기다리더니 부인이병즁에 이러훈 비감훈소식을듯
고 여러사름에게 부축ᄒᆞ야 간신히도르오니 져부인의 셩품이 아모리어려운일
을 당ᄒᆞ야도 어려운모양을 남에게보히지안는지라 부인이 되ᄒᆞᆼ령의병실에 드
러ᄀᆞ니 실니에잇던사룸들이 모다잠간ᄌᆞ리를 피ᄒᆞ야 누오미 다문대통령의병실에

어린ᄉᆞᆯ뿐이라 십오분동안을 슬피우나 엇지가련치아니ᄒᆞ리오 일노브터 부인
은 젼연히 구호홈을 힘쓰더니 ᄒᆞ로는 그ᄯᆞᆯ 모리스가 누물을흘니고 부친의
병실에 드러ᄀᆞ려ᄒᆞ거늘 부인이 모리스를 불너 드러ᄀᆞ기를 만류ᄒᆞ야ᄀᆞᄅᆞ딕 「
모리스야 네 병실에드러ᄀᆞ랴거든 눈물을 씻고 드러ᄀᆞ거라」 경계ᄒᆞ고 ᄌᆞ긔도
눈의 ᄀᆞ득훈 눈물을 씻고드러ᄀᆞ니 이부인ᄯᆞᆫ 웅쟝훈 ᄆᆞ음으로도 ᄯᅩ훈슬품을
마지못ᄒᆞ더라

의원 쑤리쓰가 부인을평론ᄒᆞ야 ᄀᆞᆯ덕 「과연 녀쟝부를 말ᄒᆞ랴면 쌔퓌일트
부인이라」 ᄒᆞ더라

륙

그후 쌔퓌일트의 병셰가 오르락ᄂᆞ리락ᄒᆞ야 사룸으로ᄒᆞ야금
ᄒᆞᆼ게 ᄒᆞᆼ눈지라 구월오일에 이르러 의원들의 의졉을좃ᄎᆞ 와ᅀᅳᆫ돈을 써ᄂᆞᆫ서 공
긔말은 론쑤부란지 뎡즁에 피졉ᄒᆞ니 연로에 수만빅셩이 모야서 병인을영졉ᄒᆞ

십빅

단지 우회가 조금샹훌쑈이오 으레는 튼튼훙녀 호더라 부인이 도로오기를 기
다리기가 빗바훙눈모양이 잇서 각금 병구원훙눈사룸을향호야 「멧시느 되얏느
냐」「부인이 도로오랴면 쏘 이제멧시간이느 걸녀겟느냐」호야 조됴 되물으니 뭇
구에루졍령이 가만히 위로호야 그르디」부인이 특별차로 벌서 쩌느셧다호니 곳
오실터이라」호더 다시압퍼호눈 목소리로「신령에게비노니 저녁인이 경동지여
에 심신을샹히웁지안로록 불샹히녁이 쇼셔」호더라

샤쮜일트젼

의원 쓰리쓰에게 조긔병세의 엇더호흠을 조금도은휘호지말고 자세히말호라
호고 그르디「나눈쥭기를 두려워호지안노라」호더니 그러혼지 너덧시동안에
피가흐르기 더욱히심호민 혹부인이 오기젼석지 연명처못훌가호야 의원과 간
호원들이 황황홈을보고 샤쮜일트가 말호되「나눈성각건디 회싱치못훌술노 밋
노라」호니 의원 쓰리쓰가 므음을결단호고「각하가 그리말호시면 진실노 말슘
홀이니 각하의명이 두어시를 보젼기어려울이다」호더 쌰쮜일트가 이말을듯고
죠금도안싁을변치안코 엄연히 소리를 그다듬어 빌어 그르디「신령은 므음디로호
소셔 나눈아모쩌던지 그기를 소양치아니호노이다」호더라
오

114

세
라

다리더니 오눈것을보니 그부인이병여에 힝보가어려운 모양을본즉 그눈음헤

그남편이 죽눈것을보게ᄒ눈것이 불샹ᄒ다ᄒ야 그날은 좀지ᄒ얏스며 그후철

월이일에 ᄯ뎡거 쟝휴게실에 드러ᄀ셔 오기를 기다리다가 까퓌일트가 비셔

관과 흠긔 유쾌히 담화ᄒ면서 막 문에 드러 오랴ᄒ눈것을 훈번노으니 첫번은

까퓌일트의 우편소며를 것치며 ᄂᄀ고 돌지번 놋눈읗이 근골을 급히뜰으니

일
위

이

까퓌일트를 곳뎡거쟝에서 대통령관뎌로 옴겨오니 미국빅셩의 비통과 경탄

토

흠은 일필난긔러라이ᄯ에 부인이병을 죠리ᄒ기위ᄒ야 늬우쎠루시 ᄲᅡ 뎡즁에

피졉ᄒ고 잇던즁이라 그곳에 호위ᄒ눈사름은 졍령못구에루 씨라 부인이 이

젼

스변을드르면 병셰가 더욱히 침즁ᄒᆯ념려 가잇스니 쥬의ᄒ야 그럿치안ᄐ록ᄒ라

흐고 면보ᄒ더라 까퓌일트가 병셕에 누어 비셔관을향ᄒ야 무러ᄀᄅ뎌여보게

무슨ᄉ닭으로 그놈이 나를노왓눈지 아ᄂ나 ᄒ니 되답ᄒ되 아지못ᄒ노이다

구
뤽

삼

까퓌일트가 누은겻헤 어린ᄋ들 ᄯ무니가 통곡ᄒ을보고 ᄯ무니야 우지마라

113

셔 퓌 일 트 젼

일

일쳔팔빅팔십일년칠월이일 오젼구시이십분에 대통령 셔퓌일트가 비셔관

뿌레인 씨와 흥긔마챠를 타고 바루지몽 포도목구 텰도회샤 휴게실에 다다르니

어듸로브터 왓느냐ᄒᆞ면 그날 윌늬음 대학교졸업식에 참여ᄒᆞ고 다른디방에 대통

슌회ᄒᆞ야 공ᄉ샹ᄉ무를 결말ᄒᆞ랴고 오던길이라 이ᄯᅢ에 ᄶᅴ긔ᄒᆞᆫ아이잇서 대통

령의 뒤를 ᄯᅡ르니 일홈은 칠스 세도 라ᄒᆞ는 흉한이라 본릭대통령과 ᄉ혐이잇

눈것도 아니오 ᄯᅩᄒᆞᆫ 졍치샹에 의 견이불합ᄆᆞ도 아니라 그흉한의 나ᄂᆞᆫ소ᄉᆞᆷ여

셰오 외모ᄂᆞ 변호ᄉ 비슷ᄒᆞᆫ사름으로 령ᄉ되기를 원ᄒᆞ다가 시험에 락뎨ᄒᆞ고

실심ᄒᆞᆫ눈즁에 대통령이ᄂ 암살ᄒᆞ야 져의분을 풀고져ᄒᆞᆷ이니 ᄯᅩ일졀에 ᄀᆞᆯ디

셰무쟝을 긔쵸ᄒᆞᆫ일에 듸ᄒᆞ야 부통령과 긔위ᄉ직ᄒᆞᆫ 국회의 원들을 위ᄒᆞᆯ싱각

이ᄂᆞ서 그러ᄒᆞᆫ일이라ᄒᆞ더라

져의 ᄌᆞ빅을 드르니 륙월십ᄉᆞ일(일요일)에 대통령이 교당에ᄀᆞ는것을보고

뒤를좃ᄎᆞ다가 대통령이 여러사름의속으로 드러ᄀᆞ거늘 겻사름을 샹ᄒᆞᆯ가넘

려ᄒᆞ야 그문두고 ᄯᅩ다음 일요일로 퇴뎡ᄒᆞ얏더니 그날젼긔ᄀᆞᆯ로ᄒᆞ야 대통령

이 부인과ᄒᆞᆷ긔 늬우ᄲᅮ란지 디방에 군다ᄒᆞᆫ눈쇼문을 신문에보고 그날오참에

쪅쪅ᄒᆞᆫ시닛가에ᄀᆞ서 륙혈포를 노와보고 곳뎡거쟝에와서 대통령이 오기를기

112

손히 손에 벗다들고 셔고굥눈말을뭇치고 그쳑을입에 뒤엿다가 도로대법관에게

젼호니 이에 례식이 뭇치미 샤뛰일트가 그례식에 참여호 로모

와 쳐즈옵혜ㄴㅇㄱ 감겨호얼굴을ᄀᆞ져 모쳔과 쳐즈를 향호야 임뭇추더라

샤뛰일트의 만족 ㅎㄴㅁㅇ음은 고샤ㅎ고 그모쳔이 평셩에만단고초를 겨거ᄀᆞ며

길녀닌ㅇ즈가 일국대룡령이 되고 겸히 취임ㅎㄴ날 그례식에 쳔하참여ㅎ야 일

만사람의 흠앙과 존경을벗드니 이ᄯᅢ에 그모쳔의 깃붐과 감샤흠이 엇더ㅎ얏슬

이오 삼

혹이 ᄀᆞ른딕「나눈셩각컨딕 샤뛰일트ᄀᆞᆺ치 인망이잇눈 대통령을보지못ㅎ얏

눙니 그말과ᄀᆞᆺ치 국즁에 호사롬도 그룰반딕ᄒᆞᆫᄂᆞᆫ사람이 업셧스미 내각을 쑴

일씌에라던지 기타벼슬을 ᄂᆡᄂᆞᆫ것이 모다빅셩의뜻에 ᄆᆞ져셔 만수가 모다흡죡

ᄒᆞ야 흠 집을잡을것이업고 다문호 스건에 분경아 좀셩겻슬뿐이니 이눈 ᄂᆡ우

욕ᄏᆞ 항구에 세무쟝을 ᄆᆞ초홀씌에 부통령과 국회의원 두어사롬아 반딕ᄒᆞ눈

철 빅

그러ᄒᆞᄂᆞ 이번일이 샤뛰일트가 져임즁에 쳐음겸 무지막겸 되눈ᄉᆞ건이러라

것을 불게ᄒᆞ고 즈긔의쥬견을 고집ᄒᆞ얏더니 두의원이 뭇춤니 스직ᄭᅵ지ᄒᆞ더라

대셥철쟝 최후언힝

111

퓌일트라ᄂ흐야 써들거ᄂ눌 셰퓌일트가 회즁이 조용치못홈을 노흐더니 이윽고
투표뎜슈를 헤여본즉 그간흐말이 헷 써든것도아니오 롱담도아니고 진졍으로
째임스 셰퓌일트가 북미합즁국 대통령으로 션거가되얏더라

이
일쳔팔빅팔십일년삼월ᄉ일에 오레인지 싸, 너 해집속에 셩혼사람이 대통령
이되야 당일에 취임식을 거행홀ᄉ 그날봄기졀브터 풍우가대작흐야 그써지
쉬지아니ᄒ며 례식에쓰랴고 긔위쥰비ᄒ얏던 물건을 다벌일가ᄒ야 사룸사룸
이 념려ᄒ더니 다힝히 오젼일시에다다러 비룸도 잔잔ᄒ고 비도긋친지라 어시
에샹하귀쳔과 남녀로쇼를 물론ᄒ고 문무빅관이 례식에참여ᄒ기위ᄒ야 마챠
를탄사룸 물탄사룸 조흥거탄사룸들이 구룸곳치모혀드니 안질ᄌ리 셜ᄌ리 흘

것업시 비인틈이업고 환호ᄒ는소릭는 텬디에진동ᄒ더라
례식이시작되민 문무관과 샹하의원들이 례복을입고 참여ᄒ얏스니 그옷빗
의 찬란홈과 례식의웅쟝홈은 사룸의눈을 놀닉고 신임대통령이 젼대통령 헤
ㅣ스 씨의 젼도를좃차 좌뎡ᄒ니 만쟝이 환호ᄒ는소릭는 우뢰와굿더니 이윽
고 그소릭가 다긋치미 셰퓌일트가 이러서서 엄슉히 취임ᄒ는 연셜을못치니
대법관 우에도 씨가 읍혜ᄂᄋ와 셩병혼권을 대통령에게 븟치니 대통령이 곰

110

퓌얄트를 권호야 샹의원의 원의 후보쟈가 됨이 엇디호뇨호거놀 되답호야그룰 되「그뉸제군의 뜻되로호라 나는올흔일이면 언제던지 제군의 뜻을좃겟로라호니 혼사룸이 쓰그룬되「그러호면 션거홀는날 션거호야 오기를 브룬노라」호놀 쎄임스가 고소호야그룬되 나는평싱에 스스로 직업을구호야 보기눈히탐고등학교에 스환노릇 혼것밧게는업스니 그러혼즉 제군이 진졍으로 나룰 션거홀 성각이 잇게되면 나로호야금 흘손구락도 움지기지 안케호고 피션되기를 브룬노라」호고 구지아니호얏더니 뭇춤너 다슈루표로 피션너되나라

대십륙쟝 대통령서디

일

싸퓌일트가 샹의원의 원이 된지 다섯돌만에 곳일쳔팔빅팔십년십일월에 대령 션거회를 치카고 싸에 여니 이쎄에 싸퓌일트도 그회의에 참여호야 열심으로 헤―스 씨의 위인을총숑호고 그사룸을 대통령으로 다시봅자호고 최후애 말소리를 놉혀결론호야 그룬되「제군아 내가이러케말호야 울동안에 헤―스씨외에 과연누가 대통령이될문호뇨」혼되 회즁에 흘연히혼사룸이 잇서 소리를령 션거회를 치카고 싸에 여니 이쎄에 싸퓌일트가 이소리를듯고 발연히 노호야그룬되 그러타 싸되「오날은롱담을 흘쎄 가아너라」호니 쏘멋사룸이 응셩호야그룬티

뷔 일 트 젼

이 사룸이 잇서그르되「뇌각셔긔판쟝 슈와도 써도 쏘쥭게되얏다」ᄒᆞᆫ지라 인심

이 더욱흉흉ᄒᆞ야 쟝ᄎᆞ국뇌에대란이 이러날것 굿더라

뷔일트가 아형편을보고 심즁에일쳥을안ᄒᆞ고 곳 훈 져으근긔를 손에들고

여러사룸의 입혜느ᅌᅳᆨ 크게소릭ᄒᆞ야 그르되「와싱돈졍부에서 온소식이잇다」

흐즉 시민들이 그소릭를듯고 무슨일이 잇눈가ᄒᆞ야 일졔히떠들든것을 굿치더

눌 뷔일트가 이에다시 큰소릭로 죵인에게 고ᄒᆞ야그르되

셔민졔군은 안심ᄒᆞ라 암담ᄒᆞ고 요괴로운구름이 잠시 신령의좌셕을 그리엿

스되 울흥의리와 공변된도덕은 흥샹찬란히 빗치우느니 얼마아니지닉면 흐

린물결과 요괴로운구름이 버서지고 하늘님의 은총과 참리치읍혜 셔기를어

들것이라 시민졔군아 신령이 굽펴보시눈빗에 우리 와싱돈졍부가 틱평무ᄉ

ᄒᆞ다ᄒᆞ니

이소릭를듯고 죽금ᄭᆞ지 쩌들던시민들이 얼골에 화평훈긔식울 씌우고 각기집

으로 도르ᄀᆞ더라

뎨십오쟝 샹의원 의원노릇ᄒᆞ던시대
일

일쳔팔빅팔십년뉴월에 뷔일트가 샹의원의원이되니 션시에 훈사룸이 쌔

108

고 만일그럿치아니ᄒᆞ면 나ᄂᆞᆫ또ᄒᆞᆫ 일키평민이되기를 질거워ᄒᆞ노라]

오

일쳔팔빅륙십팔년에 셔퓌일트가 히외에 ᄂᆞ가유람ᄒᆞ고 도ᄅᆞ오니 그ᄯᅢ에

그ᄃᆞ방 션거구역 (국회의원을션거ᄒᆞᄂᆞᆫ디방) 사ᄅᆞᆷ들은 국채를 지페로보상ᄒᆞ

자ᄒᆞᄂᆞᆯ 새퓌일트가 ᄯᅩ크게반ᄃᆡᄒᆞ얏더니 엿던친구가 경계ᄒᆞ야ᄀᆞᆯᄃᆡ 이번

문뎨에ᄂᆞᆫ 일졀상관치말어야 지츠션거에 방ᄒᆡ가업슬이라ᄒᆞ더라 그후에션거

회에서 연셜ᄒᆞ기를쳥ᄒᆞᆫᄃᆡ 그ᄯᅢ에 ᄯᅩ분명히 ᄌᆞ긔의 의견을진술ᄒᆞ야 조금도

조긔가 국회의원으로 ᄲᅵᆸ히 고아니ᄲᅵᆸ힘은 ᄑᆡ계치아니ᄒᆞ더라

류

일쳔팔빅륙십오년ᄉᆞ월십오일에 신문호외에 젼ᄒᆞ야ᄀᆞᆯᄃᆡ 대통령 ᄋᆞᄲᅡ라ᄒᆞᆷ

린간이 ᄌᆞ긔의손에 암살을당ᄒᆞ얏다ᄒᆞ니 이쇼문이 ᄒᆞᆫ번젼ᄒᆞᄆᆡ 젼국이 진동ᄒᆞᆫᄃᆞ

지라 이ᄯᅢᄂᆞᆫ 남북젼징이겨우결말이ᄂᆞᆺ서 사ᄅᆞᆷ사ᄅᆞᆷ이 ᄐᆡ평가를부르고 가가호

호이 승젼홈을 질거운중에 홀연히 이흉보를들으ᄆᆡ 인심이쇼요ᄒᆞ야 진졍홀ᄇᆞ

를 아지못ᄒᆞ니 그중에 늬우욕크 저ᄌᆞ거리 빅셩의 소동은더욱히 심ᄒᆞ야복슈

ᄒᆞᆫ다ᄒᆞ고 총과갈을들고 ᄂᆞᄋᆞᄂᆞᆫ사ᄅᆞᆷ으로셔 혹은쳐파ᄒᆞᄂᆞᆫ 그계를메히고 ᄂᆞᄋᆞ

ᄂᆞᆫ쟈들이 삽시간에 슈만이라 시즁에살긔가 ᄎᆞᆼ만ᄒᆞ더니 ᄯᅩ ᄒᆞᆫ쇼문을 젼ᄒᆞᄂᆞᆫ

107

이벅

히녁이 눈비라 여러분은 브르·건듸 우리 오하요쥬 을위호야 그러호사름을

중계호라 놓고

노긔 늠듬훙긔 츄상과 굿더라

샤 퓌 일 트 젼

ㅅ

쳔팔빅륙십ㅅ년에 대통령 린간 이 아루간사스와 루아지아나 두 고을일로

혼법률을반포호니 공화당의원이 모다그법률을 반듸호되 홀로 샤퓌일트문 찬

셩호눈지라 이러흠으로 의원들이 되단히 감졍이나서 서로의론호되 샤퓌일트

를 다시의원에 참셕치못호게호고 오하요쥬 에서눈 샤퓌일트를 쳥호야소

견을물을서 셰샹사름들이 모다 추측호긔를 샤퓌일트가 ㅇ모리강직호야도 다

쇼간뜻을굽펴 화츙타결홀이라 호더니 사름의쇼료에버서느서 서슴지안코 쟝

긔의견을 토파호야 ㄱㄹ티

「나는일반분이라도 ㅅㅅ로굽피긔를 원쳐아니호느니 호놋 국회의원의 벼슬

을 젹히기위호야 나의본량심과 확실히밋눈 ㅁ음을 저버리지못호겟고 그러

눈 이눈국회의원을 션거호시눈 여러분의 의견을 ㄱ비압게아ㄹ서 그러흠도

아니오 다문나의량심을 더욱히즁히 녁일쑨이니 여러분이 말일아뜻을ㄱ저

나로호야금 국회의원이 되게호시랴호면 나눈깃분ㅁ음으로 의셕에 참여호겟

이 말을 찬성하는 사름은 한아도 업스되 쌔퓌일트는 굴치아니하니 한사람이 만

류하야 왈
「쟝군가하아 나도 또한가하의 쯧과 굿트느 국회의 원이되야 즈긔당파의 의
론을 반되하면 즈긔몸이 위험하다하쥬」

쌔
쌔퓌일트가 그 말에 되하구르되
「위험하다흠은 웬말이뇨 사람의 위험은 저의 순량하고 정대한 무음을 변흠을
일쿹음이니 구구한당파의 의론을거실님을 엇지위험한것과 비교하리오」

일
트
젼
삼
쌔퓌일트와 흠긔 의원으로 피션된 아릭기산짜론쌔 라하눈사름이잇서 국회
에서 발론하되 남북이분립함이 가하고 분립한후에 남방에서도 시로나라를
세우눈것이 올타하거늘 쌔퓌일트가 이말을듯고 분흥을억졔치못하야 통졀히
말노 쑤지저구르되

일
벅
「남북이 갈녀서쏘흔지 임의삼년이라 우리동포가 집을버리며 몸을버리고
쏘흠을 소양치아니흠은 무숫닭이뇨 현금의리익은 올흔의리를 직힘에잇
고 쏘홈에승젼은 우리군스에게 도륵올묘집아 뵈히눈쌔를 당하야 쏫빗게
우리 오하요쥬에서 한사람의 역젹이성겻스니 이눈우리들의 붓그럽고 분

힉일 서 곳다른긔관차을 셰닉여타고 흔시간이못ᄒᆞ야 본대에도착ᄒᆞ더라

일 대십슈쟝 국회 의원시되

일쳔팔빅륙십이년 여름에 싸퓌일트가 국회의원으로 피션ᄒᆞ니 이쩌신지 진
즁에잇서 지휘관으로 쟝군이되야 명령이 ᄀ쟝셩흔지라 이제쟝군직을버리고
의원이되면 이눈흔총이 쩌러짐이어눌 대통령 린간이 자조쳔셔를 싸퓌일트의
진즁으로 보닉여ᄀᆞ르듸 「오날눌국회에서 졍히군법을 졍롱ᄒᆞ기 죡ᄒᆞ야 ᄀ른
명〻를구ᄒᆞ니 속히부임ᄒᆞ라」ᄒᆞ야 간졀히 권ᄒᆞ눈지라 싸퓌일트도 마음을결
단ᄒᆞ고 드대여 쟝군직을버리고 國會에참여ᄒᆞ니 군듸에잇슨지 삼긔년삼긔월

젼 이러라 이

일 싸퓌일트가 국회에참여ᄒᆞ야 처음으로 군인쟝려금 문뎨를 맛눈지라 이문뎨
르 눈 각당파가모다 굿치데출흔것이여눌 거리세지안코 반듸ᄒᆞ야ᄀᆞ르듸
「이러흔 쟝려금으로 조원ᄒᆞᄂᆞ군〻을 더두려ᄒᆞᆯ것이 군〻눈유
약ᄒᆞ고 슈다흔 국고금문 허비ᄒᆞᆯ뿐이니 초랄히 즁병ᄒᆞ눈법을힝ᄒᆞᆷ이올타」
흔듸

104

영인자료 159

야 량로가 셛히고 쏘큰비가 온뒤미 물이강을넘어 ᄒᆞᆫ빅도능히동치못ᄒᆞᆫ지라

이대로믄지닉면 젼군이 함몰홀경우를 당ᄒᆞ겟거눌 샤퓌일트가 이에젼일에온

론용 ᄲᅡ라운을 불너일너 ᄀᆞ른딕「너와나눈 본릭빅를부릴죱아눈빅라 젼군을져

하기눈 우리에게 달녓스니 우리두사ᄅᆞᆷ이 죽기로써결단ᄒᆞᆫ자ᄒᆞ고 일엽주를져

어 오하요 하슈에 ᄂᆞ려오니 이ᄶᆡ에 뭇촘 흔즁긔션이잇서 화롱에불피고 쟝ᄎᆞᄶᅥ

ᄂᆞ고져ᄒᆞᆼ눈지라 두사ᄅᆞᆷ이 희불곳승ᄒᆞ야 곳그션쟝을ᄎᆞ자보고 빅롤빌니라ᄒᆞ니

공교히이빈눈 뎍군에 속ᄒᆞᆫ것이미 ㅇ모리구ᄒᆞ야도 듯지아니ᄒᆞᆼ거눌

샤퓌일트가 부득이밍렬ᄒᆞᆫ 슈단을ᄀᆞ져 위협ᄒᆞ야 그빈에군량을 어더싯고 물을

거슬녀올느ᄀᆞ니 모든군ᄉᆞ가 쟝슈의도륵음을보고 환호ᄒᆞᆫ 소리가 텬디에진

동ᄒᆞᆷ더라 헨리ᄲᅡ라운이 거무ᄒᆞ에쥭으미 샤퓌일트가 앙텬롱곡ᄒᆞ야 ᄀᆞ른딕만

약 헨리ᄲᅡ라운이 엽섯스면 닉가엇지 오날놀 스럿슬이오 ᄒᆞ더라

ᄉᆞ

샤퓌일트기 힝동이엄슉ᄒᆞᆫ 흔번실슈ᄒᆞᆫ일이 잇스니 그것은 군대가 교롬밧

스 를ᄯᅥᄂᆞ서 젼디로향ᄒᆞᆯᄶᅢ에 잠간셩각을 그릇ᄒᆞ야 군ᄉᆞ가ᄯᅥ눈후에야 비로소

뎡거쟝에 도챡ᄒᆞ니 임의챠가 ᄯᅥ눈지오분시간이 지눈지라 이ᄶᆡ에 ᄶᅦ임ᄉᆞ가 겻

레사ᄅᆞᆷ을딕ᄒᆞ야 말ᄒᆞ되 닉가평셩에 이곳쳐실슈ᄒᆞᆫ일이 처음이라ᄒᆞ야 ᄌᆞ탄ᄒᆞ연

103

샤 퓌 일 트 젼

된후의 셩공으로말ᄒᆞ야도 드를것이만ᄒᆞ니 군인이 된지 ᄒᆞᄃᆞᆯ후에 부류에루 쟝

군의 휘하에잇서서 ᄒᆞᆐ군소를지휘ᄒᆞᆯ셰 일쳔팔빅류십이년일월에ᄂᆞᆫ 뎍쟝 마

샤루 의 슈다혼군소를 대파ᄒᆞ고 ᄯᅩ 손ᄯᅦ베리 쌋홈에 크게승젼ᄒᆞ야 훈공이 저

옥지아니ᄒᆞᆫ민 와싱돈 즁앙졍부에셔 샤퓌일트로 려단쟝을임ᄒᆞᆫ니 오하요쥬회

에셔 ᄀᆞ쟝나이 어린회원이 샤퓌일트러니 이번군대에셔도 려단쟝즁에 뎨일어

린사름이 샤퓌일트러라 얼무아니되야 지가몽아 쌋 쌋홈에 ᄯᅩ 큰공을이루미

이에 참쟝이 되니 참령이 된지 겨우일년동안에 참쟝이라 그승등의 신속ᄒᆞᆷ은 누

가놀ᄂᆡ지아니ᄒᆞ엽더라

삼

젼진즁에 혼 로옹이 드러와서 「찜아」부르거ᄂᆞᆯ 쩨임스가 도라보니 즈긔가

십류셰ᄯᅢ에 호슈에서 빅쏘이고 다닐적에 흠긔다니던 헨리 ᄲᅮ라운 이라ᄒᆞᄂᆞᆫ

쟈라 이사름이 이번에 쩨임스가 출셰ᄒᆞ야 일지군을 지휘ᄒᆞᆫ다ᄒᆞᆷ을듯고 협력

ᄒᆞ기위ᄒᆞ야 옴이러라 쩨임스가 이사름의 셩품이 슌지ᄒᆞᆷ을아ᄂᆞᆫ지라 ᄀᆞᆺ레잇던

사름들이 모다 간쳡인가 의아ᄒᆞᆷ을 불계ᄒᆞ고 휘하에두니라

그러ᄒᆞᆫ뒤에 쩨임스의 군대가 밋도루 구릭구 에셔 뎍쟝 마샤루 의군대를 파

ᄒᆞ고 그뒤를 추격ᄒᆞᆯᄉᆡ 홀연히 손데 하슈겻 큰호슈에다러 굴길을일코 겁ᄒᆞ

써

트는 분연히 이러ㄴ 말ㅎ되 오날늘을 당ㅎ야ㄴ 일시미봉으로ㄴ 대ㅅ를 치르지

못ㅎ리니 단연코 최후슈단을 잡는것이 올타ㅎ더니 수무

다 디방에서 ㅆ홈이시작되니 이ㄴ 남북전쟁의시초라 대룡령 린간씨가 북방

에 젼령ㅎ야 철만이쳔되는 의용병을 모집ㅎㄹ서 젼령이 오하요쥬에도오미 써뛰

일뛰

일트가 대셩질호ㅎ야 ᄀ른디

만쟝이 일치가결ㅎ니라

「우리 오하요쥬에서 이만명군ㅅ와 류빅만환군비를 담당ㅎ자ㅎ니

이

오하요쥬 관찰ㅅ 떼닌손씨가 써뛰일트에게 명ㅎ야 밋소리에ㄱ서 군긔오

쳔벌을 운슈ㅎ라ㅎ얏더니 그곳에 젼왕ㅎ야 명령ㄷ로 빅에시러 고롭밧ㅅ

로 돌녀보닉니라

전

스무다 디방이 함락흔뒤에 떼닌손이 써뛰일트를 크리프 랜드에 파송ㅎ야

군슈칠팔련대를 감독케ㅎ얏더니 이번에도 능히감니ㅎ는지라 관찰ㅅ가 그젹

칠 십구

표를긔이히 넉여 졍령으로 추쳔ㅎ니 쩨임스가 고소ㅎ야 왈내가 ㅇ젹군국ㅅ

에 경험이 저그어그러흔즉 그버담 노즌벼슬을 셩ㅎ노라흔디 관찰ㅅ가 이에

그말을좃초 참령불슴ㅇ 셔방에인ㄴ 군대를지휘ㅎ라ㅎ니 써뛰일트가 군인이

륙십구

십년일월 수라 노례문데가 더욱히 셩혈ᄒᆞ야 쟝ᄎᆞ고세가 결렬ᄒᆞᆯ지라 쥬회의 원

즁에 야고부 ᄣᅢ 곳구스 라ᄒᆞᄂᆞᆫ 쇼긔강ᄒᆞ 사름이잇스니 후일에 오하요쥬 판

찰스를지닉고 ᄯᅩ 그뒤에 니부대셜을 지닌사름이오 그외에 ᄯᅩ 혼신스가잇스니 문

대학교교ᄉᆞ 만란씨라 이두사름은 모다 ᄶᅢ임스와 홈긔 노례를폐지ᄒᆞ쟈ᄂᆞᆫ 문

뎌를찬셩ᄒᆞᄂᆞᆫ쟈이며 죠연히 세사름이 의긔가 투합ᄒᆞ야 쳔밀ᄒᆞ기 형뎨와굿ᄐᆞ

서로 ᄯᅳᆺ을 ᄀᆞ쳐ᄒᆞ야 의원에서 셩쳬를샹응ᄒᆞ니 의원들이 불녀ᄀᆞ로딕「삼각동밍」

이라ᄒᆞ엿라

뎨 십삼쟝 군인시대

일

마 쮜 일 르 뎐

일결ᄆᆡ비 륙십일년에 이부라함 린간 씨가 대통령이되니 미국의 남북뎐쟁이

시쟉될됴긔이 점점갓ᄀᆞ워오미 남방사름들은 별셔 젼졍준비를시쟉ᄒᆞᆯ식 이젼

졍운 다른산록이아니라 그남북방사름들은 사름을 물건과굿치ᄉᆞ고ᄑᆞ라 종

을슴ᄂᆞᆫ것이 인도의 어김이니 그악ᄒᆞᆫ풍속을 폐ᄒᆞ쟈ᄒᆞ고 남방사름은 말ᄒᆞ되 종

으로사서부리던사름을 거연히 노와보닉면 히가당쟝에 된다ᄒᆞ야 허락지아니

흠으로 이젼쟁이 시쟉됨이라

이셕에도 오히려 남북이평화ᄒᆞᆯ기를 간구ᄒᆞᄂᆞᆫ사름이 업지아니ᄒᆞ되 ᄲᅢ쮜일

100

이

명빅히드러느며 시민들이 환효ᄒᆞ야 싸픠일트를 ᄆᆞ지면셔 사룸사룸이ᄒᆞ는말

「이사룸은 대의ᄉᆞ가 될만ᄒᆞ다」ᄒᆞ고 ᄯᅩᄀᆞ로딕「이사룸을 불가불국회에 보닉야ᄒᆞ겟다」ᄒᆞ더라

이인망을 어든뒤에 싸픠일트를 오ᄒᆞ요 쥬회의원으로 션거ᄒᆞ니 이쩍에 쩨임스가 학교에잇셔셔 조금도 스ᄉᆞ로운동훈 일이업슬뿐외라 아직도못ᄒᆞ다가 이말을듯고 크게놀ᄂᆞ 고ᄉᆞᄒᆞ야 ᄀᆞ로딕 나의ᄉᆞ업은 학교에잇고 졍치샹에 춤여ᄒᆞᆯ ᄆᆞ음은 조금도업스며 여러분의 뇨흔뜻을좃칠슈가업 의ᄉᆞ업은 학교이니 나의졍신도 이학교이니 나의본분도 이학교라」ᄒᆞ더라

라ᄂᆞ 시민들이 승락ᄒᆞ기를 청ᄒᆞ기 지삼지ᄉᆞ에이르되 동일훈말 노거졀ᄒᆞ야왈「나ㅇ노

그후에 원늬음 대학교의 졸업식을 거ᆔᄒᆞᆫ 날을당ᄒᆞ야 싸픠일트에게도 그학교교장의 청쳡이오며 삼년문에 그싸를발불셔 도ᄆᆞ오는길에 오ᄒᆞ요쥬만 도ㅇ 디방을 지닉더니 그싸사룸들이 억졔로 싸픠일트를권ᄒᆞ야 의원됨을간 쳥ᄒᆞ거늘 싸픠일트가 부득이허락ᄒᆞ니라

오십구

이

싸픠일트가 비로쇼 졍치샹에 참여ᄒᆞ야 쥬회의원이되니 이쩍는 일쳔팔빅륙

99

오

히람고등학교에서 졸업쟝을 주눈례식을 거힝ᄒᆞ눈날을당ᄒᆞ니 이젼습관이

민양이날에눈 각처에서 모혀드눈 로약 남녀의 슈효가 만인이샹이라 그즁에구

경거리가지고 다니눈사ᄅᆞᆷ 물ᄭᅥᆫᄑᆞ눈쟝ᄉᆞ들이 혓가가를짓고 써드눈것이 ᄆᆞᆺ치

쟝거리와 흡ᄉᆞᄒᆞᆫ지라 그러ᄒᆞᆫ즉 ᄌᆞ연히그즁에 잡놈이라던지 슐쥬졍군이ᄀᆞᆺᄐᆞᆫ

조용처못ᄒᆞᆫ사ᄅᆞᆷ이 만히셰여드러와서 례식을거힝ᄒᆞ기에 방ᄒᆡᄒᆞᆷ이 젹지안

터니 이번에 교쟝 쌔쮜일트가 ᄂᆞ와서 ᄒᆞᆫ번손을흔드니 이헌화가일됴에 굿쳐

한아도 감히 방ᄒᆡᄒᆞ눈 사ᄅᆞᆷ이업서지니 이눈교쟝이유덕ᄒᆞ야 말ᄒᆞ지앗눈 가운

ᄃᆡ에도 능히 사ᄅᆞᆷ의긔운을 눌ᄂᆞᆫ힘이 잇슴이러라

ᄃᆡ십이쟝　쥬회의원 노릇ᄒᆞ던시대

일

이ᄯᅢ를당ᄒᆞ야 노례를페지ᄒᆞ쟈눈문뎨가 셰샹에큰공론이된지라 할ᄉᆞᆷ당의 명

ᄉᆞ아루혼스 하도 라ᄒᆞ눈사ᄅᆞᆷ이 히람학교에와서 연셜회를열고 노례문뎨를 ᄀ

지고 연셜ᄒᆞᆯᄉᆡ ᄭᅢ쮜일트가 드른즉 그말이 다 경조ᄒᆞ고 거즛착ᄒᆞᆫ톄 ᄒᆞ눈것이

만흔지라 그말이 즁인을 현혹ᄭᅢ ᄒᆞᆯ가념려ᄒᆞ야 반ᄃᆡ연셜회를열ᄉᆡ 그ᄃᆡ방빅셩

들의 쇼쳥을ᄒᆞ야 하도와ᄒᆞᆷ긔 도론ᄒᆞ니 하도가 능히져당치못ᄒᆞ야 승픽의 슈가

삼십구

亽의 분호눈길이라 호눈문톄를 그져셔 호연셜호구졀을 긔록호건되

「라뭰나 시샹에 잇눈 저판쇼 집웅 무루우희에 쩌러지눈 호줄기 비방울을 보

라 남으로그눈거눈 쳘쳘호녀 뭇춤뇌 멕스코만으로 드러그고 복편으로그눈

거눈 홀녀 로렌스만 에드러그고 브럼의 호번부눈것과 날김셩의 날긔

호번치눈데 벌셔굽굽이 윈통변호느,녀 우리의일평셩이 더욱히 쳥년의일평

셩이 그쟝이와훕소호니 우리홍샹보눈 셰미호일과 셔쳐과 스귀눈벗의감화

와 란집호스샹과 분명호판단과 초음을잇기눈헐이 한아도우리일평셩亽의길

이 나뉘눈믜긔가 되지아님이 업다호더라

새뛰일르가 이쩌에 벗분름을타셔 긔쥰범즁에 법률을공부호야 그대긔를통호고

쏘 그동리교당에그셔 젼도도 흔히호더라

亽

일쳔팔빅오십팔년십월십일일에 새뛰일르가 루도루후 양과 결혼식을거힝

호니 그후로브터 그녀즈가 남편을위호야 연셜 혹기타등소에 녯날亽젹을샹고

호기에 긴호셔쳑을 도셔관에 출입호야 모와드릴식 이쩌에 쩨임스가 열람호

호셔최이 극히만호셔 민일 도셔관에 출입지아니호눈 날이업스니 쪽우가 오

눈날이라도 우산을밧고 리왕호더라

97

야 청호는쟈ー만호스되 한아도 듯지안코 이학교에서 년봉일쳔륙빅환 식을밧

고 교스가되나라

이 부임호지 일년만에 곳 교두가되고 다시일년이지느미 교쟝이되

의 빅스공이 당당호고등학교 교쟝이라 교쟝이된후로 학셩즁에 특이호지됴가

잇는사룸을 썝으서 그지됴를느리도록 힘쓰니 간혹그학셩의 부형이와서 도리

혀반딕호눈일이 잇는지라 쩨임스가 그씨무다 간졀히 그념려업슴을 셜파호고

겸호야 그으둘이 쟝릭**발션상**에 유익홈을말호고 쏘 즈층왈「내가졀문사룸을

싱금놋다호야 히롱호더라 **싸퓌일트** 에게 싱금을당호쳥년이 그슘은지됴를

느려서 셩가호사룸의 슈효가 만흐니 위션 **미국학쟈**로 일홈이 졍졍호 힌스다루

씨도 그즁에호사룸이니 이사룸은 후에 히람 고등학교의 교쟝이되니 싸퓌일

트가 무슨일에든지 엄졍호사룸이라 그러호느 학셩을대호야 경개호눈일을 보

호지아니호더라

삼

게드면 모다 죠긔가 스스로힝호는브를 권호고 한아도 어려운것을 사룸에게 칙

학교에서 학셩을교훈호고 연셜호슈효가 구쟝 만흐려호되 그즁에「일평셩

싸 퓌 일 트 뎐

96

구십일

홈을 ᄂ,트니고 저ᄒᆞ야 비루ᄒᆞᆫ 쳬를 부려그러ᄒᆞ되 샤퓌일트에 이르러서는

조금도 그러ᄒᆞᆫ일이업고 ᄒᆞᆼ샹학교에ᄂ, 즈긔에게ᄂ, 다굣치 명예되ᄂᆞᆫ 일을

ᄒᆡᆼᄒᆞ되 그도덕을 힘쓰고 죵교를밋고 ᄉᆞ물샹에 발그서 ᄋᆞ모리어려운일을

당ᄒᆞ야도 춤을셩이그러ᄒᆞ고야 엇지셩공치못ᄒᆞ랴— 잇슬이오 나ᄂᆞᆫ밋노니

학ᄉᆡᆼᄋᆞ로보더ᄂᆞᆫ지 평샹사ᄅᆞᆷᄋᆞ로보더ᄂᆞᆫ지 그ᄆᆞᆫ치 훌륭히 셩공ᄒᆞᆫ사ᄅᆞᆷ이 ᄯᅩ잇

슴을 아지못ᄒᆞᆫ다」ᄒᆞ더라

대셥일쟝 히람고등학교의 교쟝으로잇던시대

일

쪠임스가 윔늬움 대학교를 졸업ᄒᆞ니 히람 고등학교에서 간졀히 쳥ᄒᆞ야 고

뎐학과 문학을 ᄀᆞᄅᆞ치ᄂᆞᆫ 교ᄉᆞ로고빙ᄒᆞ니 쪠임스가 곳락죵ᄒᆞ더라 ᄋᆞ흡ᄒᆡ젼

에 빗스공 노릇ᄒᆞ던쇼녀이 오날눌에와서ᄂᆞᆫ 임의고등학교의 교ᄉᆞ가된지라 아

지못게라 일평셩의 온갖이 엇지그리도 험ᄒᆞ고 ᄯᅩ쟝린에 굴길의 멀미여

저 쪠임스가 처음브터 졈치샹에 야심이 잇ᄂ,사ᄅᆞᆷ이아니니 스ᄉᆞ로 말ᄒᆞ되

「나ᄂ, 이러ᄒᆞᆫ디위에 잇슴을 만죡히녀이노니 나ᄂ,이학교에잇셔셔 교육가가되

야 그디위를 묵슈ᄒᆞᆯ것이오 이후에도 나의졍력을 온젼히이학교버담 빗되ᄂ,월급을 주ᄆᆞᄒᆞ

ᄒᆞ더라 대학교를 졸업ᄒᆞᆫ얏슬져에 각쳐에서 이학교버담 빗되ᄂ,월급을 주ᄆᆞᄒᆞ

95

샤 퓌 일 트 젼

가 대학교에서 나간뒤에는 보다시 소긔샹에 그 일홈이 울늘 큰인물이 될이라 호부긴스 박소

호야 밋고 긔다리더니 쎄임스가 대학교를졸업혼지 여듧히후에 호부긴스 박소

가 말호야 ▽로딕

「샤퓌일트가 군인이 된후로 승급홈의신속홈은 셰샹에 훈사룸도 능히이를 짜러 굴수가 업스리니 그셩질이 울훈의와 울훈길을 발비▽미 못치종교를 숭샹▽논사룸과 굿두야 항샹몸을 ▽지기 엄졍▽야 규률이 잇고 또활발담박홍야 남죠되기붓그럽지안코 또훈 졔에 능호니 동히말▽면 졔몸을 졔힘으로 믿논사룸인즉 가히사룸의 스범이될만훈지라 나논 싱각건딕 이뒤에 두번 이러훈학셩을 못느볼긔회가 ㅇ무다시논 업겟다호노라」

호부긴스 박소가 교쟝을굴닌뒤에 셔교쟝이논 너이사룸의 일홈은 가도썬룬 닉가 윌늬음 대학교교슈가 됨뒤에 쎄임스가 졸업호얏스니 저의 남죠스러운 현활호기 샹과 엄졍호셩겨은 교슈로호야금 쑴에도 학셩의 훈히 페막되 눈비루훈버르쟝이가 잇슴을 보지못호개호고 쏘다른학셩은 혹대학교에 잇셔셔 헛일

이라

일어던지 시비가 잇슨후에라야 올흔일을세 닷기가 쉬운고로 이나라 처음대통

령 와 성돈씨가 일부러 사람을권ᄒ야 두당을세우나라

가 무슨문뎨를 결말코저ᄒᆞᆯ셰 문뎨를 ᄭᅥ져연셜ᄒᆞ야 ᄶᅦ임스가 이연셜을듯고 크게

일쳔팔빅 오십오년에 무슨쥬셋스 디방에셔 셥히여온 국회의원 ᄯᅩ도릿지 씨

에와셔 노례을 폐져ᄒᆞ자ᄂᆞᆫ 문뎨를 ᄭᅥ져연셜ᄒᆞᆯ셰 공화당의 슈효가 만치못홈을 염려ᄒᆞ야 윌늬음 싸

샹쾌히 녁여더니 회가 파ᄒᆞ민 ᄶᅦ임스도 여러사람과ᄀᆞ치 헤여져 문을ᄂᆞᆯ올셰

터ᄂᆞᆫ 더욱히 강구ᄒᆞ야 볼이라ᄒᆞ더니 이윽고 공화당에 드러군후에 대통령 후

[동ᄒᆡᆼᄒᆞ던 쳔구에게 말ᄒᆞ되]이일이 나에게당ᄒᆞ야ᄂᆞᆫ 서로듯ᄂᆞᆫ문뎨라 이후브

보쟈를 에레몬도 씨를 츄쳔ᄒᆞ기위ᄒᆞ야 대회룰열고 ᄶᅦ임스에게권ᄒᆞᆷ

야 연셜ᄒᆞ기를청ᄒᆞ나 그연셜됴리가 분명ᄒᆞ고 겹ᄒᆞ야 고금사젹을 무불통지ᄒᆞ

대학교학셩들이 애레몬도 씨를 츄쳔ᄒᆞ기위ᄒᆞ야 대회룰열고 ᄶᅦ임스에게권ᄒᆞ

야 당당호일덕연셜이민 듯ᄂᆞᆫ쟈로ᄒᆞ여금 경탄불이케ᄒᆞ더라

칠

ᄶᅦ임스가 일쳔팔빅 오십륙년에 학교에셔 크게명예를엇고 졸업ᄒᆞ나 졸업식

을 거힝ᄒᆞᆯ젹에 최고등으로 명예되ᄂᆞᆫ졸업연셜을 ᄶᅦ임스에게 맛기니 다른학셩

들이 한아도반대ᄒᆞᆫᆫ사람이 업슬샌아니라 교슈라던지 학셩이라던지 ᄶᅦ임소

93

전 르 일 뤼 씨

잇든날 쩨임스가 그친구의친졀흔말에 감동흐야 이양복덤에 초쟈ㄱ셔 말
흥되「으모조록 힘도ㄷ구는듸로눈 흥로라도 신속히 갑흘것이니 흔벌양복을
지어주면 그듸에게 해가밋지안토록흐리라」양복쟝어「그러흔념려눈 흥실것
이아니니 언제던지 세음이피실씨에 갑흐시오ᄂᆞ고 곳 신건을밀드러주눈지라
쩨임스가 얼무아니되야 훈푼도락지가업서 졸갑흐니라 이씨에 크리프랜드 싸
에사논 로빈손 박스가 쩨임스를 깁히밋고 학비를통히수여주니 이씨로브터
쩨임스가 형에게 괴롬을세쳐지아니흥게 될뿐안이라 지금것 써오던 빗선지
다갑흐니라

류

이학교에셔 쩨임스가 노례를페지흥쟈눈 성각이 나눌이간졀흐야 지던중에
이뜻을 국즁에 젼포흥기로 유명흔 쟈렛스 삼나 라흐눈사롬은 이씨에 국회에
잇셔셔 이문뎨를ㄱ지고 열심으로 변론흘뿐외라 각디방으로 도르다니면서 이
뜻을ㄱ저 젼포흘서 쩨임스가 흔번이연결을드르미 졍신이황흘흐야 합즁당의
흥눈일이 울처못흠을 비루흥게녁이며 일변은공화당을 사랑흐눈무음이 셩흥
니라

본과쟈가 ㄱ른듸 미국에눈 공화당과 합즁당이잇셔 나라를다스리ᄂᆞ니 무슨

졍력을 공부에 드려그러ᄒᆞ되 도능둑ᄒᆞᄂᆞᆫ사ᄅᆞᆷ도아니오 능히놀고 능히쟉

란ᄒᆞ야 그일에도 ᄯᅩᄒᆞᆫ남의 뒤지지안코 ᄯᅩ이야기도줄고 남의이야기와

거동을깁히쥬의ᄒᆞ야 지식을널니ᄂᆞᆫ 저됴가잇고 ᄯᅩ읍헤당도ᄒᆞᆫ 무슨물건

이던지 타고넘고저ᄒᆞᄂᆞᆫ 용밍ᄒᆞᆫ ᄆᆞ음이잇고 학ᄉᆡᆼ즁에셔 혹 투표션뎡 ᄒᆞᄂᆞᆫ

일이잇스면 언제던지 최다슈로 뽑히고

그ᄯᅥ에 대학교에셔 발ᄒᆡᆼᄒᆞᄂᆞᆫ잡지가잇스니 ᄶᆡ임스가 이잡지에 시를지어 닉니

셰상사ᄅᆞᆷ이 칙칙총션ᄒᆞ더라

오

학비ᄂᆞᆫ 그렁뎌렁 넉넉ᄒᆞ야 그러ᄒᆞ되 의복신지ᄂᆞᆫ 밋지못ᄒᆞᆷᄆᆡ ᄒᆞᆼ상말못된것

을 몸에두루고다니ᄂᆞᆫ지라 쳔ᄒᆞᆫ친구한아이 보다가못ᄒᆞ야 가뎡히 저의아ᄂᆞᆫ양

복쟝인의집에거서 말ᄒᆞ되 「우리학교에 훈쳥년이잇스니 ᄉᆞᆺ이잇ᄂᆞᆫ사ᄅᆞᆷ으로 지

금은비록 가셰가 빈한ᄒᆞ여그러ᄒᆞ되 대단히졍직ᄒᆞ니 그러ᄂᆞ입을것이업서 견

디기갸어려운모양인즉 양복을 흔벌지어줌이 엇더ᄒᆞ뇨」양복쟝이「나ᄂᆞᆫ본린그

러ᄒᆞᆫ사ᄅᆞᆷ을위ᄒᆞ야 의복을짓기를 됴와ᄒᆞ노니 오지못게라 형이여 그사ᄅᆞᆷ의

셩명을무엇이라ᄒᆞ뇨」답「오하요 사ᄅᆞᆷ ᄶᆡ임스 에 ᄊᆡ퓌일르」나라

양복쟝이「그러면 짓겟서 그러ᄒᆞ니 그사ᄅᆞᆷ을 이리로보닉시오」

91

「저 쩨임스는 우리가 아는 학성즁에 ᄀ쟝 지밀혼성각이 잇는사람이니 무

슨일에던지 그릇침이업고 쏘말흔무되가 차칙이업다」ᄒ니 쏘혼 학성이

그말을응ᄒ야ᄀ로되

「이눈 그사룸이 무숨일이던지 아눈선둙이라 무숨일이던지 졔반쥰비를

독력으로연구ᄒ야 셔닷기젼에눈 졿졔치아니홈으로 늘 압ᄒ로 젼진ᄒ야

ᄂᄋᄀ눈사람이라」ᄒ죽

혼 학셩이ᄀ로되

「쩨임스의 로론ᄒ눈지됴가 타월ᄒ야 학싱즁의 혼사람도 그업헤서지 못

ᄒ지라 통히ᄀ지ᄒ야 말ᄒ게드면 던지ᄀ잇눈 변론가아니 그변론이활달

ᄒ야 시셔를랑독ᄒ기버담도 쉬운모양굿다」ᄒ더라

그러흔지 스물다섯히후에 쩨임스와 흔학교애셔 지닉던흔친구가 쩨임스의 이

야기를ᄒ야ᄀ로되

「쩨임스가 소십명학싱에 두등이되니 무엇에던지 쎠여눌뿐아니라 그즁에

도 문학토론에 투쳘혼지됴기잇스니 보다시 무숨소물에던지 그뜻을궁구

ᄒ야 셔닷기젼에눈 쉬지안코 쏘그씨에 지은론문을불것굿트면 흔히보눈

학원의 글과달ᄂ 오눌보ᄋ도 광치가 취황ᄒ야 흥취가 잇고 쏘비홀딕업셔

90

오십팔 　 전　르　일　퓌 　 사

손을잡으니 이씨에져 쩨임스가 갑히 박스의 후대홈을 감복ᄒᆞ야 도른군부친을

뭇ᄂᆞᆫ굿치 깃거워ᄒᆞ얏다ᄒᆞ더라 이는 쩨임스가 부친의 **ᄉᆞ랑**을 바다보지못홈이

니 이학교에 드러오기젼에 이박스가 져슐ᄒᆞᆫ「긔독교의증거」ᄂᆞ라ᄒᆞᆫᄂᆞᆫ칙ᄌᆞ를 **보고**

박스를 흠앙ᄒᆞᆫ지 임의 오리더라

입학시험에 **급뎨**ᄒᆞ야 곳대삼년급에드니 젼례의드물던일이라 ᄒᆞᆫ거름에 다

년공부ᄒᆞᆯ단 학셩들과 엇디를 굿치ᄒᆞ야 공부를시작ᄒᆞᆯ시 박스가 말ᄒᆞ되 여름

방학즁에 만일공부ᄒᆞᆯ성각이 잇스면 도셔관에 츌입홈을 특허ᄒᆞ리라ᄒᆞᆫ거늘 쩨

임스가 곳응죵ᄒᆞ니라

쩨임스가 ᄋᆞ직이러케 큰도셔관을 보지못ᄒᆞ얏다가 이관에드러군후로 져의

보고져ᄒᆞ던칙을 ᄆᆞ음것힘것 다보더라

쩨임스가 젼일과굿치 학비셤운에 분주ᄒᆞ던일이 이번에ᄂᆞᆫ 면홈을어드미 그

티신에 신톄를 단련ᄒᆞ기위ᄒᆞ야 근쳐산쳔에 발셥ᄒᆞ야 련연흔경긔에 놀기로일

슘을시 근방물졍을시찰코져ᄒᆞ야 쑤레이록구 산샹에 오르기와 혹은수풀식히

로 왕릭ᄒᆞ야 하람 부즁에 쩨임스의 족젹을 인치지아니혼곳이 거의업더라

대학교에 드러군지 두어쥬일이지느미 학셩ᄒᆞᆫ아이쩨임스를 평론ᄒᆞ야 ᄀ로딕

89

174　까뛰일트젼

로주션호야 다 슈호금읽을 차대공야 주에떠느게호니 형의스랑호는무음이간졀

흠을 못늬감격히 넉이면서「형이 만일 늬가공부를 뭇치기젼에 죽게드면 형은

이돈썸운에 큰비슴믄 지게되지아니호랴」형이「그러호빗은 나의 스러호지아니

호는빈라」호더라 쩨임스가 대학교에 드러그가젼에 이고등학교에서 빈운것을

말호면 에비과 스년 본과 이년 합계 륙기년이라야 남은 졸업호는것을 통히

삼년에졸업호니 그간에든 학비는 그학교의소환노롯과 목슈일과 부교스노롯

호는데서 싱기는돈으로 쓰니라

삼

윌늬음 대학교에서 여름방학이 지닌뒤에 신입학싱을 모집호야 입학시험을

홀쎄에야 쩨임스가 비로쇼 교쟝 호부긴스 박스를 뭇느불서 호사름이 잇서그

사 피 일 트 젼

씨의 쩨임스의 풍쳬를괴록호야 구로티

「신쟝이 구쳑이오 골격이 건쟝호 홍청년으로 머리털은 구늘고 이므눈

헌칠호고 쾌활호고 쏘위인이 친졀호야 싱각이잇는듯호 얼골빗은 조금도

오릭빈곤히 지닌던형젹이 드러느지안타라」

이추술호풍쳬그온뒤에 은근히 느듸느는 비범호지됴는 호부긴스 박스의눈을

쏘히눈지라 박스가 반가운빗을그저 만면희싴으로 손을드러 가ㅁ히 쩨임스의

88

마뷔일르젼

이

야 여러대학교에교섭ᄒᆞ야 학교규측과 학비등속를 아ᄅᆞᆫ본뒤에 뭇춤ᄂᆡ 월늬ᄋᆞᆷ

대학교에 드러ᄀᆞ기로쟈뎡ᄒᆞ니 그학교로 ᄯᅥᄂᆞ기젼에 흔쳔구에게 보닌서찰에

ᄀᆞ로딕

「복이 최초에 여러학교교장에게 왕부ᄒᆞ되 나의학문뎡도를 말ᄒᆞ고 ᄯᅩ몃회

문ᄀᆞ지면 대학교과뎡을 졸업ᄒᆞ겟ᄂᆞ냐ᄒᆞ얏더니 다른학교에서ᄂᆞᆫ 다이기년이

라야흔다ᄒᆞ야 ᄃᆡ답이간단ᄒᆞ여 그러ᄒᆞ되 월늬ᄋᆞᆷ 대학교교장 호프긴스 씨ᄂᆞᆫ

편지ᄭᅳᆺ해「족하가 만일 우리학교에 오게드면 나의힘 도릭ᄀᆞ눈딕로ᄂᆞᆫ 보와

주겟노라ᄒᆞ얏기에 나ᄂᆞᆫ이다ᄋᆞᆷ공일에 월늬ᄋᆞᆷ 대학교로ᄀᆞ겟다」ᄒᆞ얏더라

ᄯᆡ임스가 최고등되ᄂᆞᆫ학교에드러굴긔회를어덧스니 그깃붐ᄋᆞᆷ모음이 간졀ᄒᆞ지

로딕 그깃붐을ᄯᅡ러 싱기ᄂᆞᆫ거졍은곳학교 비금일관이라 ᄯᆡ임스의셩미ᄂᆞᆫ 흔빈닷두

면번드시 힝힐방략이잇슬ᄀᆞ라ᄒᆞ야 용왕죽젼코쟈ᄒᆞᄂᆞ 영웅도 돈이 업ᄂᆞᆫ런딕

에 이르러서ᄂᆞᆫ 흔줄긔 눈물을 금치못ᄒᆞ지라 이싹를당ᄒᆞ야우의잇ᄂᆞᆫ 져형 도

므스가 벌서 ᄋᆞ우의 ᄆᆞ음을졈쟈ᄒᆞ고 「ᄯᆡ임스 이익야 네가 오날ᄂᆞᆯ대학교에 빅

우ᄀᆞ고 져흠을 당ᄒᆞ야 젼일과굿치 학비를넘려ᄒᆞᆯ디졍이면 ᄆᆞᆷ것 공부 치못ᄒᆞ지

삼십팔

라 형의수단이비록졸ᄒᆞᄂᆞ 엇지ᄒᆞ던쟈녀의 근심을 더을ᄇᆡᄒᆞᆯ이라ᄒᆞ고 빅방ᄋᆞ

87

이업셔 흔점흐리터분흔일이업스미 저처녀와 묘셕상디흥야불스록 더욱히처녀

의져덕을 스모흐눈 무음이 간절흐야 무춤니 쩨임스가 이학교를 졸업홀씨에이

르러서눈 피초정리가깁허저셔 졸업흔뒤에 박년가약을밋기로언약흘뎡흐니 쩨

임스의 닉이이씩에 이십이셰오 이처녀눈흔슬이젹더라

젼 르 일 쮜 싸

구

크리프랜드 싸에 일홈잇눈 법률학쟈 로도스 씨눈 쩨임스가 허람고등학교

에셔 부교스겸학셩노릇흘씩에 공부흐던사룸이니 즈긔가 그공부흐던씩의일

을말흐야 ᄀ로디

「닉가 쳐음으로 그학교에 드러굿슬씩에 교향셩각이 간절흐야 병이놀디경

이러니 교쟝에셔 데일키크고 골격이웅쟝흔사룸이 대슈학을ᄀ르쳐더니 그

사룸이 나의얼굴빗이 불쾌흠을보고 곳 나의겻흐로와서 반구워흐눈빗으로

저의팔을 나의엇긔우희에 언지니 고향셩각이 즈연히 업서졋다」흐니

쩨임스의 스랑스러운틱도눈 죡히알녀라

일

대셥쟝 월늬음 대학교에서 공부흐던소졀

쩨임스가 공부흐지삼년에 우등셩으로졸업흐니 다시대학교에 입학코져흐

86

ᄒᆞ얏고 ᄯᅩ그히에 이학교에서 두등되ᄂᆞᆫ 학도열두사ᄅᆞᆷ이 발키ᄒᆞ야 문학연구회를 셜시ᄒᆞ니 열두사ᄅᆞᆷ즁에 ᄶᅦ임스와 부스 셔녀도 셕것더라

샤

칠

이ᄯᅦ를당ᄒᆞ야 화소 ᄲᅦᆫ도레 라ᄒᆞᄂᆞᆫ복소가 ᄶᅦ임스의 위인을 깁히밋어 즈긔가 관할ᄒᆞᄂᆞᆫ교당에와서 젼도ᄒᆞᆯᄭᅵ 듯ᄂᆞᆫ사ᄅᆞᆷ이 ᄶᅦ임스의 젼도를평론ᄒᆞ야 ᄀ로딕「그러케 쳥신ᄒᆞ고 웅장ᄒᆞᆫ연셜을 쳐음으로듯ᄂᆞᆫ빈니 그ᄒᆞᄂᆞᆫ말이 한아도 남의말을 븟더다가 ᄒᆞᄂᆞᆫ것이업고 언졔던지 득이ᄒᆞᆫ지됴가 잇서셔 혼좃지어셔 ᄒᆞᄂᆞᆫ말이라 져의ᄒᆞᄂᆞᆫ거동이 모다열심과 셩실ᄒᆞᆫᄯᅳᆺ으로 ᄂᆞ오고 말ᄆᆞ두 사ᄅᆞᆷ으로ᄒᆞᄋᆞᆷ금 심취케ᄒᆞ야 흔번입을열면 뭇쳐실고리풀ᄂᆞᆺᄃᆞᆺ기 술술ᄂᆞ오ᄂᆞᆫ것이ᄯᅩᆺ치업고 ᄯᅩ말ᄒᆞᄂᆞᆫ법이 험이드지안코 숨쉬ᄂᆞᆫ것ᄀᆞᆺ다ᄒᆞ더라

뎨 트 일 쮜

팔

지에스다 디방에서 ᄶᅦ임스의 ᄆᆞᄋᆞᆷ을취케ᄒᆞ던 루지레지오 루쏘루후 쳐녀가 우연히 이학교에입학ᄒᆞ야 ᄒᆞ랍과뎡을 시작ᄒᆞ니 이쳐녀의부친이 고등교육을

일십팔

셕히고져ᄒᆞ야 닙학케ᄒᆞᆷ이러라 ᄶᅦ임스가 이것을보고 크게깃거워ᄒᆞ니 피초교졔ᄒᆞᄂᆞᆫ법이 다른학성과 다름

85

써 쮠 일 트 견

륙

뎨임스가 흠앙ᄒᆞᄂᆞ쟈 세사름이잇스니 ᄒᆞᆫ사
룸은 제오에배가 라ᄒᆞ야 오하요디방에 유명ᄒᆞᆫ 신수오 ᄯᅩ한ᄋᆞᄂᆞ 으루메ᄢᅥ에
부스라ᄒᆞᄂᆞ 쳐녀라 부스 쳐녀ᄂᆞ 당시에 나이 삼십ᄉᆞᆯ의인데 젹덕과 외모가 겸비
ᄒᆞᆫ부인이녀 뎨임스와 흠긔 ᄒᆞᆫ학교쇽에셔 션셩 노릇을ᄒᆞ되 이부인이 뎨임스를
감화식힌것으로 달ᄒᆞ면 월늬암 내학교박ᄉᆞ 막구 호부긘스 씨를ᄢᅦᄂᆞᆺ코ᄂᆞ 뎨일
이러라 이쳐녀도 덕힝이 엄슉ᄒᆞᆫ 매소지ᄉᆞ도 션교ᄉᆞ의집에셔 ᄂᆞᆼ어려셔부터
총명영오ᄒᆞ야 열두슬되얏슬적에ᄂᆞ ᄒᆞᆫ말ᄒᆞᆫ구졀이 범연차아니ᄒᆞ야 교ᄉᆞ로ᄒᆞ야
금 혀를ᄂᆞ 두루배앗고 이번에 이학교에셔 고등교육에 종ᄉᆞ흘시 그풍쳐와 져
덕은 죡히뎨임스의 ᄆᆞ음을놀늬고 ᄯᅩ이쳐녀도 뎨임스를 흠앙ᄒᆞ야 구로되 「늬
가보던즁에 대일이상흔쇼년이니 이쇼년의린두ᄂᆞ 가히눈을크게ᄯᅳ고 불문흘것
이잇슬이라ᄂᆞᆼ고 뎨임스ᄂᆞ 구로되「나의학문을 부스쳐녀와 비교ᄒᆞ면 히랍과
라뎬 말은 거의긋도록 그러ᄒᆞ되 슈학과 화학은 늬가대단히 ᄯᅥ러진다ᄒᆞ더라 째
임스가 항샹 이쳐녀와 흠긔글공부도ᄒᆞ고 번역도ᄒᆞᄂᆞᆫ데 일쳔팔빅오십십년십
번역희가 잇섯슬ᄯᅢ에 부스 쳐녀의방에 잇서셔 라마글 으홉구졀을 셰서간
일월십오일 일긔칙에 구로듸

84

하람 고등학교에 잇슬띄에 쩨임스가 고지고 놀긔묘와 항던 것이 후도 쌜(큰공

이라)이니 항로는 점과 굿치 여러학원과 홈끠 후도 쌜즈음에 그

것해섯든 어린이와 두엇이 민우 부러워 항는 모양으로「우리도 그 속에 너어달

항는 빗을 느라 낙면서 브른보는지라 쩨임스가 이거 동을 보고 여러학도를 향 항

야「이오 힝들도 우리름에 들게 항쟈」항니 여럿이되 답항되「저조무릭긔들이 무

엇을 항여 단지 방항되지」쩨임스「그럿치안타 저 힝들도 저 힝것은 제가 다 다 항

니 너어주어도 관계처 아니 항이」답「무얼그리 칠수가 잇느 다문 남에게 괴롬문

셋칠것을」쩨임스「그러면 나도 이러힝자란을 홀줄모른다」항고 공처를 더지고

그라 훈되 여럿이 보다가 급히 만류항야 그로되「그러면 너항쟈」는되로 홀것이니

야「그오 힝들 을 홍속에 너어주니 그오 힝들이 대단히 깃거워항더라

오

쩨임스가 학교에소 환노릇을 부즈런항고 홍실히항니 교장 힌스달 박스가

쩨임스의 위인이 범상치아니흠을 짐작항고 부교스를 삼으 넷적법면을 밋득

륵치 배항니 이학교에서 삼년간 공부항는동안에 대피절항기와 꼴구먹폭긔로

식비를 어더쓰더니 이썩에 다다러는 민일항는일이 학도 겸부교스에 겸목슈노

릇을 항더라

83

거던 되홍심이엇더홍 오릿가 「쩨임스의 경직호고 분명호말에 다 울히 넉여 납학

홈을허호니 쩨임스의 나이 이씨에 섭구셰이나 도르오는섭일월에라야 이십세

가될지라 (셔양서는 성월을졔 산호야 누를버 느니라) 제말과굿치 소환이되야

종치고 비졀호논사룸이되니 젼일굿치 연심으로 공부호고 직무에신실호야 종

은 민일으춤 다섯시에치고 쏘칙샹홈치기는 그버담도 먼져호야 노와야 학원들

이 종친뒤에 안기가묘홀것이라 쎄임스가 종치눈데 던지 비질호눈데 던지 모다데

일이라 이쥬일 소히시험에 조금도 것천구셔업시못치민 영구호소환이 되니라

삼

이학교에 잇논칙은 거의 이쳔권이되민 쩨임스가 그즁에서 힘도르그눈뒤로

눈 다보와 지식을넓이니 쩨임스가 쳑을읽는법은 쳑 한아를 붓잡으면 긔어히

다본뒤에 긴요호대문에 와서논 초츌호야 두눈데 쩨임스의말이 나논다른학싱

과굿치 글읽기에 시간을만히 보닐수가업스미 멋번이던지 되푸리기홀 동안이

업서셔 언졔던지 그즁에긴호구졀문 쏩고 그남은지는 다지져버리느니 그긴호

구졀을 초츌호야두면 후일에 무슨일이 잇던지각기 그 소실을 쯔르샹고거리가

단단히 된다호더라

소

82

마

스의 텬셩이라 이에 고등학교에 닙학ᄒᆞᆯ쥰비로 라댄 과 히람 말공부를 시작

ᄒᆞ나 이학원에서 공부ᄒᆞᆫ지 삼년되던히 구을에 쩨임스가 히람고등학교 흑학

셩을뭇ᄂᆞᆫ셔 그학교형편을 대강아ᄅᆞᆺ보고 더욱히 닙학ᄒᆞᆯ쫏을 굿게뎡ᄒᆞ니라

이

뀌

직이로ᄒᆞᆷ 금 교쟝씨 명쳡을드리니 교쟝이 곳 드러오라ᄒᆞ거눌 이애드러구보

고 공손이「나ᄂᆞᆫ 닙학ᄒᆞᆯ셩각이잇ᄉᆞ와 왓ᄂᆞᆫ이다」교쟝「그눈민우 묘흔일이라 그

일

러ᄂᆞ어듸로 좃ᄎᆞ왓ᄂᆞ뇨」쩨「오렌지에 스읍고 셩명은 쩨임스 아뿌람새퓌일 토

라 부쳔은일즉히 쟉고흥고 모쳔슬하에 조롯ᄂᆞ이다」교쟝「네가이학교에서 졸

트

업ᄒᆞᆯ쥰비가잇ᄂᆞ뇨」쩨「로둥이ᄂᆞ ᄒᆞ야구면서 공부ᄒᆞᆯ랴ᄒᆞ노이다」교쟝「너의

집어빈한ᄒᆞ뇨」네 그러ᄒᆞ기에 셤부름이ᄂᆞᆫᄒᆞ면서 ᄒᆞ랴ᄒᆞ오니 이학교소환이되

전

야 시간곳쳐 종치기와 비질곳튼것을 셕히시고 월샤금을 업시ᄒᆞ야주시오ᄂᆞᆫ고

칠

러면 너의공부는 무엇시지ᄒᆞ얏ᄂᆞᆫ뇨」씨악개학원에서 삼년간공부를ᄒᆞ얏ᄉᆞᆸ고

십

쓱겨을이면 각쇼학교 교소노릇을ᄒᆞ얏ᄂᆞᆫ이다」좌우에안진 여러교소들이 쩨임

칠

스의 흔일을 가샹히녁여 뭇되「그러ᄒᆞ면 네가 과연수환노릇을 졸ᄒᆞᆯ겟ᄂᆞ뇨」「

네 그ᄂᆞᆫ 흔이쥬일동안 시험ᄒᆞ야 보신뒤에 만일 여러분의 ᄆᆞᆷ에 합당치못ᄒᆞ

81

삿 퓌 일 트 젼

간 구른철상약이니 이씨는엄동설한이라 그러흐느 학교가빈한흐야 불피일것

이엽는것을보고 쎄임스가 그근방산밋헤서 셕탄을어더니미 비로소 난로를피

우께되니라

이학교의학원은 학문이 독실치는못ㅎ되 그리 란잡혼사름이 되지아니 학원

곳이라 쎄임스가 눌므 다 부즈런히 교슈ㅎ다가 츈긔가도르오미 하즉ㅎ니 학원

들과 부형들이 서로이별홈을 셥셥하녁이고 일변은간소혼뜻을 표ㅎ더라

대구장 히람 고등학교시디

일

쎄임가 쩌악게학원에서 잇슬동안에 ㅎ로는 고등학교 졸업셩ㅎ아를 밋느그

학셩이ㅎ는 야야기를 드르니 공부ㅎ는틈에 버러도 일년에 스빅환학비를 어

더쓰기는 그러케 어려운일이 아닐뿐더러 현금 학셩상에 여름방학 두달동안

에 남의접일을 보와주고 학비를붓틱쓰는사름과 혹은민일서간을뎡ㅎ고 젼ㅈ

는집안 으히들을교육ㅎ는쟈와 ㅸ혹은학교에부교ㅿ 노릇ㅎ는쟈와 혹은목지를

배혀주고 버러쓰는사름이 무슈ㅎ되 모다편히일ㅎ고 ㅎ느도 괴로히지니지아

니ㅎ다ㅎ거눌 쎄임스의 무음이되단히동ㅎ야 닛들 고등학교에 못드러ㄱ볼서

닭이잇스리오ㅎ야 곳뜻을뎡ㅎ니 혼번뎡흔일을 긔어코ㅎ고야 므는것은 쎄임

80

업시 아는듯모로는듯 이렁저렁ᄒᆞ다가 학과가 ᄆᆞ치미 서로허여지더라 그러ᄂᆞ

런싱연분이 잇섯던지 이부인이 후일에 ᄲᅢ임스와 결혼ᄒᆞ니 그ᄒᆞ회ᄂᆞᆫ 이우리에

긔록코저ᄒᆞ노라

이십

ᄲᅢ임스가 흔겨울동안에 손렌스필 쇼학교의교ᄉᆞ가되야 흔둘에 삼십ᄉᆞ환월

급과 슉식ᄒᆞᄂᆞᆫ부비를밧더니 삼동이지ᄂᆞ민 집에도라와 모친을ᄯᅡᆯ 집에서 십

팔년리ᄂᆞ되ᄂᆞᆫ 모ᄉᆞ긴샨이라ᄒᆞᄂᆞᆫ촌에 려힝ᄒᆞᆯ서 ᄌᆞ연히 크리프랜드 ᄯᅡ을지

ᄂᆞᆫ지라 ᄲᅢ임스가 젼일에 처음으로 비를타랴다가 션쟝에게무안ᄆᆞᆫ당ᄒᆞ던일과

물쓸고다니던 싱각이ᄂᆞ서 회포를곰처못ᄒᆞᆼ더라 이ᄯᅥ에 크리프랜드와 고롬

ᄲᅩ스ᄶᅡᆼ에 텰도가뇌인지라 이에 모즈가서로 손을붓잡고 긔차에오르니 긔챠

를타보기는 모즈가 다이번이처음이오 ᄯᅩ이번에 고롬ᄲᅩ스 디방에 합ᄒᆞᆼ국 국회

의원이 셜립되얏ᄂᆞᆫ데 ᄆᆞ춤긔회쥬잉이미 드러구구경ᄒᆞ니 ᄲᅢ임스가 평싱에 이러

흔구경이쳐음이오 ᄯᅩ이번 이구경에 평싱ᄯᅳᆺ을 뎡쾌ᄒᆞᆯ다라

고롬ᄲᅩ스 에서 씨넷스필 쌋지 마챠를타고 일가집에 이르니 그집사룸이

ᄆᆞ다 환영ᄒᆞ더라 그집에서 슈월간을두류ᄒᆞᆯ서 ᄲᅢ임스가 이일가집사룸의 쥬션

으로 호쇼학교의 교ᄉᆞ가되니 학원슈효가 삼십인이오 월급은이섭ᄉᆞ환이니 셕둘

79

폐지ᄒᆞ쟈ᄂᆞᆫ 의론을반포ᄒᆞᄂᆞᆫ사ᄅᆞᆷ이 만ᄒᆞ니 도쳐공회연셜샹은 교샤ᄒᆞ고 촌락학교속 토론회에도 두세사ᄅᆞᆷ만 모히면 벌서ᄭᅳ러ᄂᆡᄂᆞᆫ말이 이말이라 연고로 ᄶᅵ아계학원 토론회에서도「우리합즁국이 노례를폐ᄒᆞᆷ의가부」의문뎨를 ᄀᆞ지고 연셜ᄒᆞ기를시쟉ᄒᆞ니 ᄶᅦ임스가 이ᄯᅢ이문뎨에 열심ᄒᆞ야 노례폐지를주쟝ᄒᆞᆯ시 ᄆᆡ양연셜단에 오르면 노례를두ᄂᆞᆫ것은 인도의어그러짐을 통쾌히변론ᄒᆞ고 사ᄅᆞᆷ이사ᄅᆞᆷ을ᄑᆞ라먹ᄂᆞᆫ것은 큰죄악이라ᄒᆞ고 ᄯᅩ도셔관에드러ᄀᆞ 동셔고금의노례의 ᄉᆞ젹을궁구ᄒᆞ니 ᄶᅦ임스의 열심과고담쥰론은 듯ᄂᆞᆫ쟈로ᄒᆞ야금 감동케ᄒᆞ야 심지어눈물을 흘니ᄂᆞᆫ사ᄅᆞᆷ이만더라 친구들이 ᄶᅦ임스가 열심ᄒᆞᆷ을감동ᄒᆞ야 시렵손말로「우리이제 ᄶᅦ임스를 국회로보ᄂᆡ쟈 ᄒᆞ니 ᄶᅦ임스가 응셩ᄒᆞ야 ᄀᆞ로ᄃᆡ「ᄂᆡ가졸업ᄒᆞ기ᄭᆞ지 기다려주게」ᄒᆞ더라

십구

이학긔를 ᄆᆞᆺ칠ᄯᅢ에 이학원에 루구례지ᄋᆞ 루ᄯᅩ루후 라ᄒᆞᄂᆞᆫ절문 계집ᄋᆞᄒᆡ가 닙학ᄒᆞ니 원ᄅᆡ ᄶᅦ임스가 부녀지ᄉᆞ에 이르러ᄂᆞᆫ 그토록 ᄆᆞᄋᆞᆷ을 쓴일이업더니 이 루ᄯᅩ루후 의단아ᄒᆞᆫᄐᆡ도와 탁월ᄒᆞᆫᄌᆡ됴를 본후로브터ᄂᆞᆫ ᄌᆞ연히ᄆᆞᄋᆞᆷ이 ᄭᅳᆯ니니 이ᄂᆞᆫ오날놀ᄭᅡ지 ᄶᅦ임스가 여러 녀학셩을보앗스되 이번ᄀᆞᆺ치 ᄆᆞᄋᆞᆷ에드ᄂᆞᆫ사ᄅᆞᆷ은 처음인ᄉᆞᄅᆞᆷ이라 그러나 ᄶᅦ임스가 ᄒᆞᆫ번도 이녀ᄌᆞ와서로 말을ᄒᆞ야본젹이

삼십칠

셰 퓌 일 토 젼

눈일을 능히 힉여쥬어 흐들수업스니 그런즉 셰샹업시 줄흥눈일이라도 학셩이
흐눈일의 풍샥에 넘겨주기어려우니」이셕 쩨임스가 조금도 굴ᄒ지안코 응답ᄒ
되「그러처면 내가젼일에 저사름과우리들이 듯눈데셔셔 분명히흐말이 잇지아
니흐가 의학셩들이 너희들버담도 널은뎍뎐풀을 속히버혓다고 그런즉우리눈
못당히 너외그말을 즁거슴으ᄆ구지고 우리에게 원풀샥을주기를쳥흔다」흐야말
이됴리가잇고 겸흐야언셩이대단히 눌ᄀ로운데 놀ᄂ, 「그러면이번에눈 젼례 빗
그로 원샥을주노라」쩨「그러ᄂ 이러케례외의일을 쳥흐기눈 네게처음 힝흐눈
일이어나와 이일이 다음에도 쏘잇기를 ᄇᄅᄂ다」흐더라
쥬인이원샥을 졍당히준뒤에 으모조록 공부즐흥기를 권면흐고 쏘ᄀ로되「죠
네들이 오날늘 풀베히듯 후일에공부를 줄흥야ᄆ지고 셜교를흥게드면 우리눈
죠네들의 셜교흠을 쟝ᄎ듯고져흐노라」흐더라 쩨임스가 학교에도르와 그친구
를향흐야말흐되」나눈쟝리의 목덕을확당흐기에 다 쇼간주져흐눈 무음이잇스니
나눈교소되기도 됴와흐고 셜교인(일은 뎐도흐눈사름)되기도 됴와흐되 단지
실혀흐눈것은 법률가와 의원이되기눈 됴와아니흠이로다」흐더라
　십팔
이셕에 노례를 히방흐쟈눈의론이 젼국에젼파흘셔 오흐요쥬 에셔도 노례를

77

사 퓌 일 르 견

일변두사룸이 눗즈루룰붓잡고 흔시간동이느 풀을베히니

브르보다가 먼저풀배히던 셰사룸을 손벽쳐부루면서「보게보게져것보게 이학

셩들이 흐눈일보게 풀배히눈터뎐은 즈네들버담널녀그러흐되 벌서져러케 만

허버혓스니 즈네들이야 그아니눗이 씃씃쳐아니흔가」흔죽 모다드른톄도 아

너흐민 학셩들도 십부히풀배히니에믄 골몰흐더라

흥로눈 그사룸즁에 흥느이말흐되「즈네들이 분명히 학셩아아닌가」답「그러

흐이눈「그러흐면 즈네들이 어듸셔 이공부아닌슈업을 조서빗왓느」답「우리집

에서도 농슷을지으미 즈연히아눈것이오」문「이런일을흐게드면 공부에방히가

아니되느」답「업셔 말일그러흐량이면 우리가 곳아눗즈루룰 집어버리고 글겄」

문「즈네네들이 셜교흐눈사룸이될셩각인가」답「그런일은 으직뎡치아닌일일세

좌우간에 최초의우리뜻인죽 완졍흔 사룸이되고져흐기눈흐거니와 그러느 이

다음일은 이다음일에속흔것이미 최초문뎨를 성공게젼에 둘지문뎨를 죵언부

연홀즛즉격이언느니」흔죽 쥬「즈네들이 니와셔「학셩들응 품상을벗슬고」답「그눈쥬

어언간에 일을닷처미 쥬인이느 와셔「학셩들은 품상을얼므느줄고」답「만일학셩

인어 셩각흥야흐시오」쥬「즈네들은 학셩인죽 원상을밧슬수잇느」답「학셩은, 모리흐야도 흔농부의흐

이흔사룸의 흘일을능히다흐면 엇지흘고」쥬「학셩은, 모리흐야도 흔농부의흐

76

로 사람으로ᄒᆞᆫ금 ᄌᆞ연히그말에 취ᄏᆡ흠이오 교쟝 쑤란지가 말ᄒᆞ되「쩨임스
눈 셜교ᄒᆞᆯ긔에 뎐져가엇ᄂᆞᆫ사롬이라」ᄒᆞᆫ죽 그듯던사롬이 화답ᄒᆞ되「쩨임스눈
변론ᄒᆞᆯ긔에 넘이 아지못ᄒᆞᆫ이샹ᄒᆞᆷ이 ᄯᆞ로잇ᄂᆞᆫ모양이라 그러ᄂᆞ 그 힘은져
도스스로 씨닷지못ᄒᆞᄂᆞᆫ것ᄉᆞ다」ᄒᆞ더라

십칠

여름방학씩에 학도멋과ᄒᆞᆷ긔 그동리농부집에 구셔 픔푼리ᄒᆞᆯ서
우슨 이야기ᄒᆞᆫ모듸가잇스니 처음에 그집에굿슬젹에 쥬인이 쩨임스의 ᄌᆞ두지
죽을 조졔히슬펴보다가 말ᄒᆞ되「그러면 농ᄉᆞ를 지어보앗ᄂᆞ뇨」쩨임스「네 젼에
ᄒᆞ야보앗서요」ᄒᆞ야 공손히뒤답ᄒᆞ니 쥬「그러ᄒᆞᆯ진뒤 풀을버히겟ᄂᆞ뇨」쩨「좌우
간에부러러보시오」쥬「풀삿을얼ᄆᆞ 느바르ᄂᆞ뇨」쩨「그ᄃᆞᆫ뒤에서 주리문큼문주시오」
쥬「묘훈말일세 ᄌᆞ네네들은 어듸서왓ᄂᆞ」쩨「학비를써 ᄀᆞ랴고 ᄒᆞ눈일이로다」ᄒᆞ
딕 쥬인이 그말에 감동ᄒᆞ야 풀빗으로 더리고ᄀᆞ니라

큰ᄂᆞ흥 느식을 쥰비ᄒᆞ야주고 쩨임스가 ᄀᆞ기젼에 베히고잇던 세사롬에게 소
리처말ᄒᆞ되「여기ᄯᅩ두학싱이 묘역군으로왓스니 굿치ᄒᆞ소」ᄒᆞ거눌 쩨임스가
쥬인이 져의ᄃᆞ러 학싱이라ᄒᆞᆫ말에 어히업서 굿치온학싱과 서로우스면셔「쟈
이리오게 우리를 학싱이라ᄒᆞ야 업수히녁이니 우리져사롬들을 놀닉보셰ᄒᆞ고

그이듬히 겨을에ㄴ 와렌스필 쇼학교의 교ㅅ가되야 흥들에 삼십이환봉급에

쯔로 식비를 빗드니 그씩에ㄴ 젼년에 흥야본 경험이잇서서 그르쳐기도놋고

학원을 거느리기도나서 미우편흥게 지닉니라

섯오

이쇼학교에서 교ㅅ노릇흥교 잇눈수이에 그디방사람 흥니와서 기하학을

그르쳐달ㄴ흥눈지라 그씩신지 쩨임스가 으직이학문을 공부치못흥얏스미 그

러면곳치 공부흥쟈흥고 기하학 훈권을ㅅ다가 놋코 밤을식여 그면서 혼즈궁구

흥야 못츰닉 그사름을 그르칠문흥힘을 엇엇고 또 쩨임스가 입은옷은 속옷흥

눈쑨이니 빈지도업고 져고리도엽눈지라 흥로눈 으희들과 됴롱흥다가 속고의

무릅이 크게찌여지믹 미우걱졍흥더니 쥬모가보고 기워주면서 가긍히넉여

흥눈말이 그씨지일에 근심흘것이아니라흥야 우슴거리가 된일도잇다라

섯륙

쌔악게 학원에 잇슬씩에 쩨임스가 열심으로 긔독교를 젼도흥기에 분슈홀

셔 흥공일은 셩령에 감화되눈 긔도를흥니 즁인이 모다존경흥고 환희흥야 듯

기를 슬혀흥지아니흥니 그흥눈밀이 모다 슌실흥야 셩의와 셩심에서 느오눈교

74

작란도ᄒᆞ니 어언간에졍이드러 교ᄉᆞ와싱도 ᄉᆞ이가 ᄀᆞᆺ가와저서 싱도들이 교ᄉᆞ를경외ᄒᆞᄂᆞᆫ ᄆᆞ음이 싱기더라 ᄯᅩ그ᄯᅢ그디방 풍습이 학도의집에 션싱이 번ᄎᆞ례로 ᄒᆞ로식슉식ᄒᆞᄂᆞᆫ 규모가잇스니 ᄶᅦ임스도 그런ᄯᅢ이면 그집사ᄅᆞᆷ을모와놋코 여러ᄀᆞ지ᄌᆞ미잇ᄂᆞᆫ 녯ᄉᆞ젹을 이야기ᄒᆞ야들니고 ᄯᅩ혹은ᄋᆞ희들의 공부를권쟝ᄒᆞᄆᆡ 그부형이나 ᄋᆞ희들의밋붐이 놀노깁펴ᄀᆞ더라 일요일이면 집에도ᄅᆞ와쉬니 이ᄯᅢ에 ᄶᅦ임스가 깁히 긔독교을밋어 ᄆᆞᆺ참ᄂᆡ 셰례ᄅᆞᆯ지밧고 슌연ᄒᆞᆫ 크리스쟌이되니라

얼마아니되야 겨울ᄀᆡ학날ᄌᆞ가 지나ᄆᆡ 그학교를하직ᄒᆞ고 도ᄅᆞ올ᄉᆡ 학도와 부형들이 서로이별ᄒᆞᆷ을 못ᄂᆡ섭섭히넉이고 ᄯᅩ말ᄒᆞ되「이젼에오던션싱즁에 뎨일됴흔션싱이라」ᄒᆞ야 쇼문이랑ᄌᆞᄒᆞ더라

십삼

ᄶᅦ임스가 ᄶᅵ악게학원에ᄀᆞ서 다시공부를시작ᄒᆞᆯᄉᆡ 이번에ᄂᆞᆫ 젼일에ᄀᆞ서 일ᄒᆞ던목슈의집에 류슉ᄒᆞ기로뎡ᄒᆞ고 그집에서일ᄒᆞ고 일쥬일 식비와 마젼삭ᄉᆞ지 병ᄒᆞ야 이환삼십이젼식에 샹약ᄒᆞ니 거기서ᄒᆞᄂᆞᆫ것은 대피질ᄒᆞ기가 첫지일이라 ᄀᆞ서 첫번일요일에ᄂᆞᆫ 널판지ᄒᆞᆫ립에 신화ᄉᆞ젼식밧고 ᄒᆞ로에 쉰ᄒᆞᆫ립올미러서 당쟝 이환ᄉᆞ젼(일빅두량)을버니 벌서 일쥬일식비가되더라

73

싸 픠 일 트 젼

느옷을입고느와보니 이사름은젼일에 셔로으던친구라 이사름이 쎄임스를 보

더니「즈네를 렛지 쇼학교교亽로 쳥호랴호노라」호는지라 렛지 라홈을듯고 쎄

임亽가 주져호눈 빗이셩호니 이눈 그학교에눈 악쇼년이 만히 모힌ᄉ닭이라

쎄임亽가 주져홈을보고 그亽름이 대단히간권홈미 그러면호면셔 닌심에혜오

디 이려호쟈란군의학교도 칭축길호듯시라 혼번시험홈이 무방호다호고 므음

올 단단히먹고 곳허락호니 원급은이십亽환이오 기외에슉식亽지 학교에셔당호

기로뎡호니라

십이

이일이 쎄임亽에게당호야눈 젼일에비호야 지취가크게변호얏스니 빗亽공

나무베히기 빅싯을기와 들느셔 어좌어우에 남의조녀를 교육호눈디위를 쳐음

당호눈일인데 항츠거긔그게드면 으눈사름도업고 단지샹죵이 란잡호으히들

인즉 쎄임亽의 념려가불무호 얏슬것이라 슉부으모스와 샹의혼뒤 으모스도 말

호되 쟝릭에 네가교亽노릇흘문혼 힘을단련호랴면 이려혼곳에 쳐으느것이

무방홀이라호야 권호더라 쎄임亽가 쎠느 그학교에 도임호야보니 쳐으셩각과

곳치 진졍구르쳐기 어렵더니 셩심으로 교슈혼효력이 졈졈느두느셔 츠츠규모

안에 드는지라 민일오졍 휴가 시간에눈으히들과곳치 뛰놀기도호고 혹곳치

룰말ᄒᆞ되 그학교에셔는 말ᄒᆞ되「그되가만일 일쥬일젼에왓드면 됴왓슬것을 범

셔ᄒᆞ슈가 되얏노라」ᄒᆞ야 외양이 됴케 거졀ᄒᆞ면셔 「그ᄅᆞ되 「노루돈 쵸학교에셔

교스가부족ᄒᆞ다 ᄒᆞ는말이잇스니 ᄀᆞ보라」ᄒᆞ거ᄂᆞ 다시뭇ᄌᆞ오되「그곳이예셔 몃

리ᄂᆞ되ᄂᆞ뇨」ᄒᆞ니 되답ᄒᆞ되「여긔셔북편으로ᄀᆞ면 삼영리이니 그되가만일ᄀᆞ거

던 먼져 네루손 아라ᄒᆞ는사름을 ᄎᆞ자ᄀᆞ보고 그말을ᄒᆞ야ᄉᆞ보라」ᄒᆞ눈지라 그말을

ᄒᆞ고 일변미안ᄒᆞ빗스로 ᄒᆞ도밤이ᄂᆞ 쉬고ᄀᆞ라ᄒᆞ거ᄂᆞ 그집에셔 ᄒᆞ로밤을더셔

좃초 네루손을 ᄎᆞ자ᄀᆞ보니 거긔셔도 임의슈가되얏슨즉 다른곳에ᄂᆞ ᄀᆞ보라

고 그잇튼날 ᄯᅩ여긔져거 ᄎᆞ져다엿스되 혼곳도맛당혼곳이 업눈지라 ᄒᆞ일업시

집에도ᄅᆞ오니 모도듯고 대단히 락담ᄒᆞ면셔 일변은위로ᄒᆞ다라

십일

그잇튼날ᄋᆞ춤에 ᄶᅢ임스가 ᄋᆞ젹자리에 누엇슬ᄯᅢ에 문젼에사름의소리가 누

면셔 쥬인율ᄎᆞᆺ는지라 모가「누구오ᄂᆞ니 그사름이되답ᄒᆞ되「죳데 ᄶᅢ임스가 집

에잇셔오ᄂᆞ거ᄂᆞ 모가「그러와라 그러ᄂᆞ 젹어려ᄂᆞ지 아니ᄒᆞ얏ᄂᆞ이다」ᄒᆞ눈소

리가들니눈지라 무슨일인가ᄒᆞ고 귀를기우려드르니 그사름이다시 큰소리로

내가 이겨울동안에 ᄶᅢ임스롤 학교교소로 고용코져ᄒᆞ노라」ᄒᆞ눈지라 ᄶᅢ임스

가 이말을듯고 ᄆᆞᆺ차ᄒᆞ눌에셔 복이ᄂᆞ려온든시 깁붐을 익이져못ᄒᆞ야 곳이러

71

뎐 트 일 퓌 싸

십

긔록고뎌ᄒᆞ노니 이주션에 데일힘써주기는 누구냐ᄒᆞ면 써악게 학원쟝 ᄲᅮ란지

씨이니 처음에 ᄲᅮ란지씨가 쩨임스의 번한ᄒᆞᆫ 고쳥빅홈을보고 그학비를어디

주기위ᄒᆞ야 쇼학교교ᄉᆞ로 쳔거홀셩각이잇셔셔 말ᄒᆞ니 쩨임스가 그말을듯고

대단히됴와ᄒᆞ야 일변원쟝의 후의를 스례ᄒᆞ고 ᄯᅩ겸ᄒᆞ야 쇼긔ᄒᆞᆫ곳에 쇼긔ᄒᆞ

주긔를셩ᄒᆞ니 이ᄯᅢ에 ᄲᅮ란지씨가 ᄯᅩ말ᄒᆞ되「나는그ᄃᆡ가 보다시교ᄉᆞ노릇 홀던

흔사름인줄을 으노라」ᄒᆞ거늘 쩨임스가 그션두틔을무르니 되답이「그ᄃᆡ가 스물

샹애 열심이잇고 ᄯᅩ친졀ᄒᆞ야 시려ᄒᆞᆫ빗이업고 그다음에는 무엇이냐ᄒᆞ면 셩

각흔것을 분명히 누라닉논져 됴가잇고 ᄯᅩ는스물을 줄으로보고 히득ᄒᆞ니 이셰

ᄀᆞ지는 죡히교ᄉᆞ노릇ᄒᆞᆯ긔에 죠격이합당ᄒᆞ다」ᄒᆞ더라 그학긔가 뭇기셧지 이졍

과굿치목슈인노 젼량을어디 월스금이라던지 제잡비를부지ᄒᆞ야 ᄀᆞ고도오히려

여츅이싱기더니 그럭져럭공부ᄒᆞᆫ동안에 겨울방학을당ᄒᆞ니라

이ᄯᅢ에 쩨임스가 본집예도른ᄀᆞ 모쳔씌 교ᄉᆞ노릇ᄒᆞᆫ긔로쟉뎡흔말을효후에

다시학교에ᄀᆞ셔 교쟝씌쳥ᄒᆞ야 셩거ᄒᆞᄂᆞᆫ 셔찰을어더ᄀᆞ지고 도보로 멀긔 십여

리ᄂᆞ되는 흔촌학에 이르러 셔찰을젼ᄒᆞ고 죠긔의쇼원을말ᄒᆞ니 그학교에셔는

쩨임스의 나이 어리다ᄒᆞ야 거졀ᄒᆞᆫ지라 다시ᄀᆞ러 ᄯᅩ흔곳에 다다러죠긔쇼회

학예 둥스에둔 힘쓰니 모가 ㅇ즈의 ㅁㅇㅁ과 뜻이 고샹ㅎ야 졈을 못늬 깃거워ㅎ
더라

팔

여름방학 도 벌서지늬ㄱ고 긔학ㅎ 늘ㅈ가 되미 모가학교에ㄱ서 쓸것을 군
임스가 벗지안코 겨우길에셔 쓸로ㅈ뮨집어ㄱ지고 ㅎ눈말이「제가이것문ㅎ면 쎄
녀녁홀것이 이번에ㄱ면 쏘 그동리목슈에게ㄱ서 됴역ㅎ면 됴겟다」ㅎ야 집안에
셔 권ㅎ야도 듯지안코 쏘ㄱ릭되「ㅇ모것도업시ㄱ셔 무엇이던지 ㄱ지고 오면
무엇을ㄱ지고ㄱ셔 다업서버리고 오눈것부담 나흘뿐아니라 쏘이번학긔를」못
쳐게드면 겨을에눈 어늬쇼학교에라던지 교스가되야 샹당ㅎ월급량이ㄴ
불가ㅎ노이다」ㅎ고 곳발덩ㅎ나라 쎄임스가 찌악게 학원에ㄱ지 멋철이뮷되야
엇던사름이 조션스업에 쓸 긔부금을 모기위ㅎ야 궤짝을ㄱ지고 다니눈지라
쎄임스가 집에셔ㄱ져온돈을 쓰지안코잇다가 그궤에너어주니 가위대인군ㅈ의

구

우리가 일노브터 쎄임스가 겨을에공부식히눈 쇼학교의교스가 되던스실을
ㅎ눈일이 맛당히이러ㅎ을것이라 ㅎ리로다

헨리우일손 이라 ᄒᆞᄂᆞᆫ사름은 어려슬적에 촌구셕 토론회에셔 연셜공부를 익

히고 그후에 국회에 참여ᄒᆞ야 ᄒᆞᆫ토론가가 되얏고 영국의 큰졍치가 간닝구 라

ᄒᆞᄂᆞᆫ사름은 어려셔 학교에셔 시립시 국회를 승닉 닉던것이 타일에 국회의 원ᄎᆡᆼ

의 대일ᄆᆞᆯ 줄ᄒᆞᄂᆞᆫ 사름이 됨과 ᄀᆞ치 ᄶᆡ임스도 이토론회에셔ᄒᆞ던론난이 후일에

연셜 츌ᄒᆞᆯ긔 초가 되ᄂᆞ니라

철

젼 일 뤼 싸

그럿져렁ᄒᆞᄂᆞᆫ 동안에 여름방학이 되니 ᄶᆡ임스가 고향에 도르ᄀᆞ 그형 도ᄆᆞ스

와흠긔 다른사름의 손을 빌지아니ᄒᆞ고 모쳔을 위ᄒᆞ야 찬쟝을 밀드니 모가대단

히 깃거워ᄒᆞᆼ다라 ᄶᆡ임스의 사ᄂᆞᆫ디방도 젼일에 져 막ᄒᆞ던 산촌이 오날놀은인가

가쥴비ᄒᆞ고 힝인이락력부졀ᄒᆞᆼ야 사름이사ᄂᆞᆫ곳곳더라 찬쟝을 믿든후에 ᄯᅩ무슨

일 어던지 ᄒᆞ야가용을 써ᄀᆞ랴고 농부의 집에ᄀᆞ셔 쇠 쏠을 베여 주기와 김미기로

일숨ᄋᆞ 두달 휴가소이에 ᄒᆞ로도 쓸틱업시 허비치아니ᄒᆞ니 졋연히 가계의군

졸흥눈ᄯᆡ가 업시 지닐뿐외라 학교에ᄀᆞ셔 쓸물건도 쳐음버담은 넉넉히 쥰비ᄒᆞ

니라

ᄯᅩ밤이면 대슈학공부와 도셔관에셔ᄀᆞ져온 쳑권을슉독ᄒᆞᆯ뿐외라 이젼과ᄀᆞᆺ

치 비타기라던지 에리호슈에 놀고져ᄒᆞᄂᆞᆫ 성각이 죠곰도업고 다믄교육 종교

오

찌악게학원즁액서늬 미월에두번식 학도들로ᄒᆞ야금 론문을짓되 흔번은교쟝

이문대를닉여주고 또흔번은 학도의 임의디로 짓게ᄒᆞᆫ눈데 론문을지은뒤에

놉흔단예 올늬서셔 랑독게ᄒᆞ더라 ᄶᆡ임스도 이번에 그초래가된지라 성립에

쳐음으로 놉흔즈리에올늬ᄀ 여러사람의 압헤서셔 론문을랑독ᄒᆞ더니 무심즁

에 축기가되야 얼그면서 볼을썰고 겨우읽기를 못쳐뒤에 단예셔ᄂᆞ려와 동빅

엣배말ᄒᆞ되「뇌가섯던단엽헤 쟝막이잇기씸운에 뇌불이 썰너ᄂᆞᆫ것을 남이보지

못ᄒᆞ얏스니 만분대ᄒᆡᆼ이라」ᄒᆞ더라 그후십여년에 국회의원의 단에올늬셔셔

하를움지기게흔 웅변가도 쳐음에ᄂᆞᆫ이러흔일이 잇섯더라

　　륙

처음에 ᄶᆡ임스가 토론회에 참여ᄒᆞ야서ᄂᆞᆫ 언변이부죡ᄒᆞᆯ가 염려ᄒᆞ야 단예올

ᄂᆞ서기들 주져ᄒᆞ더니 얼모아니되야 이것도 즁인을압두ᄒᆞ기에이르니 항샹도

셔관액 드러ᄀ셔 론난ᄒᆞᆯ쥬지와 소상을 뎡ᄒᆞᆫ뒤에야 연단에스고스면 고담쥰론

이 것침업시ᄂᆞ와 교소와학도로ᄒᆞ야금 혀를뉘두루게ᄒᆞ니 간혹 반듸쟈 노릇을

흘젹예라도 줄 둘너뒤며 흔번연셜을시작ᄒᆞᆫ즉 발발흔졍신은 능허사롬으로ᄒᆞ

야곰 취케ᄒᆞᆫ더라

67

쩨임스가 말ᄒᆞ되「주머니밋쳐 벌셔드러ᄂᆞ니 우리가 오날 놀ᄂᆞ브터ᄂᆞ 품파리라도ᄒᆞ야 부비를 쓸도리를 츠리ᄌᆞᆺᄂᆞ니 죵형 울늬암이 무러ᄀᆞᆯ딕「무슨품공리를 ᄒᆞ랴ᄂᆞᆫ뇨」쩨임스「목슈노릇이로다」ᄒᆞ고 그근쳐에사ᄂᆞᆫ 윗도우오스 라ᄒᆞᄂᆞᆫ 목슈의 집에ᄀᆞ서 조역군이 됨을 쳥ᄒᆞ니 그목슈가 쩨임스에게 널판지ᄒᆞᆫ장을 주고 밀녀보니 줄미ᄂᆞᆫ지라 민우조와ᄒᆞ야 그러면공부ᄒᆞᄂᆞᆫ 여가에와서 일을ᄒᆞ야 보라ᄒᆞ거ᄂᆞᆯ 쩨임스가 되답ᄒᆞ되「낙가민일 이삼시간심열을보고 ᄯᅩ일요일에

트ᄂᆞᆫ 죵일을홀것이니 품삯은 나의일ᄒᆞᄂᆞᆫ것을보와서 뎡ᄒᆞ라」ᄒᆞ고 도라오니라 그잇튼놀브터 오쳥공부시쟝ᄒᆞ기젼과 오후네시공부를 못쳔뒤에ᄀᆞ서 목슈의집

일 가가읍해안저서 조역ᄒᆞ야주더라 이러케분주ᄒᆞ니 다른학도와ᄀᆞ치 노지도못ᄒᆞ고 ᄒᆞ편은공부오 ᄒᆞ편은품푸리로 셰월을보니니 ᄌᆞ연히 그간에 학비가풍죡ᄒᆞ

뛰 ᄉᆞ
싸쌍외라 민양집에ᄂᆞᆫ 삼ᄉᆞ원셕ᄉᆞ여츅이잇셔 모쳔쎄들이더라

공부ᄒᆞᄂᆞᆫ중에 대일 쩨임스의 ᄆᆞ음을 질겁게ᄒᆞᆫ것은 도셔관이니 그학원즁에 잇ᄂᆞᆫ 도셔관은 셔쳑슈가 겨우일빅 오십젼에 넘지못ᄒᆞ되 쩨임스의 눈에ᄂᆞᆫ 학문덩어리ᄂᆞᆫ 본듯기됴와ᄒᆞ야 틈틈히 그방에드러ᄀᆞ셔 공부ᄒᆞ더라

임스가 엽혜서듯다가 되답호되「우리들이 금과은을 등에지고 오지눈못호얏스

되 솟과긔명을지고 왓노라 호노라

마

쑤란지씨의 쥬션으로 이학원에서 조곰쉬여잇눈 혼로파의 집혼방을어드니

실닉가 렵착호고 더럽기눈더러우노 화로잇고 그겻테 교의세좌와 침샹두좌가

잇스니 악의악식에 관숙혼 저의들에게눈 으모것도 괴로울것이업스니 굿점용

퓌 이

그집에푸러놋코 밥지을쥰비를호더라

일

이

트 젼

찌악케학원에셔눈 종교를위쥬호눈학교로 학도의슈효가 남녀합호야 일빅명

이샹에 대단히성대호곳이러라 쩨임스가 학업을시작홀시 젼일과굿치 일심전

력을다호야 물리학과 산슐과 대슈학등을공부호니 대슈학의공부눈 이번이

처음이라 일빅남녀학도가 모다 쩨임스버담 됴흔의복을입엇스미 처음에눈 남

의읍혜 느ㄱ기를 붓ㅅ러러호눈빗이잇더니 얼무아니되야 학문이진보되야 일반

학원즁에 뛰여느미 혼사롬도쩨임스를 업수히녁이눈쟈가업더라 믹일 밥을즈

기손으로 지어먹더니 불편혼일이잇셔 그집로파에게 부탁호고 믹식 여간돈량

올집어주고 그외에 셔쳐소셔보눈부비와 일용에 즈긔집에셔 가지고온 돈

일십륙

십이환이 다업서지니라

65

사퓌일르젼

농야가면셔 돈을벌어ᄒ기로 작뎡ᄒ고 겸ᄒ야 ᄶᆡ임스가 그ᄯᅥ에 죵형뎨 월뉘

안과 헨리 를권ᄒ야 ᄀᆺ치 유학ᄒ기로뎡ᄒᄂ니라

ᄶᆡ임스의 속바지가 파상ᄒ야 겨우무릅을 ᄀ리게 된것을 ᄯᅥ눌림시에 모쳐

이ᄱᅬ먼셔 셕것ᄀᆺ치ᄒ야주엇스ᄂ 로비로말ᄒ야도 잇던뎐량은 병즁에다업시ᄒ

고 훌수가업스미 모가셰간놋을ᄲᅩᆯ러셔 겨우 이십이원돈을 민드러주니 머은시

골셔 ᄀᆺ울ᄂ오ᄂᆫ사ᄅᆷ이 셔울구경이ᄂ흘셩각이 간졀ᄒ며ᄀᆺ치 총량업시됴와ᄒ

면셔 ᄯᅩ무한ᄒ 회포를품고 길을ᄯᅥᄂ,나라

뎨팔장 ᄶᅡᆨ게학원에셔 공부ᄒ던시대

일

ᄶᅡᆨ게학원의 신학긔가 삼월오일이라 죵형뎨삼인이 이학원에 입학ᄒ랴고

도보로 지에스다 디방으로 향ᄒ니 이번길은 음식먼드ᄂ 긔물과 긔타일용물

품을 쥰비ᄒ야 등에질머지고ᄀ니 이눈제손으로밥지여 먹어ᄀ면셔 공부훌게

ᄎᆡᆨ이라 리슈ᄂ 불과 영국리슈로 십영리(우리나ᄅᆞ삼십역리)로되 길이대단히

험악ᄒ더라 그곳에 다다러ᄂ 셰사ᄅᆷ이 원쟝 ᄯᅡ니에루 뿌른지씨 를ᄎ저보고

입학ᄒ기를 쳥ᄒ딕 응락ᄒ고 익히셰사ᄅᆷ의 풍ᄎᆡ를 슬퍼

보다가 ᄒᄂ눈말이「실례의말이ᄂ ᄋᆞᄆᆞ 가셰가풍요치못ᄒᆷ을 알겟다」ᄒ거ᄂᆯ ᄶᅢ

64

인이되더라

구십오

젼 트 일 뛰 싸

가을이지느고 겨을이되야 십이월에 쪼학교에 긔기를 시작호니 이번에 온
교스는 스미유에루 쎄도스 라호는 쇼년으로 흉즁흔지됴와 학석이잇고 졉호야
쾌활호고 긔독교를 열심으로밋눈쟈라 모가 됴흔사롭이 왓다호고 그교스를 보
고 쎄임스의 공부식힐방법을 의론호더라 모가 쎄임스를향호야 네가 더조금묘
공부를홀셔되면 교스 노릇호기가 어렵지아니호려이나 이러호일에힘을쓰라호
되 쎄임스는 오직도 눈에빗뜻되와 휘둥이 오락가락호야 에리호슈에 놀던묘
음이 식지아니호야 식원히모친의말을 응죵치아니호며 엇지호삭닭으로 어
러케 쎄임스가 헝샹에놀기를 됴와호눈고호죽 다름아니라 젼일에 구리제죠
예잇슬셰에 되지아니호 이야기청을 막우읽으근탓이라 그러눈 이러흔조흔교스
의교훈을밧우후로 젺젺그 묘음이간호고 죵교를밋눈 스샹이깁퍼구민 모의긔
거워흔이 측량홀슈가업고 교스도 빌셔 쎄임스의 위인을집쟉호고 젼혀학문쥼
의사람이되여배호기로 힘쓰고 쪼일후에「자악제학원」에쳔거호겟노라호더니
이일이 쎄임스가 임평싱소를 당호눈긔를이나 일로브터 헝양에 놀고저호
눈쇼망을 버리고 쟝초학문죵의 사롭이되고 쟝초쎄악제학원에 입학호기로
뎡흔니 그러노본릭 학비를대여즙 형셰가 못되눈터이미 공부호눈여가에 로동

그딕로 굴푸려 하늘을우러러보면서 긔도ᄒᆞᄂᆞᆫ지라 그것을보고 스스로 탄식ᄒᆞ

야ᄀᆞᆯ되 ᄋᆞᄋᆞ 내가 병이드러오ᄂᆞᆫ줄을 모르시고 나를위ᄒᆞ야 몸이셩ᄒᆞ고 ᄯᅩ

ᄒᆞᄂᆞᆫ일이 셩공되기를 ᄇᆞ시ᄂᆞᆫ것이분명ᄒᆞ니 부모의은혜ᄂᆞᆫ 춤밤격ᄒᆞᆯ일이라ᄒᆞ

야 눈물을ᄂᆞ리면서「어머니」ᄒᆞ고 방ᄋᆞ로드러ᄀᆞ니라

구

이씩신지 쎄임스가 모에게 편지ᄒᆞᆫ번도 아니ᄒᆞᆫ지라 고로 모ᄂᆞᆫ성각ᄒᆞ되 ᄋᆞ

무지금신지 에리호슈즁에 슈부노릇ᄒᆞ고 줄잇ᄂᆞᆫ줄로 ᄋᆞ랏더니 이번에 별안간

병이드러 집에도ᄅᆞ옴을보고 겁ᄂᆞ야 그 고초격던말을듯고 놀ᄂᆞ고곤심ᄒᆞᄂᆞᆫ

온딕에도 그녀인의 굿센 신교심이잇서 스스로 안위ᄒᆞ며 째임스를향ᄒᆞ야ᄀᆞ

ᄅᆞ되「신령이 너를의호ᄒᆞ야 이호에도 어려ᄒᆞ실지나 안심ᄒᆞ야 긔도지어다 너

를보나 대단히 몸이쇠약ᄒᆞ얏스ᄂᆞᆫ즉 듯기도ᄒᆞ고 이야 긔도ᄒᆞᆯ말이 만ᄒᆞᆫ그러ᄒᆞ되

오ᄂᆞᆯ밤에ᄂᆞᆫ 일즉히 쉬ᄂᆞᆫ것이조켓다」ᄒᆞ고 ᄌᆞ긔ᄂᆞᆫ 진심ᄋᆞ로 우리ᄋᆞ즈를 위ᄒᆞ

야츅슈공더라 병셰가 놀로김허ᄀᆞ매 모가의원을청ᄒᆞ다 야을짓ᄂᆞᆫ다ᄒᆞ야 침식

을이저버리고 병을구호ᄒᆞᄀᆞ에 분주ᄒᆞ되 십여일젼신지ᄂᆞᆫ 부대ᄒᆞ던술이 다니

리고 피골이 샹련ᄒᆞ야 볼수가업더라 그러ᄂᆞ 모의경셩스러운구호에 효력이업

지아니ᄒᆞ야 그들이지ᄂᆞ면서브터 추추 차도가 뵈히며너 얼마아니되야 완전ᄒᆞ

62

붓잡고 쓰려잡으다니니 그줄이빅예민흔것이라 그것을인연흥야 겨우괴여오르
니라

이씩에 쩨임스가 싱각흐되 이일이우연흔일이아니라 신령이 흐흘쉬기를 주
어 나의목숨을 도으심이라흐야 열셩으로 흐늘섹 감소흔뜻으로 하례흐다라

그후로브터 모천의셩각이 더욱히간졀흐야 헤오티 이는모천이 항샹춤므음으
로 긔도흥신 졍셩이 신령에게 감동됨이라흐야 모의음이가 지즁흥을 감격히
넉이다라

팔

그러흔지 십여일을지느 우연히 독흔감긔가드니 심흥면 열병이될 염려가잇
지라 그러케굿세던 쩨임스도 병에눈엇지흘도리가 업스미 션쟝에게말흥고

고향에도라그기를청흐니 션쟝이그러흔사룸을 잠시라도 손에놋기가 어려우
느 병에야 만유흉호수가업서 곳허락흥고 물모던품삭으로 흐늘에 이섭소환식을

합흥야주더라 싱리에 처음되는 긱회를당흥야 병이침즁흥민 테력이쇠식을
린으히버담도 나약흔모양이되야 터벅터벅흥면서 향뎨에 도르글씨 젼일에눈

칠십오

반일에 다니던길을 이번에눈 으직 놀이붉기젼에써 눈길을 그날밤 열흔시지느
서야 겨우집에다다르나라 창름으로 방안을엿보니 모천이쵝샹에 셔쵝을놋코

61

심이셩길지라 하여흔 지위에거ᄒᆞᆫ단지 덕힘이잇스면 남이 다울어러보ᄂᆞ니 젼

즁인이 ᄒᆞᄂᆞ도쎄임스를 반듸ᄒᆞᄂᆞ사름이 업고 모다친ᄒᆞᆫ친구라 션쟝 ᄋᆞ모스도

쎄임스의말이젹고 실디로힝ᄒᆞᄂᆞ일이 민쳡ᄒᆞᆷ을 감복ᄒᆞ고 ᄯᅩ그학문이 도져ᄒᆞᆷ

울놀ᄂᆞ워ᄒᆞ더라 이ᄯᅢ에 쎄임스가 그즁불편히넉이ᄂᆞᆫ것은 물문ᄒᆞ쳑이 업ᄉᆞᆷ이

라 다문민일 보ᄂᆞᆫ것은 신문지ᄒᆞ쟝이니 뷘틈이업시 다ᄉᆞᆯ고 이ᄯᅢ에ᄂᆞᆫ 셔쳑버

담여러사름과 교졉ᄒᆞᆫ야 경령이만히싱긔더라

얼마아니되야 물모ᄂᆞᆫ적무ᄂᆞᆫ 그만두고 빅머리두루ᄂᆞᆫ사름이되니 이일을맛ᄎᆞᆫ

지 이삼삭동안에 쎄임스가 물속에 셧거기 열네번이라 어일이 젹무를계을니

ᄒᆞ다가 소ᄒᆞᆯ흔선닭이아니오 믹스에뉘몸을잇기지안코ᄒᆞ다가 실수ᄒᆞᆫ것이라민

나죵에 셕젓슬ᄯᅢ에ᄂᆞ 거의 목슘을보죤ᄎᆞ 못ᄒᆞᆯ번ᄒᆞ엿스니 그날은비가부슬부

슬 오ᄂᆞᆫ밤인데 그ᄯᅢ에 쎄임스가 잠이깁히드럿더니 션쟝의명령으로 빅머리

를둘누라 ᄒᆞᄂᆞ소리에 놀ᄂᆞ몽롱즁에 눈을부뷔고 이러ᄂᆞ빅머리에 굿구히ᄆᆞ서

줄을그르랴고 ᄋᆞ모리잡어당겨도 무엇에걸겻ᄂᆞ지 글니지안코 잡어다니ᄂᆞᆫ설ᆷ

에 도리혀 쎄임스가 슬녀물속으로ᄯᅥ려가고 누가구원ᄒᆞ야줄사름

이업스니 ᄯᅩ공표히 셕젼데ᄂᆞ 기ᄒᆞᆷ구녕야속이라 몸이다드러기 엿지ᄒᆞᆯ수업ᄂᆞᆫ

경우를당ᄒᆞ얏ᄂᆞ데 불힝즁에대힘으로 손에줄흔ᄂᆞ이 만치ᄂᆞ지라 그줄을단단히

흥되 듯지아니흥고 노흠이풀니지아니흥야 쩨임스를 저의모즛대신에 물속에

잡어넛코저흥눌때 쩨임스가 조금도 떠들지아니흥고 모음이를 빗속 구리텬
쓰힘속에 밀쳐써러치고 즛거도 그속에뛰여니려 모음후이 의비우혜에 울느
안저 그몫을꽉잡고 말흥되「모음후이야 인제도네가 사룸을히흘 모음이잇느냐

싸
노흔딕 무「줄못흥얏스니 용셔흥오」흥눈지라 쩨임스가 곳손을놋코 그손을잡으
이리켜주고 조금도 그를히흘둣술 뵈히지안터라

류

쩨임스가 션즁에잇눈 슐쥬졍군들을보면 은히 훈베흥니 다른사룸과굿트
면「어린것이 주져넘게 어른을 경게흥느냐」흥야 노흘문흔형샹군이도 쩨임스의
쳔졀흥데눈 감화가되야 항샹그말을 닛겁게들을뿐외라 모음후이도 감복흥야
흥눈말이「쩸은 츙영앟흔사룸이라 텬하에 그누가 쩨임스를 본뜰사룸이 잇슬

이오 슐도아니먹고 담베도아니먹고 남과 쓰호거느 입쓰름도흔적이업고 쓰버
즛말이라고눈 녯말에 구른티 옥은진로즁에 뭇쳐도 그빗을일치아니흔다흥더니
이러케험샹흥고 무지막지흔사룸 가운데잇서도 진실흔사룸은 항샹남의 존경

울벗눈느니 셰샹이아르주지아니흠을 한탄흥눈쟈가 이러흔말을드르면 즛괴지
뉘두루더라

쉬일트젼 사

스

이운하라 흥는것은 에리 호슈와 오하요 하슈의시이 쌍을 갑히 폿서 련락흥얏
스니 여기서 구리를 시러 구지고 핏쓰부르쓰 싸에 선지 구는것이라 ㅇ모스의
부리는빈는 일홈이 김셩호오 크기는 철빅셕 실는당두리니 사롬의슈는 일곱이
라 쎄임스가 흥눈일인즉 라귀두필의 엇긔에 빗줄을 민고 쓸기도흥고 첫축질도
흥며 봄이오면 심지어 라귀 즛눈데서 흠씩 즛다 십히 흥눈데 마부로말흥면 쎄임스
선지두사롬이라 이샤롬들은 민양 의리도모르눈 불학무식흔무리로 슐쥬정군
이아니면 노롬군이오 잡스러 유노린눈 쌕여니눈 밍셔 즈거리토 일솜눈짐셩에
굿구 운것이며 그간에서 조곰도 틈업시 즐샹죵죵기는 여간사롬의 능히 홀비아
니라 물을 몰기도 극히어려운것이 샐너 몰면 샐으 다쳑흥고 쓰길이험흥야 더되
면 더되 다쳑망흥야 그것도 슉슐이 되기젼에는 민우어렵다라

오

호로눈 쎄임스가 갑판우히에서 로를젓더니 풍랑에 갑작히 빅가기우러지눈
지라 급히 몸을 솟칠즈음에 것데서잇던 무ㅇ후이라흥눈 사롬과 무조처 그사롬
의 모즛를 물속에 션치니 그사롬의 나이는 삼십오셰오 몸붐히가 대단히크고
흔 심슐이 소오눈운지라 쎄임스가 놀눈 그사롬을 보고 스과흥야 용셔흥기를 쳥

58

락담이되느, 짐짓 션쟝을향호야 공순히 쇼회를말호고 쥬졍인이 됨을쳥호니

그거동과티답이 험샹호고 **소오**느워 곳걸링을뒤졉호듯 홀분와라 등을밀어니

치거늘 **쩨임스**가 그씩에야 비로쇼 셔칙과실디샹일이 다른줄을 크게 씨두료

세

니라

삼십오

삼

쩨임스가 밀녀느와 실심호면서 나무숨헤쉬여 집에서ㄱ저은 밥고리를글너

놋코 먹어구면서 감개훈 모음을억제처못호다가 먹기를맛천뒤에 모음에뇌기

지아니호는거름을 억지로거러 부두에셔방황호더니 홀연히등뒤에셔「쩜으쩜으

부르는소리가 들니거늘 놀느서 도르보니 그소리가 저편운하에 씨러잇는 흑져

근빅에서느는데「이샹호고느 네가 왜 여기왓느냐」호는사람인즉 종형 으모스

렛쟈라 서로우연히 맛남을깃거워호니 쩨임스가 곳 응락호고 으모스가 말

다시뭇되「그러면 우리빅라도 부려봄이엇더호냐」호거늘 쩨임스가 곳 응락호고

이라호때「그빅의 션쟝은누구뇨으」「내라」쩨「형이 션쟝이야」호야 「그러면 쩨

그빅에는 무엇을싯고 「구리철을싯고」호며 「그러면 그리홉시다」호야

서로작뎡호고 물을쓰울기를시작호니 월급은 호둘에 이십스원이러라

데 철장 운하에서 로동하던써의 수적

일 이

쎄임스가 집에도라온후로브터 양양불락하는 긔식이잇서 정신과거동이 엇전지활발처못하고 울울혼빗이 미우에 낫타느는지라 모가 저의불평혼씨닭이잇슴을집작하되 미리말하지안터라 쎄임스가 스스로 무음을 억제하기어려워하야 쏫을뎡하고 다시모천의 엽헤누으와 멀니써나는 모든전일파굿치하히막지아니하고 말하되 외양에 멀니가서 슈부노릇을하지말고 여리호슈애다니는 빅타는것은 관개될것업다하야 허락하니 쎄임스의 깃거운모음이 비호대업서 곳려비약간과 손구벽운 가방을판비하야구지고 모천을이별하고 크리프랜드로 향하야 구니라

쎄임스가 십칠연리 (우리 나라리슈로 오십칠혈팔리)를 도보로항하야 그늘 낫겨쥭하야 비가뵈히는 곳션지구서 그군쳐에민인 큰빅속에드러구서 션쟝을보긔를쳥할쉬 혼사롬이느오니 이는곳션쟝이라 쳐음에 보기젼에는 션쟝이라하면이젼에 보던이야기쳑속의 사롬파굿치 위의가당당하야 엄연혼쟝부로아릿더니이사롬을본족 쏫밧게막걸니집 노쥬의 거른무뢰빅와 다룰것이업눈지라 미우

56

가 보는 신문지는 더욱히 혼잣도 거르지안코 다 볼뿐외라 다른틈에는 근쳐 쳥
년회에 츌납하더라 쩨임스가 오십일동안에 나무일빅속을 샹약과굿치 다 버혀
노니 슉부도 쳐음말티로 샹을다 주고말하되 너는쟝릭에 영약한사름이 될여니
와 그러느 공부를 더하여야 흘이라 너는무슨목적이잇느냐하니 쩨임스가 되
답하되「나는 빗 타는사름이되 져훙노아다」하되 슉부도
대단히 불기하음으로 믈너더라 일을믓소츠믹 곳 슉부와누의에게 하적하고 집에
도르와서 삼젼남으지 오십환을 모에게 들이니 모가대단히 깃거워하더라
류월하슌을당하야 쓰다른 슉부 으모스가와서 일흘곳을 지시하니 영약리슈
로 오륙리학 곳허락하고 썩느그짜에 구서 칠월브터십이월신지 수기월간을 그
사름집의 츄슈를 보와쥴식 그씩에 나은어리되 괴골이강장하야 능히 로셩훈사
름의 일을감내하야 조금도 곤핍훈괴석이업스믹 쥬인도 대단히 긔이히녀기고
놀느워하니 미양으츰이면 오젼네시에 이러느서 곳일하기를시작하되 죵일료
록 쉬히지아닐뿐외라 쩨임스가 항샹말하되「남이흥눈일을 내들못흘 리치가잇
슬이오느야 구십류화품삭을 번다그지고오니 이씩에는 일을과히하기씁운에 별료

화식 하구십류화품삭을 번다그지고오니 이씩에는 일을과히하기씁운에 별료
히 쳥으 불름도 업섯더라

십오

나도 일긔 남즈로 뒤여 누셔 이굿튼 미리 훈련을 풀지못홍면 엇지사람인가 잇

슬어오홍야 일을홍다ㄱ눈 브르보고 보다ㄱ눈성각홍되 내가이일을 맛친뒤에

틱셔양박다에 널니떠놀지눈 못홀지라도 이조고무훈 호슈즁에라도 떠두니눈

사람이 되야볼이라홍더라

삼

이나무를버히고잇눈즁에 쩨임스와 굿치일홍던사람이잇스니 이눈덕국인이

라 이사람은영국말도 서투르고 쏘독기질도 줄몯홍미 쩨임스가 그것을보고

속으로암쇼홍더니 훈일헤가 지눈뒤에 각기제가 버힌나무 목금슈효를 헤여본

쥭의외에 그사람의목금슈가 저버담만훈지라 쩨임스가 처음에눈 이샹이 녁

이다가 다시성각홍니 이사람은 저눈호슈에 써ㄱ눈빗를 브르보노라고 그렁저

렁일을변번히 홍지못홍고 저사람은 독기질이 셧두르되 하눈을파지아니홍고

일을 훈섯돔에 저를익인줄을 셔다르니 그후부터눈 대단히후회홍야 다시눈브

ㅅ

이러훈일을 훌쎡에도 쩨임스가 칙보기를패처아니홍고 누의 매혜다쎼루에

베라던지 슉부쌘인돈 집에서던지 잇눈셔칙이라고눈 모다비러득가보되 슉부

54

기로뎡호니라 그러호지 슈일동안은 집에셔농소호면셔 조흔직업을구호더니

호로눈 뉘우씨부라호눈씨에 사눈 슉부가 추져와셔 족하를더려다가 별목을
식치겟다호니 모쳔이 깃거워호야 곳가게호니 이눈 쩨임소의 누의 매혜다쎄

루가 그따으로 시졉스리군 션둙이라 쩨임스가 쩌노 그곳에구셔 오릭군문에
남미가 상봉호믹 서로반기눈무움이 충량업더라 쩨임스가 군지슈일된후브터

별목에착수호니 그일인죽 호로에 나무두졈식버혀들이되 오십일간에 빅속을

버히면 호로에 일환식 주기로 숨이러라

이

이씩에 별목호던곳은 어딀꼬호니 애리 라호눈호슈가이라 쩨임스가 나무를
버히면서 효상을브르보니 물결은잔잔호야 맑기 류러와굿튼데 즁류에 떠구눈
져빗눈 쌍쌍히 오륙군육호야 쩌르기슐굣라여 사룸으로호금 무한호회포를 셩
케흥지라 호번억졔호얏던 쩨임스의 무움이 다시발호야 무슈호션젹을 불젹

무다 이젼에보던 여야기쵸속의사룸을 눈으로보눈듯호지라 혼즈말로 나도어
뇌씩늣 져빗속사룸들과 굿치일연슈를 즁류에쎼우고 돗을놉히다라 순풍을만
눈 평셩에 듯지도 보지도못호던 이국의산쳔경기를 널나구경호야 일만사룸
의보지못호던곳을 혼즈보고돗개드면 그씩에쾌활호무음이 엇더홀이오 셰샹에

53

쎼임스가 이분홀던일을 립신양명홀던날에 쳔구에게말홀되「그베집으회가

박티홀던일이 내평성의량약이라 그날밤에 흐즘도일우지못홀고 그집런장문쳐

두보고 싱각홀되 져계집으회가 나를고용군이라 부르지아니홀씩가 도로울것

이니 그씩를기되릴것아아나라 스스로민드니문 굿지못홀다홀야 분발심이놋

다」홀더라

데류장　벌목홀긔로일솜딘서되

일

쎼임스가 도르오니 날이임의 눗지되얏는지라 모쳔이 그의외로 집에도로옴

을놀는지라 그러느 쎼임스는 모쳔이놀는가 념려홀야 그스졍을 곳말지안

듯가 뒤에쳔쳔히 이야기홀니 모가말홀되「고용군이라홀눈말이 의례히 명예에

손샹될것이 아니라홀야 위로홀쌀이오 그리쑤즛지도 아니홀거늘 쎼임스가그

동안에 모흔돈 일빅섭소환을 모압폐 니노흐니 모가무러구른되「그러홀면 이

후브터는 무엇을 홀고져홀느뇨」흔되 쎼임스가 대답홀되「어머니 인졔브터는

빗듯고 다니는션인니뒤고져홀노이다」홀니 모가그불가홈을 대단하말홀야 ㄱ

로되「쎼임스야 네가만일 나를싱각홀면 그러홀망샹은 그만두고 다른신실흔직

업에 죵소홀라」홀니 쎼임스도 모의말솜을 져버릴수가업서 다시농소에 힘쓰

52

짜 쮜 일 로 젼

룸과 쥬인의 쌀이 잡담으로지저괴는데 만일 쩨임스가 눈치를보고 제 방으로굿
더면 됴왓거늘 쩨임스는 그러혼일에 으모셩각이업는스름이미 공부에 문참척
호고 잇는지라 계집으히가 춤기가어려워서 호는말인즉 고용호는사름들이야 그
문줄석가 되얏것문 농거눌 쩨임스가 그말을듯고 분긔가탱즁호야 그계집으히
를 쏘으보다가 말혼무딕도못호고 곳제방으로도믹와서 즈리에누어혼잣말노
「고용군」이말이 그계집으히의 입으로느 와 그러호거나 나는고용군인즉 고용
군이야 져경박혼계집으히가 경부와줄노는데 방학되는고용군이진졉호니 나
면서 이말을뇌표뇔스록 분홍과섭섭혼모음이 간졀호야 좀을일우지못호고 나
도남즛로계샹에 틱여느서 그드록모욕을당호야도 이집에잇서야호겟는가 그럴
불기를 기다려 쥬인의방에 굿서 홍직호니 쥬인이놀느 무러굴로되「어듸로 가」
업업지 리일으좀에 이집을쪄느 다시그러홀 욕을면홈문 굿지못호다호고 날이
호즉 쩨「오눌브터 집으로 굿쟈호느니다」호니 쥬인「쩨임스야 너의말이 셕닭
을알수업지아니호냐」쩨「아니오 져눈석닭이잇서오」호면서 다시는 으모말도호
지아니호야 쥬인의 의심호고놀님을풀지안코 도라보지도아니호고 곳집으로
도록오니 쩨임스의분항야 호눈것이 못처 옛적 대학쟈 뉴돈이 쇼학교에서 공
부홀적에 동모의불길에 쳐고 분항야 호던일과굿더라

51

륙십스

젹엽을 경흐게 녁임은 아니로되 셰샹에 이것외에 더됴흔직업이 잇슬지라 연
즉 큰빅라도라고 망망흔대히즁에 멀니써서 셰계각국의 산쳔풍경을구경흠도
남즈의 일대쾌스라 이에 이뜻을 모쳔셕고흐야불가 그러느 모쳔은 민스에 됴
심이 만흐시니 으므도 졸허락지아니실지라 그러면오날놀 이직엽을이되로 어
늬썩셔지 직히눈것이 올흘가흐야 혼즈걱정이분주흐니 이눈으모던지 이몸썩
다싱각흐눈일이라

젼

눈
흐로눈 쥬인이 쩨임스를 스랑흐눈므음이 간졀흐야흐눈말이「네가쟝릭에 나
와갓치 가리민드눈소업을흐야 볼 므음이업느냐 만일그싱각이잇스면 나의힘
디로도와서 네가독력으로 이스업을흐야 보도록 흐야줌으」흐니 쩨임스가 의외
로 딕답흐되「나눈빗두눈사룸이 되고져흔다」흐거눌 쥬인이우수면서「젹쇼년
이니가 그러흐싱각이잇다」흐고 그후브터눈 이러흔 근실흐으힉를 이러벌일가
념려흐야 더욱히후흐게딕졉흐더라

르

류

열

쩨임스가 그힉겨을을 줄지니고 그이듬히 스월에다다러 흐루봄에 쩨임스가
산슐공부를흐고 잇눈즁에 흔사룸이 초즛오니 이사룸은쥬인의쌀과 친근흔졍부

꾀

라 그씨에 쩨임스가 공부흐고 잇던방이 긕실이라 흔엽헤안젓섯눈네 지금온 사

싸

50

외라 그러투고 남에게 미움밧눈일도 업더라 학문을됴와ᄒᆞᄂᆞᆫ 쩨임스가 잠시

라도 최이업시 견댈이오 이에 쥬인의 집에잇눈 쇼셜권을 비러다가 틈틈잇스면

보더니 쇼셜즁에 한아토 본밧을일이 변변치못ᄒᆞᆯᄲᆞᆫ외라 도리혀사ᄅᆞᆷ에게 히될

것이만ᄒᆞ되 쩨임스의 ᄆᆞᄋᆞᆷ이 ᄯᅳᆺᄯᅳᆺᄒᆞ야 조곰도 히가업더라

셰

쩨임스가 너무글읽기를 됴와ᄒᆞ민 쥬인이부르기를 학쟈라ᄒᆞ눈데 쥬인에게

흔들이 잇스니 역시쇼셜보기를 됴와ᄒᆞ고 겸ᄒᆞ야 그동리에눈 데일ᄀᆞ눈 미인이

오 ᄯᅩ간혹 시를지어 신문지에닉니 총찬ᄒᆞ눈사ᄅᆞᆷ이 만ᄒᆞ며 쩨임스가 최보기

를됴와ᄒᆞᆷ을보고 그게집ᄋᆞ히가 주져넘게 총총도ᄒᆞ고 ᄯᅩ쇼셜권도 빌녀쥬ᄋᆞᆫᄒᆞ

퓌

고 ᄯᅩ우리노눈 쇼에 오라ᄒᆞᆫ더라 그러ᄂᆞ 쩨임스가 그게집ᄋᆞ히가 주착이업슬

분외라 그노눈 총총에 시원처못ᄒᆞᆫ일이 만ᄒᆞᆷ을알민 됴흔말로거졀ᄒᆞ고 다문

일

ㅁ듯 열두시가 지느기ᄭᅥ지 추어서 써가엽어도 불계ᄒᆞ고 다문쳠보기에ㅁ 졍

르

신이업더라

젼

ㅅ

쩨임스가 최을보면 ᄌᆞ연히 시ᄉᆞᆼ각이ᄂᆞ고 시ᄉᆞᆼ각이ᄂᆞᆫ즉 ᄌᆞ연히 그ᄉᆞᆨᄌᆞ긔신

오십々

오

셰롤 ᄉᆞᆼ각ᄒᆞ야 ᄇᆞᆫᄉᆞᆼ으로 쟝릭쳐셰지방을ᄭᅮᆼ구ᄒᆞ야 혼ᄌᆞ말노 나의 오ᄂᆞᆯᄂᆞᆯᄒᆞᄂᆞᆫ

49

칙율손에 눗치아니ᄒᆞ고 ᄯᅩ으츔에 공쟝에ᄃᆡ일 먼저ᄀᆞ는사름은 ᄶᅦ임스오 전역

ᄶᅥ에ᄃᆡ일나죵에 ᄂᆞ오는사름도 ᄶᅦ임스라 이럿캐부즈런ᄒᆞ미 쥬인의신용도 날

로두터워ᄀᆞ더라 ᄒᆞ로ᄂᆞᆫ 혼사름이 짓셤을ᄀᆞ지고 와셕여긔 지스물닷셤을 ᄀᆞ저

왓노라ᄒᆞᆫ면서 짐울글너 눗눈지라 젼일에ᄂᆞᆫ 농부가ᄀᆞ저 오눈지를 벌로 저울에

다르보아니ᄒᆞ고 스ᄂᆞᆫ일이 문흐미 혹고 악흔사름이 일부러 즁량을 속히눈쟈

가 잇스미 이번예 이사름도 그법을ᄒᆡᆼᄒᆞ랴ᄒᆞ더라

ᄶᅦ임스가 이일을알고 「내가흔번다륵보겟다」ᄒᆞ고 천히다륵보니 이십오셕이

실은 이십이셕쳐밧게 아니되눈지라 ᄶᅦ「이십일셕이아 니냐」ᄒᆞ니 그사름이 되

답ᄒᆞ되「그럿치안타 졍령 이십오셕이라」ᄒᆞ야 굴ᄒᆞ지안커늘 ᄶᅦ임스가 되답ᄒᆞ

되「그러치아니ᄒᆞ니 만일의심이 ᄂᆞ거던 네가친히 다륵보고 ᄯᅩ그리ᄒᆞ야도 미

심ᄒᆞ면 여러사름에게 다륵보게ᄒᆞ라 우리집에서눈 스물두셤 갑외에눈 더줄수

엄노라」흔즉 그사름도 흘수업서 그듸로 보듸 ᄀᆞ지고 굴셔 뭇츰쥬인이 오눈지

라 그이야기를ᄒᆞ얏더니 쥬인이그말을듯고 더욱히 신실히녀이더라

삼

모가처음에 염려ᄒᆞ던겻과 굿치 공쟝안에 잇눈무리들이 모다샹스럽고 주착

이업눈사름이라 그러ᄂᆞ ᄶᅦ임스가 ᄆᆞ음을굿게먹음고 조곰도 ᄯᅳ을니지 아닐ᄲᅮᆫ

눈 도흔지 업어 못된다 ᄒᆞ거ᄂᆞᆯ 쎄임스가 눈을둥그럿케쓰고「왜요」모「그러흔일을

ᄒᆞᆫ사롬즁에ᄂᆞᆫ 바루흔쟈가 만흔싯닭이라」ᄒᆞᆫ딕

조쳐못흘일을 횟흥눈사름이야 어딕업ᄉᆞ오릿가 저눈 그런사름을 상관치아니

ᄒᆞ고 다ᄆᆞᆫ일에 던 힘쓰을이다」모「너의 ᄆᆞ음쓰는것은 됴키눈됴흐되 사름의뜻이

란것이약ᄒᆞ야 잇더흔ᄆᆞᆫ괴에게 침혹흘지 모르ᄂᆞᄂᆞ 됴심ᄒᆞ라」ᄒᆞ야 그리됴와ᄒᆞ

눈빗이 업눈것을 쎄임스가 강쳥ᄒᆞ미 부득이허락ᄒᆞ고 쎠늘씩에 모가다시 쎄

임스를 향ᄒᆞ야ᄂᆞᆫ말이「네가이번에 쎤돈씨의집에 ᄀᆞ눈일이 흑은 상딕가 너

의운슈를 여러주시눈 시초가되눈것인지 알수업스니 너눈항샹녀의몸을 죵ᄒᆞ

녀여 졔반쎄임에 혹ᄒᆞ지말고 ᄒᆞ눌의명ᄒᆞ신 분을젹히라」ᄒᆞ더라 쎄임스가 쎡

돈씨의집을추져 ᄀᆞ리민드눈 사름이되기를 쳥ᄒᆞ니 쎤돈씨가 흔연히영졉ᄒᆞ

더라

이

가리를민드눈 일터에눈 틔쓸이 구득ᄒᆞ야 미우지져분흘뿐외라 지를글더ᄃᆞ

리지안코 일편졍신을다ᄒᆞ야 무지각ᄒᆞ고 그탄업눈 직공총즁에 쎄임스눈 조곰도ᄃᆞ

ᄒᆞᆯ수업스ᄂᆞ 그리샹등구눈일이라 ᄒᆞᆯ수업스ᄂᆞ 쎄임스눈 조곰도ᄃᆞ

분주ᄒᆞ민 쳘이라고눈 녁로보미 일홈글틈이업셔 그러ᄒᆞ되 조금ᄆᆞ흠름이라도 셔 쓰히여 공역에

47

전 르 일 위 싸

모와두는 광을짓는처소에 구셔 부역흘식 이광속에 큰가 무를거울고 짓울을싀려

셔 탄산가리 라흐는화학약을 제조흐는데 그물건을 정긴흐개된길기젼의 물건

을 뿌로구 술쓰 라흐니 그뜻은「검은소곰」이라흐미 오 쪼그것을민드는사름들

검은소곰졔조인이라흐고 그짓물에서 흐르는소곰긔운이니 짓물이 묻느면 그

남으지덩어리눈 그빗이검은셕달에 이러케 일홈흥이라 아디방농부들은 농국

을타 나무구지를셕거다가 만히쓰으노코 불에틔셔 저를민드러 탄산구리민드

눈 사름에게풀더라

쎄임스와목수가 이광을지은후에 목수가 쎄임스를 이집쥬인에게쳔거흥되

무슨일을식혀보라흐되 그쥬인의월흠은 싸돈 이라 싸돈이말흥되 이으히가응

락문흥면 훈달에 이십팔원과 그외애 스원을특별히 주겟노라 흐거눌 쎄임스가

이말을듯고 홍눈말이 저도근본브터 십허흥던일이니 모천씨고흥고

오깻노라흥고 집으로도라오니라

그씩에 쎄임스의 나이거우열다섯이라 이러케어린으히로 월봉이 이십팔원

이라흥면 셰샹에드문일이미 모슴에민우깃거워흥야 모쳔도 곳 허락흘줄로알

고 집에드러스면서 곳「어머니 썬돈씨가 훈달에 이십팔원 월봉을줄터이니 가

리민드는일을보라흥니 엇더흥여오」흥니 모쳔이 종용히말흥되 그일이 너에게

하로는 스밋스 라ㅎ는사람이 싸쮜일트집에와셔 쩨임스의 모를 향ㅎ야ㅎ는
말이 쩨임스에게 청홀일이잇스니 좀보닉기를브란다ㅎ거놀 모가되답ㅎ되 무
슨일이잇느뇨ㅎ즉 스미스「우리밧헤 박하를심고 히무드 그벗테풀썹는 으히이
십인식을 고용ㅎ는데 으히들이 민양일ㅎ기를와 지아니ㅎ니 불가불 쩨임
스가 잇서야쓰켓기에 청ㅎ노라」ㅎ는지라 모가다시 왜잇서야 홀션두터올무르
니 스밋스 대답ㅎ되「쩨임스는 으히들즁에 세력이대단ㅎ야 으히들이 쯔뎨를
두려워ㅎ고 궁겸ㅎ야명령을 즐겨슌죵홀뿐외라 쪼즈데가 이야기를 즐겨ㅎ기썩문에
으히들이 모다그이야기를드르면 황홀ㅎ야 듯기를죠와ㅎ고 쏘일기도 괴로운
죨을모른다 ㅎ는거놀 모가듯고 곳허락ㅎ니 쩨임스가 스밋스를싸르가셔 으히들
의대쟝이되야 젼일에 알던이야기를 죠마가잇게ㅎ면셔 일을ㅎ니 으히들이 모
다긧거워ㅎ야 부즈런이일을ㅎ더라

대오쟝 가리를밋드는사람이됨이라
일

쩨임스가 풀썹기를 뭇친뒤에 목수를싸르ㅅ 곡간건츅ㅎ는데 일을보더니 금년
에는 즈긔집에셔 십영리 되는 머은곳 크리프린드라 ㅎ는싸에 ㅅ겨 나무지롱

45

네지ᄂᆞᆯ문흔길이 녁녁ᄒ지아니ᄒ얏ᄂᆞ뇨」흔ᄃᆡ 남ᄌᆞ「이놈들아 주져넘은소리

그문두라」ᄒ야 크게꾸지즈니 ᄶᅦ임스가 쓰기문히 대답ᄒ되「그것이우리의죄가

아니오 다문즈네탄불이 둔흔셕담이니」ᄒ고 링슈ᄒ면서 말ᄒᆞ니 저남즈가 노

긔를더욱히층지못ᄒ양야 흔주먹에두ᆞ히를 구러치라ᄒᆞᆼ거ᄂᆞᆯ「그러면우리가 면

저ᄂᆞᆼ면서 ᄶᅦ임스가 우뢰소리ᄀᆞ흔 목소리로 쑤지즈며 몸을소ᄉ주먹을쓴 쥐

고 그사름의옵ᄋ로 달녀드니 그사름이 위풍에놀ᄂ 담이써러진지라「먼져무엇을

ᄒ얀」ᄒ고 무르니 ᄶᅦ임스가 ᄯ우뢰ᄀᆞ흔소리로「네가 우리를 써리기젼에 늬가

녀를먼져써리고져흔다」ᄒᆞᆼ니 저사름이 그긔운에놀ᄂ 슬몃슬몃히 몸을피ᄒ야

물게올ᄂ쳐를치며 도망ᄒᆞᆫ지라 뒤에셧던두ᆞ히가 그거동을보고 어히가업서

그겁졍이됨을 됴쇼ᄒ더라

두ᆞ히가 주막에셔써ᄂ 집으로도ᄋ오ᄂᆞᆫ길에 도원이 ᄶᅦ임스를향ᄒ야 말

ᄒ되「ᄶᅦ임스야 즈네ᄂ 용긔가잇ᄂ 사름인것이 그ᄶᅥ 즈네가 지르던소리ᄂᆞᆫ 못

쳐벽락이 써러지ᄂᆞᆫ것 굿ᄐᆡ 즈네소리를듯고 도망ᄒᆞᆫ놈이야 못싱기기도 ᄶᅡᆨ이업

도다ᄒᆞᆫ니 ᄶᅦ임스가 딕답ᄒ되「나ᄂ항샹무엇이던지 무서워ᄒ지안켜를브른다」

ᄒ더라

　　십

지라 무엇이라 소리지르는고ᄒᆞ니「얘들아 비켜라 비켜라 뉘가 급ᄒᆞᆫ일이잇서면

저ᄀ것다ᄒᆞ야 말ᄒᆞᆫ모양이 교만무례ᄒᆞ야 듯기어렵더라 두으히가 말ᄒᆞ되「

먼저 ᄀ지못히ᄂᆞᆫ호면서 곰비를 단단히잡고 ᄒᆞᆫ번쳐를치니 말의닷눈형샹은 멋치

주린범이 술ᄭᅥᆫ음키를물고 산샹으로ᄀ러ᄂᆞᆫ듯ᄒᆞ고 겸ᄒᆞ야ᄶᅥ르기 술ᄭᅩᆺᄒᆞ니 누가

그뒤를ᄯᅩ르이오 뒤에오눈남즈ᄂᆞᆫ 이것을보고 닥욱히분심이 팅즁ᄒᆞ야 여뉘쳐

를쳐며 술이열거니 취ᄒᆞᆫ목소리로 비겨라비겨라 호령ᄒᆞ면서 조츠올서 서로샹

거가 활혼빗탕이 셜흐지라 의ᄶᅥᆨ에 에도원은 일부러 등뒤로물을둔녀 도르다

니며 간간히 저 취ᄒᆞᆫ남즈를 손짓ᄒᆞᆫᄒᆞ도리ᄒᆞᅵ「쎌나ᄯᅥᆨᄆᆞ오라」ᄒᆞ야 묘롱ᄒᆞ면서

ᄉᆞ영리ᄂᆞᆫ되ᄂᆞᆫ 혼주막거리에 곳다다러ᄂᆞᆫ 쩨임스가 소리ᄒᆞ되「불어려 어름ᄭᅩᆺ

흐니 잠간아주막에서 불을녹이자」ᄒᆞ되 에도원이 대답ᄒᆞ되「그말이어러 어럽고

두사람이 물캐ᄂᆞ려 주 막집에ᄃᆞ리ᄀ서 화로가에 몸을녹인지 얼ᄆᆞ아니되야「

가소리지르던 취ᄒᆞᆫ이 ᄯᅩᄒᆞᆫ그곳에당도ᄒᆞᆫ지라

이두으히를보고 노긔가발발ᄒᆞ야 크게소리질녀 말ᄒᆞ되「반지ᄲᅥᆫ른요놈들아 좀

모저보라」ᄒᆞ고 주먹을불ᄭᅥᆫ쥐고 ᄶᅥ리려ᄒᆞᆯ즈음에 에드원이 놀ᄂᆞᆫ「왜 ᄶᅥ리랴ᄒᆞ

ᄂᆞ냐」ᄒᆞ되 남즈「그문ᄒᆞ면 알것이지 그리비겨라고 말ᄒᆞᆫ야도 듯지아니ᄒᆞᆫ얏스

니 ᄒᆞᆫ번ᄆᆞ저보라」ᄒᆞ거늘 쩨임스가 종용히말ᄒᆞ되「우리가비켜지아니ᄒᆞ야도 ᄭᅩᆺ

43

둘너 향방을엇는 모양과굿처 쩨임스의 웅심이발발ᄒ야 금처못훌지라 이ᄲᅳᆷ

눈마음을 모천ᄭᅥ고ᄒ야 쟝초멸니쩌ᄂᆞ 학문을넘니고저훌시 됴심문은모가그

ᄯᅳ슬짐쟉ᄒᆞᄂᆞ 그러ᄂᆞ 쩍가ᄋᆞ적일ᄆᆞᆷ을 넘녀ᄒᆞ야ᄆᆞ르되「조금문 더ᄂᆞᆼᄉᆞ예힘쓰

라 그러ᄒᆞᄂᆞ라면 조연신령이 반다시 너를 널은세상에 인도ᄒᆞ야주실 ᄂᆞᆯ이잇

슬리라ᄒᆞ더라

싸 퓌 일 르 젼

모천의말을좃초 섭오세ᄇᆞᆨ이ᄅᆞ기ᄭᅡ지 고향에잇서 농업을힘쓰되 틈이잇ᄂᆞᆫᄯᅢ

에 목수를싸ᄅᆞ구서 부역군노릇도ᄒᆞ고 ᄯᅩ겨을이면 학교에 드러ᄀᆞ서 공부를힘

쓰니 십오세예이ᄅᆞ러ᄂᆞᆫ 긔골이 웅장ᄒᆞ야 무리에 ᄲᅱ여ᄂᆞ미 동리ᄋᆞ힘ᄒᆞᆼ에 대

일힘이세워저 ᄃᆞ름질과뜀뛰기를 줄ᄒᆞᆫ야 능히 그적ᄑᆒ를 ᄯᆞ를쟈ᄂᆞᆸ는쟈라 목

수 도리도가 말ᄒᆞ되 소버담 힘ᄒᆞ세다」ᄒᆞ야 충찬ᄒᆞᆼ야고 ᄯᅩ열네ᄉᆞᆯ되던ᄒᆡ 성일

림시쯤해ᄂᆞᆫ 열여ᄃᆞ랍ᄉᆞᆯᄆᆞᆨ은ᄋᆞ 히ᄆᆞᆫ훈힘과 례격이되더라

구

이다음에말훌것은 쩨임스가 열네ᄉᆞᆯ되던ᄒᆡ 겨울에 항ᄒᆞᆼ훌 훈구지가 잇스ᄂᆞ

ᄒᆡ로ᄂᆞᆫ 쩨임스가 에도원 이라ᄒᆞᄂᆞᆫ동모와 굿처물을타고 크리프린드ᄭᅥ지ᄀᆞᄂᆞᆫ

데 두ᄋᆞ희가 다 물을줄타미 저의 무ᄋᆞᆷ것 멸니굿다가 다시회뎡ᄒᆞᆫ눈길에 좀로

에셔 누가크ᄭᅦ 소리를 지르며 ᄎᆞᆺ초오ᄂᆞᆫ사름이잇스녀 이사름도 역시물을들ᄂᆞᆫ

42

스의 업호로 모혀드니 째임스가 엄연하오저하는말이 「너의 호고십흔뒤로 호기

눈호되 그뒤신에 나버 담약흔 이오히눈 건데이지몯눈」호니 쟈란군들이 뒤답

호되 「너눈 왜 그리 이오히의편을드느냐」호거눌 째「이오히눈 친부도 업고 형

도업스민 나눈이오히를위호야 오비도되고 형노릇도호고저홈이라」호뒤 쟈란

군이들중에 혼오히가잇눈말이 「오버지의 씸오, 형님의 씸오,」호야 큰소리로죠

롱호니 여러오히도 그말을좃초뵤롱호더라 이러케 즛긔몸으로써 약쇼흔쟈를

편드러 다유흔사룸에게 굴처아니호니 그넉넉호고엄연흔의과논 가히스랑홀만
호도다

팔

십일월에 추수를 뭇친지라 째임스의 졍직호고민쳡홈을 스랑호눈목수 도리

도가 쏘와서 창고세우눈데 부역호라호니 일공이 일환이라 째임스가 이번에

도 삼십환돈을버너라 째임스의 나이 십삼세니 그히겨울을 당호야 쏘학교에서

지학호니 째임스가 서공부호고 그여가에 다분셔쵯즁에서 다시뵤흔것을 츄

려숙독호고 산술은 혼즛연구호시 이제 째임스가 져의거쥬호눈짜 오레인지

디방외에 쏘로동호야 돈을벌문호고 빗울문흔 곳이잇슴을아니 어린붕셔가 눕

기를버리고 쟝츄호눌노 놉히눌나호야 오리 갈니던 제둥우리에서 머리를 뇌

41

싸 쾨 일 트 견

가될너라

칠

양이를 썩리지는아니ᄒ얏지」쎄「썩리지는아니ᄒ얏스되 썩린것과 것혼것이 고

양이가 놀누다른 눗스닛가」ᄯᅡ「그럿토록 어렵게말 물것이아니 고양이눈 고양이

될ᄲᅮ니아니라ᄒ혼딕 쎄임스가 ᄯᅩ쥰졀히수지져ᄀ른딕「그러면 너눈그러혼 리치를

을ᄒ듸ᄒ눈데 말ᄭᅥ리를슴느냐ᄒ혼딕 썩핏도가 뭇춤닉 그말에굴ᄒ야 모든즘셩

러혼일을아니ᄒ갯노라ᄒ더라 연죽 져 쎄임스눈 고양이를듸ᄒ홈과 것처다른즘

셩도 ᄉ랑ᄒ올것이오 ᄯᅩ다른즘셩을 ᄉ랑ᄒ눈ᄆᆞ음은 사름을ᄉ랑ᄒ눈ᄆᆞ음의 기초

쎄임스눈 무슨분호 일이잇던지 복슈ᄒ올ᄆᆞ음은 틔셜문쳐도엽고

레ᄋᆞ히룰 ᄉ랑ᄒ고 위로ᄒ기를 간졀히ᄒ눈데 학교ᄋᆞ히즁에 져와것처부쳔을

조실혼ᄋᆞ히ᄒ나이잇스니 ᄋᆞ비가 엽슬ᄲᅮᆫ와라 형도엽스미 나이ᄆᆞ흔ᄋᆞ히들이

ᄒ샹이ᄋᆞ히룰 괴롭게구눈지라 ᄒ로눈 여러ᄋᆞ히들이모혀 그ᄋᆞ히룰 조롱홈을

ᄯᅢ임스가 보고 그ᄋᆞ히들을 향ᄒ야말ᄒ되「어린ᄋᆞ히룰 괴롭게ᄒ눈것은 못성긴

즛이니 만일아ᄋᆞ히룰 놀니고십거던 그만두고 그딕신에 나룰조르라」ᄒ딕ᄋᆞ

히들이「무엇이야 너룰놀니녀 뇨타 그리ᄒ쟈」ᄒ고 작란군들이 ᄌᆞ미잇게 쎄임

눙야 반틱ㅎ니라

편히 쉬눈눌에 그러훈일을 흠은 올치못ㅎ다 ㅎ눈 밋눈ㅁㅇㅁㅎㄴㄴ 조긔의 됴

하눈것이던지 혹 천훈천구가쌔인다던지 불게ㅎ고 준졀히거졀ㅎ야 이습관

은 쌔퓌일트가 평성에힝ㅎ눈규모로 ㅎ여효수졍이잇던지 흔번울처못훈줄로

알면 으모리 쳥ㅎ눈사룹이잇던지 권ㅎ던지간에 조금도 셔습거ㄴ 모효ㅎ틱도

쌰

가입시 반되ㅎ야 이긋션뜻은 어렷슬적브터 이러훈령령세쇄훈일에씨지 밋더

젼르일퓌라

류

쌔임스의집에 늘근고양이 훈무리를 길으니 쌔임스가 데일스랑ㅎ야 동모와

굿처노눈지라 훈로눈 쌔임스가 이고양이와 흘리놀더니 싸픳도가 츠져와셔

법안간에 돌멩이룰 드러고양이눈을 향ㅎ야 던졋스ㄴ 고양이가 급히피ㅎ야

집안으로 드러ㄱ가셕문에 고양이눈못지안코 쌔임스가ㅁ즈니 「쟉난ㅎ지마라」

ㅎ고 쌔임스가 크게소래룰 지르니 싸「무얼고양이쓸쎡리기야」ㅎ니 쎄「고양이

오십삼

룰 돌로쎅리눈것이 고악ㅎ지아니ㅎ냐」싸「나눈녀의집고양이로아지못ㅎ양다」

니 쎄임스가 쪼말ㅎ되「나셕은동물을 학디ㅎ눈것을볼수업다 싸「내가고

쎄「뉘집고양이던지 고양이눈고양이지 쥐눈쥐지」ㅎ야 싸핏도가 일부러숭ㅎ

39

이쌔에도 쩨임스는 오지거을혼철문학교에 다니는 그러하는 학력이션셩버

담 도로혀노훈지라 져 쩨임스의 뭇논것을 교스도 능히분명히뒤답하젹이드

물뿐아니라 산술문뎨에 이르러셔는 교스가 오모리셩각하야도 아지못하는것

도 져오하는 쉬울배해셕하야 교스와다른학도들을 놀니는일이죵죵유지하더라

용밍훈사름의 소젹과 위험훈일을만히 형호사름의 이야기쳐를 됴와하기는 어

린오히들의 버릇이어니와 쩨임스도 이버릇이잇셔 쯔미잇는이야기쳐를즐겨보는

대 그즁에 로빈손 이라하논사름이 머얼니표류하야 지뉘던 수젹을보기를 뎨일

됴하항더라 쩨임스가 봄이면 팬솔볼틔우는 화로것데 안져 이쳑의기를 셰네

번에지닛스되 실여하지아니하요 가외여 요셥 이라하논사름의이야기쳐도 보

기를됴하하야 동모들과 셔로 둔녀가며 한글분화라 학교에셔 공부하논 외에

지식을늘니기를힘쓰더라
오

흔히여름에 쌰픳도 라하논동모가 초져와셔 쩨임스를향하야 발하되 도로오

논일요일에 오모동모의집에 놀나 그쟈흔티 쩨임스가 뒤답하되 일요일에는 분

가항다쌋다 「왜」쩨 「일요일은 편히쉬는날이민 우리어머니가 허락지아닐터이라

리누라신화이원)를주니 쳐음으로 미국구리돈빅키를 빗다 호쥬머니에 너을쎅

에쎄스임의 마음에 깃거움이 엇더하얏스리오「호로에 원슐나 쌕이나 내가만

일 칠십오일믄 일을웅 면 꼭 우리형이 미시킨에서 일호고 모쳔의옵혜 어더온돈과 굿썻다

누야 독쟝스의 구구번을혼즈노으면서 급히집에도르와 모쳔의옵혜 뉘여노코

「어머니 이것뿐이오」호고 짓걸이니 모「얼무나 쎄임스야」쎄임스「원슐누오」

모「무엇이야 호로에 원슐누라니」 그러호야 어머니 뉘가 호로에 널판지빅

쟝을밀엇셔오」이럭에 그모의마음이 으모도졈일에 그형이 집지울부비라호야

일버러온 일빅오십환 돈버담도 더깃거워호얏슬이로다

삼

호로는 목수 도리도가 쌔퓌일트 의집에와서 그모쳔을향호야 말호되 쎄임

스를위호야 묘흔직업을쥬션호마호니 그누드른것이아니라 그쎅에 보인돈 이

라홍눈사름이 창고를셰우눈데 와서조력을호깨드면 일공으로민일에 팔십젼

이누 혹일환푸삭울쥬무홈이라 쎄엄스가 이말을듯고「모쳔아 인제논우리운슈

가 틔엿다」호고 곳허락호고 그묵수를쓰르고 부역군이되고 일변운민일 이삼

시간식 틈울타서 도리도에게 긴요흔긔술을 공부호더니 그일이뭇쳔뒤에 민일

일환식세음호야 소십일공가 소십환을어드나라

다른일을홀수가 잇겟느뇨째 그러ᄒ기에 농국을타서 그리홀성각이고 무엇이던지 도급을못터ᄒ고저ᄒ노아다」모「그리ᄒ면 토기ᄂ흐ᄂ 모르기ᄂ 모르겟스되 으ᄆ너를못길믄흔도급이 업슬이로다」째「좌우간에 목수 도리도 에 배구서 청ᄒ야불이다ᄂ고 모의응낙을 드른뒤에 곳 도리도 의집으로ᄀ나라 도리도가 째임스의옴을보고 대단히깃거히ᄆ지며 무슨일이잇서 왓느냐흐되 째임스가「도리도요 나에게 무슨일이던지 석혈일이 잇스면 멧푼에던지 못기기를브르노라」흐니 도리도가「그대가 다른으희와굿치 개으르지아니홈을익히아느니 그대의ᄯᆺ티로홀이라ᄒ고 ᄀ르듸 그러면 이가가의싸인널판지를 미러주되 줄밀어주면 호쟝에 신화이졉서 쥬마」흐거늘 째임스가 의외에 저의ᄯᆺ되로 됨을 깃거워ᄒ야 집에도르ᄀ 모쳔씨수유를 밧다가지고 목수의집에ᄀ서 밀기를시쟝ᄒ니 널푼지의기리ᄂ 열두즛라 흔굿깃분모음으로 ᄉ삼이ᄂ도 씻지안코 괴로와도 괴로온줄을모루고 식졉브터 젼역석진지 쉬히지안코 밀더라

「도리도 아젓씨 널판지민것을 보와주시오 박쟝을밀엇소이다」도「박쟝을밀 그러게 만ᄒ밀수가잇는가ᄒ면서 밋지아니ᄒ거늘 째「아니오 춤말노 박쟝을밀 엇스니 헤여보시오」들넘업시 빅쟝을훌융히 밀엇는지라 로련흔 저목수도놀ᄂ 고 어히업서 어린구석업ᄂ 지죠를 못ᄂ칭찬ᄒ고•상약과굿치 품사 현ᄉᆯ나(우

36

런일을됴와ᄒᆞ여」ᄒᆞ면서 긔위색군녈판지를 목수에게쥬니 목수가말ᄒᆞᄃᆡ「종일토록 이것만ᄒᆞ면 그리즛미도업ᄂᆞ니 그리ᄒᆞ고 밀기를 더줄ᄒᆞ랴면 기름ᄉᆞ발이

ᄂᆞ 짜야ᄒᆞᄂᆞ니ᄒᆞ고 우ᄉᆞ니「기름ᄉᆞ발짜ᄂᆞᆫ것이무엇이야」ᄒᆞ고 쎄임스가 총발이로무른뒤 목수가뒤답ᄒᆞᄃᆡ「그ᄂᆞᆫ땀이라ᄒᆞᄂᆞᆫ말어니 일등목수가 되랴면 땀을만히 닉여야된다ᄒᆞᆷ이라 알엇ᄂᆞ냐」ᄒᆞᄃᆡ 총명ᄒᆞᆫ으ᄒᆡ 엇지몰ᄂᆞᆫ들을길이 잇ᄉᆞ리오

그다음에 목수가 쎄임스를 향ᄒᆞ야「너ᄂᆞᆫ목수되기에 합당ᄒᆞᆫ성질을 ᄀᆞ졋스니 이러ᄒᆞ일을 됴와ᄒᆞᄂᆞ뇨」ᄒᆞᄃᆡ 쎄임스가「나ᄂᆞᆫ뎌일 됴와ᄒᆞ노라」목수「너의ᄒᆞᄂᆞᆫ일을보ᄇᆡ드면 스물ᄒᆞ슬만되면 훌륭ᄒᆞᆫ목수가될이라」ᄒᆞᄂᆞ 쎄임스가 이ᄶᆞᆨ브터 목수가되야볼이라 ᄒᆞᄂᆞᆫᄆᆞᄋᆞᆷ이 간졀ᄒᆞ더라

얼마안니되야 서집을다지으니 일가속이 모다옴겨들고 단란의락과 환희ᄒᆞᄂᆞᆫ 소릭ᄂᆞᆫ 이로형용홀수업더라 형이 ᄯᅩ 미시킨 디방으로써ᄂᆞᄆᆞ니 쎄임스가 ᄯᅩ 그뒤를 이여농ᄉᆞ를힘쓰더라

이

흐로ᄂᆞᆫ 쎄임스가 모쳔ᄭᅦ엿ᄌᆞ오되「모쳔이여 져ᄂᆞᆫ 무ᄉᆞᆫ일을 ᄒᆞ야서 돈을벌 성각이 나ᄂᆞ이다」ᄒᆞᄃᆡ모가「그일은무엇이뇨」쎄「목수의부역군이될가ᄒᆞ노라」모

「그런일은 녀의 힘에붓철이로다」쎄「왜요」모「네가 언제ᄂᆞᆫ농ᄉᆞᄒᆞ고 ᄯᅩ언제ᄂᆞᆫ

35

쌔 휘 일 트 젼

라

서 더흐흘일이 잇스리오 은빗굿튼 모의 눈물이 방울방울이 황금우희에 써러지더

대소쟝 목수노릇을 견습흐던시되

일

형 도므스가 칠십오쌀나 돈으로 식졉짓기를시작흐다 근쳐 목수에 도리도

라흐눈사름을 불너집을지을서 형뎨이인은 나무도 옴기고 쌍도파며 못질도흐

아 부역군이되니 쩨임스는 더욱이 식졉짓는 맛에 쒸여다니며 부역흐기에골

몰흐더니 목수 도리도가 쩨임스더러 살과 방멍이를 가지고 기동에구멍을 쓰

라흐얏더니 곳응락흐고판뒤에 목수에게보이니 목수가 그제작이 묘흠을놀

워흐야 그러흐면 좀더파라흐얏더니 얼마아니되야 다파나라 목수가 졈졈그

수단이졀묘흠을경탄흐야 「그러흐면 이번에는 대픽 질을식혀볼이라흐고 그륵

되「져우희에 언쳔 저늘흔쟝을 미러보라」흔되 쩨임스가 대단히깃거워흐야 서

챡흥니 목수와형은그것해 서서이웃히브르보다가 두사름이여츌일구로「용흐다

용흐다」흐야츙찬흐기를 마지안터라 대강련습이잇눈 뎨즈목수버담 못지아니흠은 목수가

일흐젹에 쯔미가잇게 쯔셔히 주의흐야 본석퇴이라「쯔미잇서쯔미잇서 나눈이

34

ᄒᆞ야 ᄯᅳᆯ에ᄂᆞ려 ᄒᆞᆫ거름에 ᄯᅱ여ᄂᆞᄋᆞᄀᆞ서 미시퀸으로브터 도ᄅᆞ오ᄂᆞᆫ형을영졉ᄒᆞ더라 두사ᄅᆞᆷ이손과손을 서로붓들고 깃거움이 겨워 루수가 여우ᄒᆞ더니「형이오시니 우리들아 이졔브터 됴ᄒᆞᆫ집에거쳐ᄒᆞᆯ이로다」이ᄂᆞᆫ 쩨입스가 형을ᄃᆡᄒᆞ야처옴으로 ᄒᆞᆫ말이라 형이미쇼ᄒᆞ며「그럿타 우리들아 널빈지의협착ᄒᆞᆫ 집을벌이고 됴ᄒᆞᆫ집에옴겨들지라 자 집으로드러ᄀᆞ세」ᄒᆞ면서 서로잇ᄭᅳᆯ고 집에드러ᄀᆞ니기ᄃᆡ리고기ᄃᆡ리던 모의깃븜은 이루칭량치못ᄒᆞᆯ너라 이ᄯᅢ에 ᄱᅡ퀴일트 집 사ᄅᆞᆷ의 나을세우니 웃누의ᄂᆞᆫ 이십삼이오 도ᄆᆞ스ᄂᆞᆫ 이십이세오 쩨입스ᄂᆞᆫ 십이세러라

도ᄆᆞ스가 ᄒᆞᆫ주먹 금돈을 모친압헤 ᄂᆡ여노코 ᄒᆞᄂᆞᆫ말이「모친이여 이금은 우리에게 ᄉᆡ집을지여줄물건이라」ᄒᆞ미 어린쩨임스가 눈압헤금광이찬란ᄒᆞᆫ 금화가뇌인것을보고 놀ᄂᆞ고 깃거워ᄒᆞ야 이러섯다 안젓다 」ᄒᆞ면서 그돈을 저의손으로 세워보랴ᄒᆞ더라「형아 이 돈이 얼마ᄂᆞ되ᄂᆞ뇨「칠십오 ᄯᅡᆯ나라」ᄒᆞ니 우리나라신화로 일ᄇᆡᆨ오십원이라「이러케 만ᄒᆞᆫ돈을 형ᄒᆞᆫ사ᄅᆞᆷ의힘으로버러오셧ᄂᆞ냐」ᄂᆞᆫ쩨임스 ᄲᅮᆫ아니라 알가가 모다평싱에 비로소 그러케만ᄒᆞᆫ돈을본지라 그깃거ᄒᆞ던형상을 이루 지필로긔록ᄒᆞ지못ᄒᆞ겟고 더욱이 모친의깃거홈은 극진ᄒᆞ야말도졸못ᄒᆞ더라 부모된쟈의 만족히녁이ᄂᆞᆫ비가 이러ᄒᆞᆫ긔특ᄒᆞᆫ ᄋᆞᄃᆞᆯ둔 이에

33

싸퓌일르젼

힐씨를 놋칠가ㅎ야 근심홈을 맛지아니ㅎ더라

모「쎄임스야 나는 네가 언제ㅼ지던지 농군이 되지안키를 브른다」ㅎ되 쎄임
스가 딕답ㅎ되「쇼즈가 이일을 면ㅎ랴면 엇지ㅎ여야 되올잇가」무르니 모가 딕답
ㅎ되「그는 어려운일이로다 그러ㅎㄴ 우리가 린두ㅅ를 당ㅎ기는 인력으로 홀빅
아니오 신령에게 달녓느니 고로 나는필경 어늬쎅던지 네가 오날날은바든 교육버
담 더나은 교육을 받들기회가 성길줄을 밋고 혼즈 깃거워ㅎ노니 ㅼ항샹 나는
네가 장초 학쟈가 될줄을알고 또유시호 너로ㅎ야금 유명한학쟈가 되게ㅎ랴ㅎ
눈모음이 가슴에 팅충ㅎ다」ㅎ니 쎄임스가 응셩ㅎ야ᄀ르되「모친이여 나는그도
록 깁히 성각지안노이다」쎄「그러면 너는 학문을 실여ㅎ느냐 학쟈가 되기
를 원치아니ㅎ느냐」아니올시다 다른것버 담 이두ᄀ지를 브르느니 그러ㅎ
느 모친이여 엇지ㅎ여야 그 브르믈 달ㅎ을방법을 엇겟느잇가」모가용용히ᄀ르되
「그는나도 주져ㅎ논비로되 깁히근심홀것이 업느니「사름은 스스로홀도리만
황뎡ㅎ면 신명이 그방향을 지시ㅎ다」ㅎ논겨언이 잇스니 신명이본다시 우리를
위ㅎ야 압길을 의심업시 여러주실이라」ㅎ야 위로ㅎ더라

오

「형이도르오다」어늬틈에 형을본 쎄임스가 밋츤듯취ㅎ듯 깃붐을 이기지못

32

운놀고 싸는 널너 사룸으로 호야금 무한훈 회포와 호연활발훈 긔운을 발케 호느
니가 인스녀로 호야금 훈불조취를 머무르게 홀지라 싸쮜일트는 이러훈싸에 셩쟝
호야 이러훈싸에 비스굴단 사룸이러라

삼

쎄임스가 형을 미시킨싸에 보닐후로 쥬야로 농소에 힘쓰니 린근사룸들이 그

퓌

러케 어린오히가 농소에 겨으르지 아니홈을 보고 총송치 아니홀이 업슬뿐아니라
저의 몸과 힘에 넘처베 근로호되 조금도 불쾌훈 빗이 업스면 신긔히 녁여 훈사룸

일

이 쎄임스를 향호야 무러 그르되 「너는 농소를 다른직업에 비호면 엇더훈일이

르

더 어려운뇨 훈딕 쎄임스가 딕답호되 「나는 다른직업을 호야본일이 업스미 비
교홀수업다 훈더라

전

오모리 어려운일을 당호야도 다른것과 비교호거느 혹은 교만훈모음을 이리
킨다던지 혹은 한탄호는 쇠림을 늣두니여 비루호고 싱겁호는 모음 추호도 저
의 모음구운틱 는업고 어렷슬쩍브터 그늘 당훈 형편을 늣비녁기 지아니 호야 근로

칠십이

소

쎄임스가 이러케 불편과 한탄호는 쎗이 업시 근농홈을 보고 그모는 학문을 식
호기를 됴와 호더라

31

긔회에 그뜻을이우러흠이니 도모스의 나은 스물흔슬이오 쩨임스는 거우열

흔슬이더라 형이쩌느기 전놀밤에 모꽃와형데가 모혀안저 이야기홀시 쩨임

스가 형을 이별홈을 섭섭히 녁이미 형이위로ᄒᆞ야 ᄀᆞ르ᄃᆡ「일곱둘문지니면 니

가도록 와서 이 루쥬흔집버담 조흔집을 세워볼터이니 너는 그ᄭᅴ지 내대신으

로 모쳔을도와 근농ᄒᆞ락」ᄒᆞ더라 형이쩌는뒤에 쩌임스가 형의말을 저버리지

안코 형을번ᄂᆞ다 농ᄉᆞ에 힘쓰더라

이

이제 먼저 싸튀일트의 고향풍경을 말ᄒᆞ노니 텬연흔풍경은 사름의셩품을 마

탁ᄒᆞ야 갈으ᄂᆞ니 우리가 이 ᄌᆞ박ᄒᆞ고 위대흔 싸튀일트가 엇더흔 산수에 뒤여

ᄂᆞ서 셰계예 일대거물이 되얏슴을 불가불궁구ᄒᆞᆯ빈라 대저 오레인지 라ᄒᆞᄂᆞ

ᄯᅡᄂᆞ 크러프랜드 ᄯᅡ에서 십오영리 되는 규야ᄒᆞ아 라ᄒᆞᄂᆞ 마을 동남에잇서

현금에도 다른농촌과 달ᄂᆞ서 인가가 됴밀ᄒᆞ고 잔산구릉이 긔복ᄒᆞ야 수면에둘

넛스니 오하요쥬즁에 뎨일산명슈려흔곳이라 동북으로흘너ᄀᆞ는 가쇽린하슈

로브러 디형이서남으로향ᄒᆞ야 초초놉하ᄀᆞ기 삼영리에 이르러서는 산궁슈진

ᄒᆞ니 이산에셔서 ᄉᆞ방을굽푸러보면 오레인지의 평평흔들이 망망무제ᄒᆞ야 이

십영리 빗ᄉᆞᆨ지 안ᄀᆡ에 드러오고 가쇽린 하슈의 텬연흔지취를 가국에오 하날

30

기애 오모것도무서워하지아니하는 곳은 ᄆ을이 성것슴을추측하리로다
대슘장 고향에잇서 로동하던형편
일

쩐미야 나는 인제 미시킨 디방으로 ᄀ노니 너는 오늘브터 오모조록농ᄉ를
험쓰라 지금에 형 도ᄆ스가 크리프랜드 디방에긋다가 와서 그으우째임스를
향하야 그러케말하더라 「어듸를ᄀ놓고 째임스가 저쳐무르니 형이 말하되 ᄀ
미시킨에 ᄀ논데 미시킨은 우리사눈 이오린인지 버담도 으직 열니지못하들
이 만흔곳이라」으우「왜 형님은 그럿캐 열니지못흔 싸으로ᄀ랴하오」형「그싸

에ᄀ서 농ᄉ를하면 흔들에 신화이십ᄉ원식이 성기기씸문에 그싸에 잠간ᄀ서
모쳔을위하야 됴흔집을 시로 하는짓고저하노라」째임스가 그말을듯더니 미우
깃거워하야 형의뜻을총용하더라 이싸에 크리프랜드 디방에는 버리 흘것이별
로업고 미시킨 디방은 시로히 ᄀ쳑하는싸가 만하서 머슴군이 만히쓰이미 도
ᄆ스가 이싸흔동가에ᄀ서 흔들에 이십ᄉ원 밧기로 상약하고 그집머슴군으

션시에 도ᄆ스가 우금서지사던 집버담 톰ᄂ흔집을 세워보랴고 슈년젼브터
지목을쥰비하야 두고 긔회ᄆ단잇스면목수를불너 집을세워보랴하든츄인고로 이
로 ᄀ려하눈길이라

29

모「이는 필야에사름이실령에도으심을 엇들수가 업는선닭이라」

쌔「신령의도음이 업시는사름이 착호지 못호ᄂ뇨」

모「그ᄂ 브ᄅ기어려운 일일가 ᄒ노라」

쌔「엇지호야 브라기가 어려우뇨」

모「사름이 너무 간악호선닭이라」

쌔「그러호면 그간악호사름이 엇지호여야 착호사름이 되겟ᄂ뇨」

불지어다 그질문이 됴리가 잇서 팔구세 먹은어린ᄋ희의말노 ᄃ답홀수가 업서서 뭇춤ᄂᆡ 항복호모양이 ᄂ

아니뇨 모쳔도 그뭇는말을 이로 ᄃ답홀수가 업서서 뭇춤ᄂᆡ 항복호모양이 ᄂ

타ᄂᆞ니라

섭오

쌔임스가 역둛슐적에 오하요 디방에 금쥬회 가 설립되믹 모가 그회를 크

게 찬셩호야 일변으로 쌔임스를 경비호야 장릭에 술을일졀 마시지 안게로

밍셔케 호더라 모쳔이 ᄒ로는 쌔임스를 항호야경계호야 ᄀ론딕 「불은일울힝

홀쩨에 됴곰도 무셔워말나 불은일울힝호믄 쳔쟝부라」호ᄃ 「불은일울힝

임스가 곳되답호야 ᄀ론대 「나는 불은일을 힝호기를두려워호ᄂ사름은 엇더호

사름인지 헤아릴수업소이다」호얏다호니 쇼도 가히어렵슬젹브터 불은일울힝호

28

「왜 그 사람이 그러케 옷 치레를 **호얏**느뇨」

모「그 사람의 부친이 여러아들즁에 요셉부를 뎨일 **수랑**혼고로 그에게뭐 **특히**

묘혹 **옷**을 준것이라」

쎄「여러 아들즁에 특히 호는 문수랑호는것이 올흔일이올잇가」

싸 모「그럿치안타 그것은 올치아**닌**일이로다」

쎄「그러호면 요셉부의 부친은 그른 사람이오」

모「아니라 착혼사람도 혹간 올치못혼일을 힝호는썩가 잇느니라」

뛰 쎄「만일 착혼사람이 올치못혼일이 잇고불양이면 엇더케 올흔사람과 악혼사

신 룸을 분별호느뇨」

쎄「착혼사람이 그릇 올치못혼일이잇스느 결단코 여러번 힝호지는 아니호되

트 모「착혼사람은 여러번힝호야도 후회호야 곳칠줄을 몰으느니라」

쎄「착혼사람은 악혼일을 스스로 억졔치못호느뇨」

젼 모「억졔홀수 잇느니 신명의도음을입으면」

쎄「신령은 항샹 누구던지 도와주시지 안느니라」

삼십이 모「도와주시지 안느뇨」

쎄「왜 도와주시지 안느뇨」

27

						이십이 이

모「그 셔닭은 다른쳑과 굿치 사름이 쓴것이아 닌연고로다」

째「그러ㅎㄴ 모쳔씨셔 쏘 항샹ㄱ굿스딕 셩경을 모ー쎄 와 이스야 와 싸빗데
와 무다이 와 포ー로 와 기타여러사름들이 쓴것이라 ㅎ시지 아니ㅎ셧ㄴㅛ」

모「너의 말과 굿치 이여러사름이 붓을잡고 쓴것은 분명ㅎ슬실이라 그러ㄴ 이
사름들이 결단코 조긔의 뜻딕로 쓴것이아니오 셩령의 감화를바다서 쎗슬뿐이
니 다시분명회 말ㅎ즈면 져사름들이 신령의 도으심이업서는 쓰지못ㅎ얏슬이
라 그러ㅎ즉 져사름들이 져의들의 모음가온딕 신령이 고ㅎ시는 뜻을ㄱ져서

전 붓으로괴록ㅎ얏슬ㅼ름이로다」

일 째「그러면 왜 모쳔은 짐줏「신령의 글ㄴ이라 일ㄴ것게 ㅎ시ㄴㅛ」

픠 모「그것은 다름이아니라 신령은 곳 셩경을져술ㅎ신쟈로 신령이 다믄 사름으
로ㅎ야금 그것을 쓰게ㅎ셧슬ㅼ름이라」

싸 째「셩경즁의 잇는말은 모다진실ㅎ 이야기가 되올잇가」

모「그러ㅎ니라」

째「요셥부 가 가싴빗으로 찬란ㅎ게 물드린 외투를 ㄱ젓셧다 ㅎ오니 춤말이
올릿가」

모「춤 그러ㅎ얏슬이라」

너 그르듸 「너의둘은 공부ᄒᆞᄂᆞᆫ사름을 방ᄒᆡᄒᆞᄂᆞᆫ쟈이니 칙을씨고 썩 집으로ᄀ
라ᄒᆞ니 두ᄋᆞ히가 ᄒᆞᆯ수업서 칙을씨고 도로ᄀᄂᆞᆫ데 헨리ᄂᆞᆫ 무류히 집으로거
리고 ᄶᅦ임스ᄂᆞᆫ 제집문압섇지 굿닷가 다시도르서서 학교에 도로ᄀ서 제 ᄌᆞ리
에안지니 션ᄉᆡᆼ이보고 놀ᄂᆞᆫ그르듸 「ᄶᅦ임스야 너ᄂᆞᆫ 왜 나의말을어기ᄂᆞᆫ뇨」ᄒᆞᆼᄋᆞ야

샤

ᄒᆞᆯ 칙흐죽 ᄶᅦ임스가 태연히 듸답ᄒᆞ야그르듸 「션ᄉᆡᆼ님 앗가ᄂᆞᆫ션ᄉᆡᆼ의명을벗ᄌᆞ와

뮈

분명히집에 굿ᄂᆞ니 그러ᄒᆞᄂᆞ 션ᄉᆡᆼ이져를향ᄒᆞ야 집에ᄀ라 명ᄒᆞ실ᄯᆞ름이오 집
에ᄀ잇스라 명ᄒᆞ지아니신ᄉᆞᆨ닭에 곳 학교에 도로왓ᄂᆞᆫ이다」ᄒᆞᄂᆞᆫ지라 션ᄉᆡᆼ도

르

그듸답이 괴이홈을듯고 제절로우슴이ᄂᆞᄋᆞ 말ᄒᆞ되「그러ᄒᆞ면 다시 네ᄌᆞ리에안

젼

지라」ᄒᆞᆼ더라

십ᄉᆞ

ᄶᅦ임스가 항샹 모친슬하에 잇서서 셩경을 이야기를 만히듯고 ᄯᅩ좀ᄌᆞᆯ서대

일

임스의 텬셩이 무엇이던지 뭇기를됴와ᄒᆞᄂᆞᆫ고로 셩경을볼ᄯᅥ에도 혼자와ᄒᆞᆯ글 ᄶᅦ
귀를 범연히 넘기지안코 모친에게 무러 그모친이 듸답ᄒᆞ기가 어렵ᄀᆡᄒᆞᆫ일이

일십이

각금잇스니 팔구세쯤 에 ᄒᆞ로ᄂᆞᆫ 모친을향ᄒᆞ야 뭇자오듸「모친이 항샹 셩경을

신

신령의글」이라ᄒᆞ시니 엇지ᄒᆞ야 그러ᄒᆞ오닛가 모친이듸답ᄒᆞ되

25

사름이 되아 눈믓당히 나의 모음을어졔항야 근간훈쟈가 될것이라항더라

모가 쏘항샹 구른티 신령은언졔던지 착훈사름을 도와주느니 곳착훈으들

착훈사름 착훈셩 쏘그외에 모든착훈쟈는 신령의 도음을 벗을지니 우리가만

져작히항면 신령으 업서서눈 못될것을 아시눈고로 나무지물건을 우리에게 벗

다시주실이라항야 이럿케밋눈모음은 모가 무수훈 신고를격글적에 스스로 터

득훈셩각이니 대톄로말항면 져 녀인은 다믄「착훌션눗 훈것으로 나의 즛녀를

구른치눈 쥬의울슴더라

째임스가 이러훈현모에게 교훈을밧든 서돍에 셩질이강직항고 즛부심이 둣

터워 나눌이 착훈도에굿가워구다가 필야에 대인군즈가 되얏스니 만일아모

십삼

천이이으히의 교육을 그룻첫드면 져러훈 텬지기잇눈사름이 그긔운을 몹슬

곳에썻슬눈지도 아지못항앗슬빈니 그러훈즉 사름의어미된쟈의교훈은 사름

의**일**평셩을 좌우항눈 셰력이대단홈을 알것이로다

째임스가 림시쳐변항눈지료가 잇눈 이야기항느이 잇스니 열슬겨쯤되야서

째임스가 슉부 쎤인돈의으들 헨리 와 흠긔 학교에서 훈즈리에 안져공부항

더니 훈로눈 이두으히가 셔로크게쓰호미 션셩이 노항야 째임스와 헨리를 **블**

24

깁버호더라

인도국 션교스 울늬암 가레 눈담략이 잇기로 세샹에 유죠문훈사룸이니 그어

려서 혼 힉젹이쏘혼 이와비스룸 혼것이 잇스니 훈창작란군이 젹에 다란ㅇ히 눈

무셔워홍야 ᄀ지못홍눈곳이라도 ᄀ기룰됴와홍더니 홍로는 놉흔나무ᄀ지에 밋

올빕이가 고요히안진것을보고 잡으랴고 기여올느ᄀ다가 발을 즐못ᄃ듸여

쏘려져싸에 뚝ᄯ러러지미 대단히몸을샹훈지라 여러눌을신고홍야 쳐료훈뒤에

곳그나무 우에다시올느ᄀ셔 이것보으랴훙야 여러ㅇ히룰뵈얏다호니 죠고로영

웅의일이 일반이로다 ᄶ베임스가 죠부홍는 모음이셩홍야 고집이대단홍니 그러

눈 교만훈기슴이업고 쾌활담박훈남으인고로 여러사룸이 다스랑홍더라

십이

ᄶ베임스가 부쳔이 셩준홍엇슬져에 한샹홍시던말슴이라홍야 그모에게 드룬것

이잇스니 그말은 무엇이냐홍면 「뜻이잇스면 그일에 길이보인다ᄉ시잇다」홍눈글

귀홍느이니 이호구결은 ᄶ베임스룰 어렷슬써브터 감동식히고 쏘그모눈 ᄀ럭티

「신령은 스스로 도읍눈사룸율도와준다」홍눈 훈구결글로 구셰지방을숨으말홍

약ᄀ록ᄂ 가쟝이셰샹을 브린뒤에 오날눌신지 선명이도으스 우리로홍야금

련히훙닭가셔에 죠긔운슈룰 젼혀 혼눌에붓치고 가스에 부즈 주림을면케홍셧스니

23

쩨임스가 어렷슬써브터 그 뜻이 굿세 운일로말ᄒᆞ게드면 언제던지「나는못ᄒ
겟소」은는일이업고 어려운일을 억지로라도「나는ᄒᆞᆯ수잇소」단언ᄒᆞ더니 ᄒᆞ로는
동모중에 에도윈이 라ᄒᆞ는ᄋᆞ희와흠ᄭᅴ를 츳저ᄀ지고 헷간에드러ᄀ서 둥우리에잇는ᄉᆡ의울을
첫더니 에도윈이 묘ᄭᅩᆷ저ᄀᄋᆞᆫ즉 쩨임스가 보고딕답ᄒᆞ되「그ᄉᆞᆫ진것쯤이야 나것
「이애 이울이야 춤됴타」ᄒᆞᆫ즉 쩨임스가 보고딕답ᄒᆞ되「그러한은 못될것
트면혼입에 쑬쩍 싱기기도ᄒᆞᆯ이라」ᄒᆞ니 에도윈이 딕답ᄒᆞ되
이라」ᄒᆞᆫ거ᄂᆞᆯ ᄯᅩ딕답이「아니 무얼못ᄒᆞ야ᄂᆞᆫ면서 저의목군영버덤더 큰을눌입
속에넷코 억지로ᄉᆞ기랴ᄒᆞ니 에도윈이 크게놀ᄂᆞᆫ워ᄒᆞ야「아애 지금나의혼말은
롱담이니 그문두락」ᄒᆞ야도 듯지안코 힘을써ᄀ면서 넘기랴ᄒᆞ니 울이붓속ᄒ
고 입속에서셔여진지라 쩨임스가 비린못을츰고 얼골을씽기면서 집으로다라
ᄂᆞ눈지라 에도윈아 쪼ᄎᆞᄀ본즉 쩨임스가 집에드러ᄀ서 면보쩍ᄒᆞ묘감을입
에넷코 울과굿치슴긴뒤에 엄연히뛰여ᄂᆞ와 에도윈을 향ᄒᆞ야ᄒᆞᄂᆞᆫ말이「인제ᄂᆞᆫ
엇더ᄒᆞ뇨 촘슴기지 아니ᄒᆞ얏ᄂᆞᆫ냐」ᄒᆞ니 에도윈이 그너무고집이세인것을보고
ᄒᆞ리를펴지못ᄒᆞ고웃더라 모가 이말을듯고 혼뒤에 쑥ᄒᆞᆫ것을웃고
은이일이 비록소쇼ᄒ느라 롱담ᄒᆞ다ᄀ도「내가ᄂᆞ히ᄒᆞᆫ다」혼뒤에 쑥ᄒᆞᆫ것을 속으로

22

이씨브터 학교중에 쎼임스를 눌을 쟈가업고 교소도 저의비범훈 지능이잇
슴을알뿐외라 학도들이 모다흠앙호니 이씨에 쎼임스의 나이 겨우여셧술이라
그형 도므스를 도ㅇ농소홀씨도 못되고 쏘학교의 ㄱ눈것도 겨울 호철뿐이며
휴학홍눈간에눈 활발히 놀지아니호면 둥리로도르듯니면서 서칙을비러보기로
셰월을보닛더라

십

쎼임스가 녀돏술이되야눈 눌므다 형 도므스와흥긔손에올ㄴㄱ 느무도베히
고 우유도짯코 벼도배히고 붓테치므도힘으니 이씨두어에 형 도므스가 여가를
어더 낫에게품푸리도ㅎ야 여간품삭을어드니 이돈이 집에용을크게보뒤게되야
모다이것으로주게되니라

신불결네와칙기라던지 션성에게주눈월샤금이라던지 학회에 월연금굿훈것은
ㅎ로눈 모가 쎼임스를 향ㅎ야말ㅎ되「네형 도므스눈 나이임의 열일곱이되
고 너눈 여듧술이되얏스니 도므스눈 열훈술적에 부천어도르ㄱ시믜 곳너의 형
형이 부천을뒤신ㅎ야 농소를지엇슨즉 너도어서커서 형의뒤신농소를짓고 형
은일신샹을위ㅎ야 공부홀시간이 성게ㅎ라훈뒤 쎼임스가 뒤답호되쇼ㅇ눈
못다히 명심ㅎ야 그리ㅎ올이다」ㅎ더라

21

십륙

루눈 크게쇼호다가 곤히줌이드럿더니 밤즁에이불을 버서버리고「언니 이불을
덥퍼주ㄴ홍고 인ㅎ야 다시줌이기피히든지라 평명에 그셰션지아니ㅎ던 슌관ㅎㄴ
이 이말을드럿다가 고ㅎ니 쩨임스가 이십오년전에 오하요싸에 널빈지 집속
에서 살적해 모쳔과형의 고난밧던 일을싱각ㅎ고 눈물을흘녀크게우니 녯말에
일넛스되 영웅의 눈물을흘닐쟈ㄴ 궁ㅎ고 빈한홈이라ㅎ더니 이눈곳이것을이름
이로다

젼 트 일 퓌 씨

구

혼번은 쳐음긔학홀셕에 교사가 졍묘ㅎ게민든 산약셩경 혼권을 ᄋ희들에게
뵈히고 말ㅎ되「이쳥은 이학긔를모츨셕에 품힝과공부를 졸혼ᄋ희에게 줄이라
ㅎ더니 그학긔를못츠치눈늘 ᄋ희들이 그쳑이 뉘게로도ᄆᆞ글지몰ᄂ 셔로박라
니 교사가 이쎡에 크게소리질너「쎄임스야 이리오라」ㅎ되 쎄임스가 곳응박ㅎ
고 교사의업페 ᄂᆞᄋ니 교사가 신약셩경를 드러 쎄임스에게 주어ᄃᆞᄅ덕ᄃᆞ이
쳥을녀 주노니 너가 이번학긔즁에 너버덥셩적이더나은 ᄋ희를 보지못ㅎ
고로 쳣번샹약과굿치 이셩경을녀 에게샹주노라ᄂ되 여러학도가 모다교사의
쳐분과 쎄임스에게 샹이도큰긤을올켸녁이고 겸히 쎄임스를위ㅎ야 하례ㅎ고
그모쳔이 ᄯᅩ혼 눈물을흘ᆞ녀 깃거워ㅎ니 이눈그랑군을싱각홈이러라

20

동이 되기는 필야에 다른섯닭이잇는것스다ᄒᆞᆫ되 피스가별안간에 써다른빗을 억

제흥인가 넉이노라ᄒᆞ고 급히안석을화평히ᄒᆞ고 울고잇는 쎄임스의 머리를 어

르만지며「이ㅇ히야우지마라 쎄임스야 나와너는둥모이니 눈물늘쎗고 우슬것

이오 그리ᄒᆞ고 뒴일브터는 공부를잘ᄒᆞ여라」ᄒᆞ더라 그잇튼날 공부ᄒᆞ는것을본

즉 쎄임스의 작란이 여젼ᄒᆞᆫ지라 그러ᄒᆞ나 션셩이 묘곰도쑤줏지안코 저ᄒᆞ는

되로 뉘버려두엇더니 과연 얼마아니되야 동모ᄋᆞ히들을 압두ᄒᆞ고수셕이되더라

야 ᄀᆞ는것을보고 혀를 뉘두루며 놀는워ᄒᆞ야 ᄀᆞ로는 쎄임스가 저러케변ᄒᆞ

ᄒᆞ되「즈데가쟝리에 변다시셰계에 일흠을빗닐이니 이러ᄒᆞᆫ조손을 두신부모는

영광이라」ᄒᆞ야 크게찬송ᄒᆞᄂᆡ 그모친아딕답ᄒᆞ되「나는ᄋᆞ모조록 그러케되기를ㅂ

란다」ᄒᆞ더라

팔

쎄임스가 집에잇서서 항샹 형 도모스 와굿치즈는데 밤즁이면 몸짓을ᄒᆞ야

이불을 볼모초 벌거벗기때문에 추어서줌쩨되굿치「언니 이불을덥퍼오」ᄒᆞᆫ

면 형이늘 덥퍼주더니 그러ᄒᆞ지 스물다섯히ᄒᆞ후에 쎄임스가 대쟝군이되야 ᄒᆞ

19

고 공부ᄒᆞ라ᄒᆞ나라 그러ᄂ

데일다른ᄋ허버덤 것눈질을만히ᄒᆞ고 혹은무슨소리가ᄂ면 곳귀를기우려ᄋ모

라금ᄒᆞ야도 듯지아니ᄒᆞᆯᄲᅮᆫ외라 교ᄉᆞ가외오라ᄒᆞᄂ글도 이ᄶᅥ에눈졸외오지못ᄒᆞ

야 미우게ᄋ론것것슨즌지라 이ᄶᅥ에 뭇첨교ᄉᆞ가 다른집으로 옴기랴ᄒᆞᆫ초에

ᄶᅦ임스의 일을ᄀᆞᆫ심ᄒᆞ야 그모쳔을향ᄒᆞ야 ᄂᆞ는말이 「미안ᄒᆞᆫ말ᄉᆞᆷ이ᄂᆞ 나의직칙

이니 불가불말아니ᄒᆞᆯ수업는것은 즌데ᄋ허의일에 판ᄒᆞᆫ것이라ᄒᆞᆯ니 그모쳔이

언쓴은 빗을얼골에 눗듯니면서 엄연ᄒᆞᆫ티도로 「무슨시ᄃᆞ이잇는냐」부르니

ᄉᆞ가ᄃᆡ답ᄒᆞ야 그로ᄃᆡ「ᄶᅦ임스가 근일에교쟝에서 ᄋ모리죰용ᄒᆞ기를권ᄒᆞ야도 교

듯지아닐ᄲᅮᆫ이아니라 학업도힘쓰지아니ᄒᆞᆫ즉 이러ᄒᆞᆯ진ᄃᆡ 혹후일에됴ᄒᆞᆫ사ᄅᆞᆷ이되

지못ᄒᆞ리라ᄒᆞ니 모가대단히락담ᄒᆞ야 「오오 ᄶᅦ임스가」ᄒᆞ고 목이메여 말을못

ᄒᆞᄂᆞᆫ지라 이것은다름아니라 모쳔이평거에 ᄶᅦ임스의 위인이무던ᄒᆞᆷ을 됴와ᄒᆞ

얏다가 이번에교ᄉᆞ의말을듯고 눌ᄂᆞ고 ᄒᆞᆫ편은실심이되야 슬퍼ᄒᆞᆷ이러라

모쳔이 곳ᄶᅦ임스를 슬하에불너세우고 눈물을흘니면서 엄숙히ᄭᅮ즈지니 ᄶᅦ

임스가 ᄃᆡ답ᄒᆞ되「초후브터ᄂᆞᆫ착ᄒᆞᆫ조식이되오리다ᄒᆞ면서 우는얼골로 모쳔의

치ᄆᆞ요헤쓰이면서 용서ᄒᆞ가를비더라 모쳔이 ᄯᅩ곳처말ᄒᆞ되「이ᄋ허가 본리학

문을됴와ᄒᆞᄂᆞᆫ성미라 그러케어리셕은조식으로 아지아니ᄒᆞ얏더니 이럿도록악

18

과흠씨 벼ㄱ를굿치ㅎ고 즈더라 이교스의눈에드는ㅇ히가 쎄임스라 처음ㄱㅣ학

ㅎ던날 형뎨가 흠긔 학교에군즉 션셩이 쎄임스의 머리를어르만지며 ㅎㄴㅁㅏㄹ

이「어엿분ㅇㅎ야 공부졸ㅎㅇㅑ라 그러ㅎ면 쟝셩ㅎ후에 대쟝군이되리라」ㅎㄷ

라 쎄임스가그쎄에 ㅇ즉대쟝군이무엇인지모를쎄라 그말을듯고이샹히녀여 집

에도르와 모쳔을향ㅎㅇㅑ「어머니 대쟝군이무엇이오ㄴ흔디 모쳔이그뭇는것이 이

샹ㅎㅇㅑ「왜 그말을뭇느냐」ㄴㅎㄴㅣ 션셩이ㅎ던말을딕답ㅎㄴ즉 그모쳔이우수며 그 뜻

을일너 주면서 흔편은 집안 조샹즁에도 쟝군의 슈하노ㄹ순ㅎ얏스나 용밍스럽

든스젹과 미국영웅에 와신돈쟝군의 인품을 드러 말ㅎㄴ뒤에 다시말ㅎ되「대쟝

군이되는것도 묘기ㄴ묘와그러ㅎ되 원리군인은 젼쟝에서사람을죽이고 공을

일우ㄴ사룸이만ㅎㄴㅣ 너ㄴ초랄이 사룸을죽이는것을 빗울것이아니라 대쟝군

파굿치 줄는 사룸이되라ㄴ교훈ㅎ더라 이흔모듸교훈을드르면 그모가심샹ㅎ부

인이 아님을가히알것이 즈긔ㅇ들로ㅎㅇㅑ금 공연히사룸을죽여 피를흘니기됴

와ㅎ는 사룸이되고져ㅎㄴ망샹을 경계ㅎㅇㅑ 다른방향으로 던진케ㅎㄴ견식은

깁히 야소긔독의감화를 바듬이아니면 결단코 그럿치못홀일이라

삼십

서교스가 ㄱㅣ학ㅎ든이튼날 흔규측을뎡ㅎ되「교쟝에잇슬쎄에는 하눈포지말

칠

젼 트일 퓌 씨

17

이십

임스는 긔와동자간에 항샹칙을손에 놋치아니ᄒ야 외쳐의잇슬지라도 잠시틈문 잇스면 나무 그늘밋테왕리ᄒ며 읽기도ᄒ니 그모친이 쩨임스의 글셩벽이 틱단 흠을깃버ᄒ야 오 모조록 그뜻을 맛추어주고 져ᄒ 집안이간난ᄒ야 조흔칙율 어더주지못흠을 스러ᄒ니 이ᄯᅵᆨ는 쩨임스의나이 겨우여섯슐쪄이더라

오

모친이셩각ᄒ되 어린ᄋ히를 이러케 먼학교에 다니게흠을 불안히녁여 엇더 케ᄒ야 됴고 무흔 학교집이라도 집갓가히 세우게드면 민우 됴흘일이라ᄒ야 엽 집사름더러 이말율의론ᄒᆞᆫ즉 이집에도 어린ᄋ히가 여섯이ᄂ되는지라 이에이 뜻을춘셩ᄒ야 쩨임스집ᄯᅡᆼ에 스방삼간쯤되는집을세우고 긴 걸샹을민들고 ᄋ 히훈이십여명이 안져공부ᄒ게맨들고그형 도무스도 농ᄉᆞᄒᆞᆫ여가에 굿치공부

쩐 르 일 퓌 ᄉᆞ

류

ᄒ기로뎡ᄒ더라

이져군학교에 오ᄂ교ᄉᆞᄂ누구냐ᄒ면 후오스다라ᄒᄂ사름이니 그ᄯᅵ에나이 겨우 이십슐이라 그러케나ᄂ어리되 사름인즉민우 쳔졀ᄒ고 공근ᄒ고 겹히 여간월봉에 감심ᄒ야 오히들을 ᄀᄅ치ᄂ것을 무샹지락율 삼으니 처음에ᄂ ᄉᆞ퓌일트의집에서 슉식ᄒᄂᆫ데 이집놉흔무루 우히에서 도무스와 쩨임스들

16

헐문헝기를 료와헝던일이니 그러헝기에 그뿐아니라 학교에서도 힐분헝는것이

미양오히들의 우슴거리가만히되는일이잇스니 이는뭇는것이 어린소리가잇서

그러훈것이아니라 어늬쩌던지 그말이 이샹헝고 긔이헝야 사룸의 웃브게일을

좀뭇기쩨문아나 그러헝기에 션싱이던지 학도라던지 쩨임스의 뭇는말에는 우

새

스면서도 경복헝더라

쏘이저비리지안키로는 데일이라 그러기에 학도들과 셩셔 이야기를헝다가

눈 누구던지 쩨임스를 대져헝쟈가업고 쏘교스가 무엇을외오라헝면 쩨임스는

제것만외울뿐아니라 웃반의것짜지 외오기를미양헝얏스며

튀 일 트 전

쩨임스가 쏘남의것을 못쓰기를즐겨 호번문훈기로들면 무엇이던지 긔어

히헝야뉘고야 무논셩미라 그런고로스물눌비평헝기를 절묘히헝더라

일 십

북곳이부는 겨을봄에는 삼냥미가 화로가에둘너안저서 글닑기를 일슴는데

본릭곳초훈집안일이라 초느 람포를결힘이업스미 관솔불노 등잔눌듸신헝고 그

러훈죽 쩨임스의 글읽는터 젼은 화로가아니 화로에서 타는불은 훈편으로음식

도익히고 훈편은몸도녹이더라 겨을동안에 쩨임스가벌서 도로눈여름에 공부

효글섯지 읽거버리고 一부쭉헝야 동라오히들의 구진쳥을비러다가 읽그나 쩨

15

신

흔쇽 일거에량득이라흥야 남미가겨을동안에 쇼학교에왕니흥니그어미 그형에
그누의가흔집에모혓스니 그집의쟝리쓰는츄초가지로다

(이)

그런데 쌔임스가 학교에ㄷ는길거리에흑은 누의에게업히며 흑은손목을붓잡
히고 셜니기도흥야ㄱ면서 눌므드부질언히 다니는데 그처음학교에 다녀오던
눌어머니가 누의메헤다쎄루 더러말흥기를「쯴미가 공부흘쌔에 죵용히안젓더
냐ㄴ무르니 누의가 디답흥되「민우죵용히안저셧슴니다 그러ㄴ 흔ㄱ지우수운일
은 공부흥다가즁간에 무슴싱각이낫던지 별안간에즈리를쩌ㄴ 엽헤안진흔으히
의쎡근머리를잡어다니랴흥미 셩셩이 놀ㄴ손으로막으면서 흥시는말이 학교
에와셔는 덩흔자리에안저 요동홀것이아니라흥얏슴이다」

이쎅브터 학교에다니기를됴와흥야 눌므드즐다녓슴니다 그쎄에 오하요디방
쇼학교의형편으로말흥면 셩셩은모다 사나히교소쑨이오 또무식흔쟈가문코 학
과는 다므글의읽는법과글짓는법과 글시쓰는법을 ㄱ른쳘쑨이오 간혹디지와산슐
을너은곳도잇셧는데 쌔임스의빅운것은 대기이멋ㄱ지 학문을대강다비왓스며

(삼)

쌔임스가 어렷슬쌔브터 이상흔것은 셩경 이야기를즛세히알고 또그소젹을

14

되룡령이될셕에 깃버홈보다도 으ㅁ더홍얏슬이로다

디이쟝 쇼학교 서디

일

세

이ᄯᅢ에 ᄶᅱ일트 집근쳐에 시로히 쇼학교를셰우니 그ᄯᅢ이디방쇼학교눈 오
날눌과눈 규모가대단히 둘느서농소ᅙ든여가 에만 교육ᅙ눈학교라 도므스가
어미를향ᅙ야 「어머니이번에 셰운학교에 으우 ᄶᅵᆫ미(ᄶᅢ임스를소토리로부름이
라)를입학식히겟슴이다」ᅙ딕 어미가딕답ᅙ되 「ᄶᅵᆫ미눈 으즉베슬도쳐못되얏스
니 초랄이네가학교에 드러가눈것이됴코 ᄶᅵᆫ미눈너무일너그러ᅙ니 그만두라」

뛰

ᅙᆫ딕 이새 도므스눈 나이열셰슬이라 딕답ᅙ되「그러찬소이다 뇌가학교에 ᄯ
면 누가집안일을홍오릿가 누눈이젼파 갓치젼혁집안 의식을준비ᅙ기에힘쓰고

일

누의와으우를 입학식히눈일이합당ᅙ다」ᅙ미 모가그말눌감동ᅙ야 ᄶᅵᆫ미를입
학케ᅙ기로작뎡ᅙ더라

트

그러ᅙ느 ᄶᅵᆫ미가 겨우네슬이되락물락ᅙ라 미일우리나라 리수로 소리
느겨ᅙ학교에 다닐수가업스미 엇지ᅙ면됴흘가ᅙ야 근심ᅙ더니 이새누의의

젼

눈은 십오셰오 일흠은 메헤다ᄶᅦ루라 이에모쳔읍페눈아가 말숨ᅙ되「어머니
여 뇌가뭇당히 날마다 ᄶᅵᆫ미를 등에업고 굿치학교에 ᄯ겟소이다」ᅙ거눌그러

구

빈한ᄒᆞ고주린것을 면ᄒᆞ랴면ᄆᆞᄋᆞᆯ 진실히ᄒᆞ고부즈런케ᄒᆞᆯ지니라

에리ᄊᆞ의션조ᄂᆞᆫ 본시벌국사ᄅᆞᆷᄋᆞ로 진심ᄋᆞ로 융ᅳ우노라ᄒᆞᄂᆞᆫ 교를밋더니

벌국왕 루이 십ᄉᆞ세ᄯᆡ에 졍령이 변개흠을인ᄒᆞ야 나라디경볏그로 쫏겨ᄂᆞᆺ서

멀니ᄇᆞ들것ᄂᆞ너 이ᄯᆞ에와서 교당을세우고젼도ᄒᆞ던 ᄆᆞ듯린ᄲᅥ로 라ᄒᆞᄂᆞᆫ사람

이니 에리ᄊᆞ가밋ᄂᆞᆫ교의 소종리가 ᄯᅩ흔그집의 젼리ᄒᆞᄂᆞᆫᄇᆡ러라

륙

이ᄯᆡ에 에리ᄊᆞᄂᆞᆫ 근농ᄒᆞᄂᆞᆫ여가에 놈의ᄇᆡ누질을맛라ᄒᆞ고 쟝ᄌᆞ 도ᄆᆞᄉᆞᄂᆞᆫᄅᆞᆷ

르름이놈의일도보와주ᄂᆞᆫ데 그처음ᄇᆞ든품슈을 저의어미ᅌᆞᆷ해ᄇᆞ치며 ᄒᆞᄂᆞᆫ말이 어

머니갓ᄇᆞ치를붊녀다가 이돈ᄋᆞ로 동셩ᄋᆞ히 ᄶᆡ임ᄉᆞ의 구두ᄒᆞ겨레를잘지어주면

엇더ᄒᆞ오릿가ᄒᆞᆫ듸 모가그ᄆᆞᄋᆞᆷ을감복ᄒᆞ야 흔편ᄋᆞ로눈물을흘니며 ᄒᆞᄂᆞᆫ말이미

우표흔말이라 네ᅌᆞ우가신을신ᄋᆞ면 대단히됴와ᄒᆞ려니와 그러ᄂᆞ 네가필야에

어렵겟다ᄒᆞ니 도ᄆᆞᄉᆞ가 엿즛오되 「아니오 나ᄂᆞᆫᄯᅩ다시 픔갑이셩길터이미 그

ᄯᆡ에ᄯᅩᄒᆞ야 신어도무방ᄒᆞ겟고 ᄋᆞ우ᄂᆞᆫ벌서브터 신을신어지라ᄒᆞ얏ᄉᆞ니 ᄒᆞ로볏

비ᄒᆞᆼ고 극히윤ᄶᆨ에라도 민불로다니다가 형의덕ᄋᆞ로신을신어보

지못ᄒᆞ고 ᄀᆞ섭다」 ᄒᆞ더라 아ᄯᆡ에ᄶᆡ임ᄉᆞᄂᆞᆫ 나ᄒᆞ셔슬이라이ᄯᆡᄶᆞ지신을신어보

의깃붐은 한량업섯슬것이라 삼십년후에 이사ᄅᆞᆷ이 미국 국회의원ᄋᆞ로썹힐ᄶᆨ와

농스에부지런ᄒ야 혹은동리의우믈를 비러다가밧골고 혹은감ᄌ를캐고 보리를 운반ᄒ니 어른도밋기어렵게ᄒ느 ᄒ집네식구의비를치우고 **늠어지가** 잇다ᄒ기어려운지라 ᄒ로눈에리쌋가 고간에드러ᄀ 량식을덤검ᄒᆫ죽 **ᄋ모리** ᄒ야도 추슈ᄯ 지되일게량이못되미 집안사름아아지못ᄒ게 ᄌ긔의ᄋ층을폐 하고 ᄒ로에덤심져역두께로명ᄒ고 농스를졈보다 빈느더힘쓰더니그후에 다 시고간에드러가 량식을술펴보니 젼일게산이틀려그러던지혹ᄋ희들의식량이 느러그러ᄒ지알수업스되 ᄒ로에ᄒ세를폐ᄒ야도 오히려부족ᄒ지라 이에ᄌ긔 의덤삼도폐ᄒ고 ᄒ로에ᄒᄯ식으로명ᄒ고 추슈ᄯ지 주린것을춤으니 그누 가이현모의고상ᄒ 지긔와춤눈힘을보고 ᄒ눈줄눈물을뿌리지아니ᄒ리오 녯말에 일넛스되 어린ᄋ희의무음을 감동케ᄒᄂ수단은 능히텬하라도동케ᄒ다ᄒ더니 인믈을 양셩ᄒᄂ쳑임은 그모의인품에달엿다ᄒ리로다

까뛰일트젼 칠

기대리고기대리던 추슈ᄯ가도로오니 밀이누러케익어 황금과굿치들가운데 ᄀ득ᄒ니 ᄒ로에ᄒᄯ충복으로 주린것과수고로움으로 여러둘을지닉던 어미의 깃붐과질거움을엇지측량ᄒ리오 진실고고부즈런ᄒ 져녁인이 비주고브름부러 이러케ᄒ눌이주신우로지틱을 향ᄒ야감수ᄒ이극ᄒ야 눈믈을뿌리며 ᄒ눌을우 러러츄슈ᄒ이 엇더ᄒ얏스리오 볼지여다 신명은 본다시진실ᄒ사름을도읍ᄂ니

11

세퓌일르젼

어미귀에는그소리가 못쳐 져손모른나무밋헤숨어 지져괴는시랑의 소리와방불

흥야 어미 에리쓰의 ㅁ옴과간쟝을녹히녈라

에리쓰는ㅁ옴을 진졍할수업서 친호동리사람에게 후일방편을무르니 대답호

되 여간져신을다푸라ㄱ지고 아싸에셔써ㄴ 덕당호곳에ㄱ서 다른곳으로ㄱ리오 셜령

굿지못호다흐는지라 그말을듯고 닉심에해오되 랑군이 셩죤호얏슬ㅅ셕에 졍력

드린아싸와 랑군의허골을수렴호이싸를버리고 엇지다른곳으로ㄱ리오 셜령도

라다보는사람이업고 부역호는사람이업슬지라도 신명은우리의진실호 ㅁ옴을

도으실지니 만일진실을ㅁ옴으로 가스에분지런히흥면 엇지쥬려죽을 리치가

잇스리오니 이졔모즈의운명을 다만신명에게부탁흐고 도로군랑군의뜻을 이

으리라흥더라

이러케 ㅁ옴을뎡흥후에 겨우셥일세된쟝즈 도ㅁ스를 슬하에불너셰우고 즈

긔의뎡흔뜻을 눗눗처말흥야 ㄱ로딕 너도츠후브터는 더욱이 가스에힘을쓰라

흥니 도ㅁ스가 엄연히딕답흥되「모친은ㅁ옴을편히흥소셔 소즈가비록어리오ㄴ

븟갈기와쎠던지기와쇠졋ㅅ기를 능히흐오며 일후에셜령 ㅇ모리괴로온 일이

잇슬지라도 피치아니흥올터이오니쌍을멀니두고 쎠눌ㅁ옴이업소이다」흥더라

그후로브터 쟝즈도ㅁ스는 ㅇ춤에는 눌이붉기젼에이러나고 히가졉을기식지

10

령될사람의부친이 아러케져막흔 들가운데뭇쳣스니 그모즈의무음이엇지슬푸
지아니ᄒ리오

새

ᄉ

궁로눈아쌕람이 셰샹을브릴 림시에 쌕퓌일트가 겨우읍썬 엄무 소리를ᄒ눈지라
오민 부쳔이그머리를 어루만지며 그로티 푸루다구라ᄒ야보라ᄒ니 그ᄋ히가
져슴지안코 푸루다구라옴기미 이샹히녁여 다시옴기라ᄒ니 흔번도그릇ᄒ지
아니ᄒ눈지라 아쌕람이사R흔눈무음을이기지못ᄒ야 그오히다려말ᄒ되 「에리

퓌

쌔(오히의일홈)여 보 이오히 가후일에 분다시학쟈가되리라」 ᄒ더라

일

오

아쌕람이 셰샹을이별흔지얼무아니되야 점점겨을쳘이도르오민 눈ᄇ름친눈
처운둘봄에 부르지지눈신즘셩의 소리눈 독슉공방에 홀노안진과부와 외로운오
히의 구슴을눌니니 더욱이초려흟것은 구쟝의셰쳔지산이라고눈 다면면쟝마

르

지기뿐이니 이것도편히셩기눈것이아니라 봄이되면 팽이와홈이ᄌ루를드려야
되눈것이라 여간져축ᄒ얏던량식은 눌로감ᄒ야ᄀ고 쳘업눈거러다니고기여다

오

니눈 어린오히 부르느니어머니 엄무오 첫느니셔양사람의먹눈면보뎅이라

9

ᄉ 불을실시 으녀들도부모의지휘흠을ᄯᅳᆨ 녓과독기와팽이를들고 불읍혜달녀드

러 두어시간문에 간신히불을다잡은지라

그러ᄂᆞ 아ᄲᅡ람은불을선후에 전신에ᄯᅡᆷ이ᄂᆞ서 더움을견ᄃᆡ지못ᄒᆞ야 춘ᄇᆞ람을

쏘이고 병셰가더욱이침즁ᄒᆞ야 약을구ᄒᆞᄂᆞ 갑흔슨춘즁에 의원도업고 약도

임의로쏠수업스미 점점병셰가더욱이깁허 명이경각에다ᄅᆞᆫ지라 아ᄲᅡ람이회츈

처못ᄒᆞᆯ좔알고 이에쳐ᄌᆞ를 읍혜깃가히아쳐고 유연ᄒᆞ되 사롬의명이ᄒᆞᄂᆞᆯ에 달닌

지라 인력으로엇지ᄒᆞᆯ수업거니와 이제그ᄃᆡ에게ᄇᆞ룰것은 닉가죽은후에 히슬

어말고 읍혜앗ᄂᆞ니네으히룰 즐기르소서ᄒᆞ고 인ᄒᆞ야명이진ᄒᆞ니

셰상에비츰흔것은 어버위엽ᄂᆞ어린으히라 항츠 집안이부요타 이르지못ᄒᆞ게

거ᄂᆞᆯ 농ᄉᆞ에힘쓰던랑군이 일조에도로ᄀᆞ니 여러ᄌᆞ식을엇지외러온녀ᄌᆞ의힘으

로 잘기른다ᄒᆞ리오

그러ᄂᆞ 지금우리가말ᄒᆞ고이르ᄂᆞᆫᄇᆞ 영걸 싸퓌일트ᄂᆞᆫ이ᄯᅢ에 겨우두술이니 알

달수로말ᄒᆞ면 셰샹에나은지열어돌ᄃᆞᆯ이라 가ᄂᆡ에이갓치비츰훈일이잇서도 알

지못ᄒᆞ더라

동리사롬이모혀 아ᄲᅡ람의불힝ᄒᆞᆷ을됴샹ᄒᆞ며위로ᄒᆞ고 일변으로ᄂᆞ 시ᄃᆡ룰ᄉᆞ

렴ᄒᆞ야목관에ᄂᆡ어 근쳐보리밧겻헤감장ᄒᆞ니 오호라 쟝린에셰게일등국의대통

8

록 무거운둘노눌넷스니 못처우리ᄂᆞᆫ른강원도 회양김셩집과방불ᄒᆞ고 ᄆ루ᄂᆞᆫ

노은 긔명은 말아니ᄒᆞᆼ고집문보ᄋᆞ도알것이오 좀좃ᄂᆞᆫ죠리ᄂᆞᆫ 흔츙놉히노은 ᄆ

독긔로 혼편문평평히 셕근 좁은나무ᄆᆞ지로쪽을모ᄋᆞ노읏고 방안방벗게 버려

으로알문ᄒᆞᆼ고 ᄯᅩ창호눈 널빈지로믿드렷스니 창문은셋이더라

루우히에 거젹문셜고 덥흐니 가위아사름에게당ᄒᆞ야눈 그리ᄒᆞ야도 무상지락

그러ᄒᆞᆫᄂᆞ 우리가귀를기우리고 눈을드러익히ᄒᆞᆫ고볼것은 이단슌ᄒᆞᆫ고질박ᄒᆞᆫ

네해집속에서 몃히아니지나 미국대통령이탄싱ᄒᆞᆯ줄을 뉘가ᄯᅳᆺᄒᆞ얏스리오

락을 이로말ᄒᆞᆯ수업더니 이뒤로문ᄆᆞ면 더 부러워ᄒᆞᆯ것이업스련마ᄂᆞᆫ 흥이진ᄒᆞᆫ

면장도만코 집도넓어지믜 젓녁룰빗곱푸고춥지안케기르니 일가가 단란의

면슬픈것이오ᄂᆞᆫ것은 죠교로롱례라 그디방긔후가부됴ᄒᆞ야 ᄯᅵᄯᅵ로감긔도드러이

아ᄲᅮ랑의위인이 비록강장ᄒᆞᆫ ᄒᆞ로눈벗이드러 죠리에누엇다가 뒤동산에불이ᄂᆞᆫ

럭저럭존병이몟처지안터니 초록이 투고 들의익어ᄀᆞᄂᆞᆫ 곡식이다듸되 원릭인

서삽시간에 손의존듸가득ᄒᆞ며 줄슬사름이잇스리오 아ᄲᅮ람이 ᄋᆞ푼몸을

도라보지안코 이러ᄂᆞᆫ서 집안사름을 지휘ᄒᆞ야 당장에밍렬히음습ᄒᆞ야드러오ᄂᆞᆫ

7

이

부가됨을못닉 소모흥더니 그러흐지두흐후 셔력일쳔팔빅이십일년졍월숨일에

혼례를지닉니 이신랑신부는의십업시 후일의 싸퓌일트의량쳔될사롬이러라

이

전
넓기숨간에 기러기숨간반되는 널빈지로 그리운녀해집에서 소눈형편은가련

ᄒᆞ되 부부의둣터운졍은 다말흘수업고 두사룽은비흘데업더라 부부가늬우파

크싸에서 븟갈기를힘쓴지오흡희문에 솜즁를싱흐고 그후얼마아니되야 우리는

르
룩쌍으로말흐면 흔말직이에당오젼 오십량쯤흐는 쌍 여돏셤직이를 오하이오

디방에 소노코 쪄대의남편오모스라흥는사룸과 흑씨이쌍으로옴기니라

일
서로옴겨온쌍은 븟과들이열녀지못흥야 사룸의발자취가드무러 갓가온동리라

고는 이십여리붓기는 나아구야 사룸을구경흐는 벽항궁촌이라 그집지은모양

퓌
울보면 들 구운데다가 손의져진싱나무를 막썩거다가 흠부로지은것이니 넓히

논세간반에다섯간기리 되개짓되 다문집의운두는 우리동양집과돌나 열두자기

러기에 뒤놉히논여돏자이니 못치헛가가짓듯흐고 벽은나무가지를 셕기등속으

싸
로얼고 그름은친흙으로발느 한셔와풍우를 겨우가리우고 집웅우히에 외석지

를역고 흙을발느 굴둑을솜읏스며 십웅은여랜은널판지로덥고 브롬에불닉지안토

6

미국고 대통령 까퓌일르, 전

편찬쟈 현공렴

대일쟝 녀 회집에 살던형편

일

세

싸퓌일트는 야소강셩일쳔팔빅슴십일년십일월십구일에 오렌지 라흐는싸에
호궁곤훈농부의 집에나셔 미국대통령셕지된 유명훈사롬이라부친의일홈은아

퓌

쌈람이나 조부쎄브터 농업을일숨ㅇ. 근근히거셩훈더니부친이 두술먹엇슬쎅에
조부가도릭구민 조모가 그우친과 그ㅇ리여려 동싱을더리고 스방에류리표박

르

홈야 단일싴 아쌀람은 쌤스 스돈 이라흐는 사롬의 집에붓쳐여 술더니 아쌀람
의나이이섭이되믜 독립계샹과 활발훈셩품이 죠발흐야 오린늄의집에 국츅흠

일

을견딕지못홀지라 이에쯧을굿게먹고 쑤리프랜드 늬우푸크 라흐는 싸에ㅇ셔
농엽을힘쓰더라

이우히에 말훈쩸스 스돈 의집에 어린실흐는어엿스니 일홈은에리싸러 아쌀
람파년긔가상약흐고로 어렷슬쎅브터 셔로사랑흐야 잘노더니 아쌀람이 그후
에다시 이집에 도라오니 집안사롬아 모다 이러붓렷던즈식을 초진듯시반기는즁

5

싸퓌일르전목록 ii

뎨셥류쟝　대통령시되

뎨셥칠쟝　최후언힝

4

세뛰일트젼　목록

데일쟝　너 해 집에 살던 형뎡

데이쟝　쇼학교시디

데숨쟝　고향에 잇셔로 동훙던형편

데소쟝　목수 노릇을 겸슘훙던시디

데오쟝　가리를 민드는 사름이 됨이라

데륙쟝　벌목훙기로일 슘던 시디

데칠쟝　운하에서로 동훙던ᄲᅥ의 소젹

데팔쟝　쩌악베학원에서공부훙던소젹

데구쟝　히람고등학교시디

데십쟝　월늑음딘학교에서공부훙던소젹

데십일쟝　히람고등학교의 교쟝으로잇던시디

데십이쟝　쥬회의원노릇훙던시디

데십숨쟝　군인시디

데십소쟝　국회의원시디

데십오쟝　샹의원의원노릇훙던시디

洪淳赫

야빅드코다만씨　　일삼슈젼이임

3

2

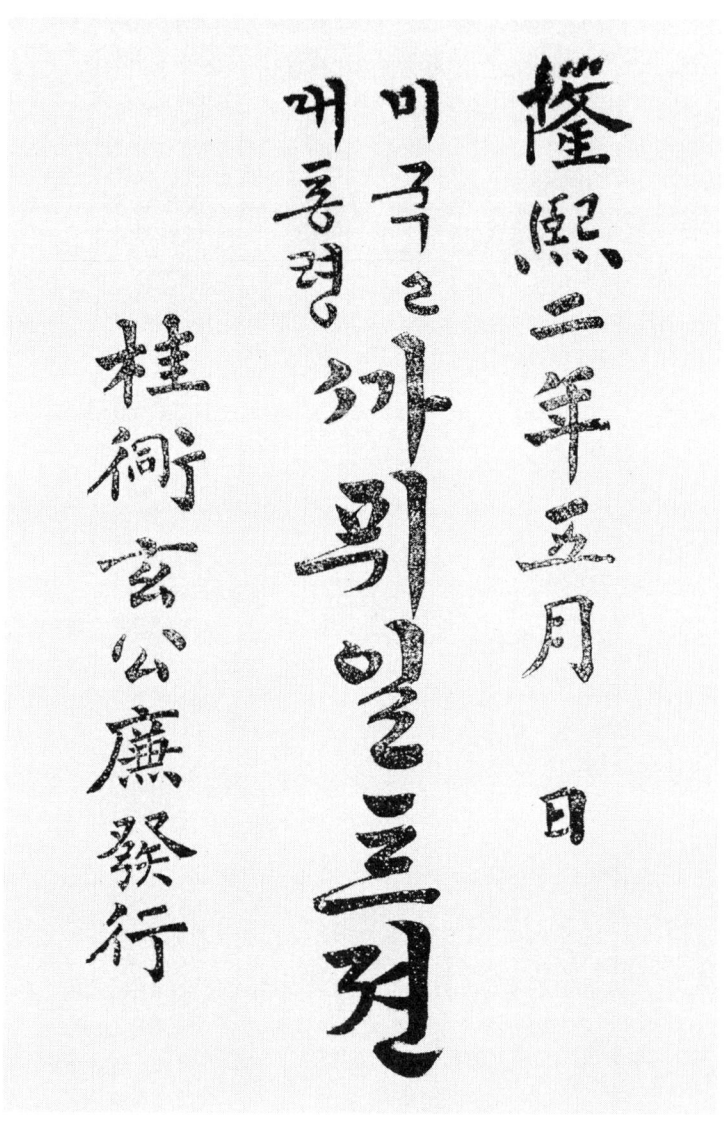

1

까픠일트젼

- 『까퓌일트전』

  현공렴 역술, 탑인사, 1908.

여기서부터 영인본을 인쇄한 부분입니다. 이 부분부터 보시기 바랍니다.

이다온

숭실대학교 국어국문학과를 졸업하고 학위논문「산업화 시대 소설의 여성 노동자 재현 양상 연구」로 박사학위를 받았다. 현재 숭실대학교 한국기독교문화연구원 HK+사업단의 연구교수로 재직 중이다. 주요 논문으로「조선작 소설에 나타난 혐오와 정동의 문제」,「1980년대 여공 수기에 나타난 '대항기억'의 의미」,「기지촌 소설에 나타난 난민화된 여성 정체성 읽기」,「1930년대 이선희 소설에 나타난 '감정'의 정치성」등이 있다.

근대계몽기 서양영웅전기 번역총서 09

까퓌일트전
: 미국대통령 제임스 가필드 입지전

2025년 4월 25일 초판 1쇄 펴냄

옮긴이 이다온
발행인 김흥국
발행처 보고사

책임편집 이경민
표지디자인 김규범

등록 1990년 12월 13일 제6-0429호
주소 경기도 파주시 회동길 337-15 보고사
전화 031-955-9797
팩스 02-922-6990
메일 bogosabooks@naver.com
http://www.bogosabooks.co.kr

ISBN 979-11-6587-842-9 94810
      979-11-6587-833-7 (세트)
ⓒ 이다온, 2025

정가 17,000원

이 책은 2018년 대한민국 교육부와 한국연구재단의 지원을 받아 수행된 연구임
(NRF-2018S1A6A3A01042723)